KB176502

권보경 소설집

리만의 기하학

이 책은 '2018년 아르코 문학창작기금' 을 지원받은 작가의 작품집입니다.

23 푸른사상 소설선

리만의 기하학

권보경 소설집

푸른사상
PRUNSASANG

이 책에 들어갈 작품을 추려내기 위해 컴퓨터에 저장되어 있는 글들을 모두 꺼내 보게 되었다. 문서함 안에는 완성된 작품과 쓰다 만 글들이 가나다순으로 빼곡하게 담겨 있었다. 완성된 작품들만 골라 하나씩 다시 읽는 동안 과거의 순간들이, 더 정확하게 말하자면 그 글을 쓰던 순간의 나 자신에 대한 기억이 생생하게 떠오르기 시작했다. 나는 원래의 목적도 잊은 채 내가 쓴 소설을 통해 과거의 나를 만나는 일에 몰두하게 되었다.

글을 쓰던 순간에는 나와는 상관없는, 가공의 인물이 등장하는 이야기를 만들고 있다고 생각했었다. 많은 시간이 흘러 제3자의 눈으로 되돌아보니 그게 아니었다. 소설 안에 그 글을 쓰던 당시의 내 모습이 부분적으로라도 담겨 있었다. 그리고 그다음 소설에는 이전의 소설을 쓰던 나와 조금 달라진 모습의 내가 들어 있었다. 생래적으로 생의 에너지가 부족했던 내가 작품을 하나씩 완성해 나가면서 조금씩 내면의 힘과 여유를 찾아가고 있었다. 세월이 흘러 나이를 먹다 보니 저절로 그렇게 된 면도 있겠지만, 그보다는 내 작품 속의 인물들과 고군분투하다 그렇게 된 측면이 더욱 크다는 생각이 들었다. 내가 세상을 고통스럽게 느끼는 딱 그만큼, 내 인물들도 고통과 고난을 겪고 있었고, 내 인물들이 분투 끝에 곤경에서 벗어난 방식으로 나 또한 곤경을 극복하고 있었으니까.

소설과 함께할 수 있었던 것은 나에게 더할 나위 없는 행운이었다. 소설을 통해 선생님과 소중한 문우들을 만났고, 앞으로도 좋은 분들을 만날 가능성이 열려 있다는 사실도 너무나 기쁜 일이다.

늦었지만 첫 책을 내게 되었다. 도움을 주신 푸른사상사 사장님과 편집팀 여러분께 고개 숙여 감사드린다. 책 표지에 자신의 그림을 쓰도록 허락해주신 큰오빠에게도 감사 인사를 드리고 싶다. 내가 고등학생이었던 시절, 물감 냄새를 풍기며 오빠 방 벽에 기대 세워져 있던 그 그림이 훗날 내 작품집의 표지가 될 거라고는 상상조차 하지 못했다.

마지막으로 누구보다 소중한 나의 가족, 남편, 유림, 진호에게 사랑과 감사의 마음을 전하고 싶다.

2019. 9. 24.
권 보 경

차례

강산무진도
江山無盡圖

이 년 전 어느 가을날, 대학원에서 미술사학을 공부하던 나는 인사동의 고서점에서 우연히 책 한 권을 만나게 되었다. 그 책은 앞뒤의 표지가 모두 떨어져나가 없었고, 햇빛과 빗물에 누렇게 찌들어 곰팡내가 났으며, 불과 열 장 정도밖에 되지 않는 얇은 한서(漢書)였다. 그 책은 고서점 주인 할아버지의 손에서 내게로 넘겨졌고, 그리고 내 인생을 뿌리째 뒤흔들어놓았다.

책은 정확하게 표지부터 시작해 다섯 장이 찢어져나가 없었고 뒷장은 얼마나 없어졌는지 알 수 없었다. 따라서 제목이 무엇인지, 다른 사람의 서문이나 발문이 있었는지도 알 수 없었다. 그러나 초서와 해서, 행서를 오가며 마구 흘려 쓴 조잡한 서체로 볼 때 딱히 형식을 갖춘 책일 것 같진 않았다.

책을 집필한 사람은 각소(覺昭)라는 스님이었다. 책의 내용으로 미

강산무진도(江山無盡圖)

루어볼 때 각소 스님은 무용(無用) 큰스님의 시봉승이었던 것 같다. 자신이 모시던 큰스님이 돌아가신 후 쓰기 시작한 듯, 책의 첫 부분은 무용 스님의 행장(行狀) 형식으로 되어 있었다. 찢어진 앞장에 큰스님의 살아생전의 행적이 씌어져 있었던 것으로 짐작되는데, 남아 있는 첫 페이지의 첫 문장은 '연고납장이연좌화(年高臘長怡然坐化)'였다. 나이가 많아지고 법랍의 세월이 길어져 즐겁게 앉아서 돌아가셨다는 뜻이었다.

큰스님이 돌아가시자 두륜산(頭崙山)도 웅웅 소리를 내며 우는 듯했고, 겨울에 큰스님에게서 먹이를 얻어먹던 산짐승들이 암자로 내려와 주변을 거닐다 돌아가곤 했다고 한다. 스님께서 입적하신 후, 각소 스님도 암자에서 내려와 절집에 머물며 수행에 힘썼으나 큰스님만한 법력을 갖춘 스승을 만날 수가 없다고 한탄하고 있었다.

그다음 바로 문제의 주인공, 상이(爽伊)가 등장한다. 그는 천부적인 재능을 갖고 태어났으면서도 가혹한 운명 때문에 젊은 나이에 붓을 놓아야 했지만, 그럼에도 여전히 화가일 수밖에 없었던 그런 사람이었다. 그리고 그는 세상과 학문의 진실성에 대한 내 믿음을 송두리째 뒤흔들어놓았다. 난 그가 등장하는 부분을 원문의 뜻을 크게 해치지 않는 범위에서 쉬운 말로 옮겨보려 한다.

큰스님께서 입적하신 후 일 년하고도 다섯 달이 흐른 추운 겨울 날, 효명 처사(曉明處士)가 큰스님의 입적 소식을 듣고 그제서야 절집으로 찾아왔다. 효명은 큰스님의 부도 앞에 꿇어 엎드려 피눈물을 흘리며 슬퍼하였으니, 보는 이의 애간장이 녹아나는 듯하였다. 효명은 그렇게 한참을 눈 덮인 땅바닥에 엎드려 있다가 산길을 되짚어 내려갔다. 내가 어디서 무엇을 하며 지내는가 묻자, 구름처럼 떠돌며 지낸다고 했고, 입을 것 먹을 것은 넉넉하냐고 묻자, 하늘을 나는 새가 입을 것 먹을 것 걱정하며 살겠느냐고 되물었다. 허름한 입성과 수척한 얼굴에 눈빛만 형형했다. 효명은 내게 엎드려 절하고 길을 떠났다.

세속에서는 부자와 사제와 부부 간의 인연을 제일로 여긴다. 그러나 세속의 인연이란 그것이 아무리 중해도 자신에게 이롭지 못한 자를 싫어하나니, 그릇된 인연 사이에서 빚어지는 업보와 원한은 삼라만상을 채우고도 오히려 남음이 있다. 여기 무용 큰스님과 효명 처사는 부자지간과 사제지간의 크나큰 인연이 있었으니, 이롭고 이롭지 못한 것을 서로 따지지 아니하고 아끼고 사랑하는 마음이 지극하여 세상 사람들이 크게 본받을 점이 있기에, 나 각소는 이를 기록하여 세상의 경계를 삼고자 한다.

내가 불가에 입문하여 사미계(沙彌戒)를 받고 큰스님을 모시기 위해 암자로 찾아가보니, 스님의 방에서 열 살은 되어 보이는 동자가 붓으로 방바닥에 그림 그리는 시늉을 하며 놀고 있었다. 큰스님은 어디 계시느냐고 물어도 들은 척도 하지 않기에 처음엔 아이가 귀머거리인 줄만 알았다. 나는 스님을 기다리며 방에 앉아 아이가 하는 양을 지켜보았는데, 장난삼아 그림을 그리는 것이 아니라 그림이 그려진 책을

강산무진도(江山無盡圖)

앞에 펼쳐놓고 그것을 보아가며, 종이 대신 방바닥에 연습을 하는 것이었다.

　얼마 뒤에 큰스님께서 화선지를 한 아름 안고 돌아오셨다. 내가 인사를 올리자 스님께서는 나에게 물을 떠 오라 하시더니 먹을 갈게 하셨다. 큰스님께서는 화선지를 동자 앞에 펴셨고, 아이에게 "다 외웠느냐?"라고 물으셨다. 아이는 "예"라고 대답했다. 스님께서 "그려보거라." 하시며 그림이 그려진 책을 덮자, 아이는 붓을 들어 먹의 농담을 조절해가며 그림을 그렸는데, 그 붓놀림이 혹은 폭풍이 몰아치듯 힘찼으며, 혹은 바람 없는 날 복사꽃잎이 저 혼자 떨어지듯 섬세해서 가히 보는 사람을 압도했다. 동자가 폭포가 떨어지는 산수화 한 점을 다 그려내자 큰스님께서 그림책을 펼쳐 견주어보셨는데, 동자의 그림은 그 그림과 일획도 틀리지 않았는바 오히려 원래의 그림보다 더 나은 점이 있었다. 큰스님께서는 무척 흡족해하셨다.

　아이의 이름은 상이(爽伊)이며 나이는 열한 살이었는데, 연전에 가뭄이 들었을 때 절문 앞에 부모가 내다버린 아이였다. 큰스님을 유난히 따라 스님께서 거두어 기르셨는데, 스님께서 시를 짓고 그림을 그리시면 어깨 너머로 그림을 배워 땅바닥에 나뭇가지로 그려내곤 했다. 무용 스님께서는 아이의 재주를 어여삐 여겨 글을 가르치셨는데, 글을 배우는 것에는 마음이 없고 오로지 그림만 그리고 싶어 했다. 스님께선 『개자원화전(芥子園畵傳)』과 『당시화보(唐詩畵譜)』 같은 화본(畵本)을 어렵게 구하셔서 아이로 하여금 그림을 익히게 하셨는데, 내가 암자에서 처음 본 그림책이 바로 그것이었다.

상이는 왼손에 화본을 들고 오른손으로 땅바닥이며 허공에 대고 붓을 놀려 그림 그리는 시늉을 하였는데, 밥 먹는 것과 잠자는 것도 소홀히 한 채 책을 거의 외우다시피 하였으니, 마치 신들린 것 같았다.

상이는 행동거지가 남달랐다. 열여덟이 되기 전에는 암자에서 나와 같은 방에 거하였는데, 소리 내어 웃거나 큰 소리로 말하는 것을 한 번도 보지 못하였다. 새벽이면 누구보다도 먼저 일어나 산으로 올라가서 새벽 예불이 끝날 때쯤에야 내려오곤 했는데, 산에서 무엇을 하다 내려오는지는 아무도 알지 못하였다.

상이는 또한 물끄러미 무언가를 지켜보는 일이 많았다. 비 오는 날엔 암자의 뜰에 나가 비를 맞으며 산봉우리와 하늘의 비구름을 넋 나간 사람처럼 쳐다보았고, 암자 뒤에 있는 대나무 숲과 노송 한 그루 앞에서 한나절씩을 보내기도 했다. 가끔 큰스님의 심부름으로 저자에 나갈 일이 있을 땐 상이도 꼭 날 따랐는데, 물건을 사고 파는 사람들의 모습을 신기한 듯 쳐다보았고, 어쩌다 눈먼 사람, 팔다리가 없는 사람이 저자 한구석에서 구걸이라도 하고 있으면 그 앞에 서서 떠날 줄을 몰랐다. 그렇게 홀린 듯 뭔가를 지켜보며 한나절씩을 보낸 다음엔 그것을 꼭 그림으로 그려냈다. 그 그림들을 보고 있노라면 비 오는 하늘에선 금방 물이 쏟아져 나올 듯했고, 바람에 휘날리는 대나무에선 나뭇잎 흔들리는 소리가 들리는 듯했으며, 저잣거리의 사람들에게선 말소리가 들리는 듯하였다. 상이의 그림은 형상과 꼭 닮았으

강산무진도(江山無盡圖)

되 형상 이상의 것이 있었으니, 큰스님께서 사랑하시는 바도 바로 이것이었다.

상이의 그림은 세월이 지날수록 묘함을 더해갔으나 글공부에는 진전이 없었다. 매양 큰스님에게 책망을 들어야만 책을 펴고 공부하는 시늉을 했으나 오래 앉아 있지 못했다. 큰스님께서는 그림에 문자향 서권기(文字香書卷氣)가 없으면 네놈의 그림은 불쏘시개로밖에는 쓰이지 않을 것이라 호통하셨다. 상이는 야단을 맞으면 고개를 숙이고 잘못을 뉘우치는 듯했으나, 스님의 눈 밖에 벗어나면 책을 덮고 멍하니 하늘만 쳐다보았다. 나중에 큰스님께서 가르친 부분을 물으면 상이는 내용을 몰라 대답을 못 하는 경우가 한두 번이 아니었다. 그럴 때면 큰스님께선 둔한 놈, 돌대가리라 욕하시며 종아리에서 피가 흐르도록 매를 때리셨다.

한번은 이런 일도 있었다. 새벽에 혼자 산에 올랐다 돌아온 상이가 아침 공양을 마친 후에 보이지 않았다. 해 질 무렵이 되어도 나타나지 않자 스님께서 찾아오라고 나를 보내셨다. 암자 주위의 산속을 이리저리 헤매다가 뒷산 중턱 마당 바위에서 상이를 보았다. 상이는 바위 위에 뭔가를 보느라 정신이 없어 내가 다가가는 것도 알지 못하였다. 가까이 가서 보니 소쩍새 새끼 한 마리가 죽어 구더기가 끓고 있었다. 암자로 돌아오는 길에, 그런 것을 보느라 하루종일 시간을 보냈느냐고 묻자 상이가 대답했다.

"새 한 마리 주검은 하찮고 살아 있는 내 몸만 귀중하단 말이오? 얼마 안 있으면 내 몸도 저리 될 것이니, 난 하루 종일 죽은 새 안에서 내 모습을 보았다오."

상이의 이 한마디는 철퇴가 되어 내 머리를 내리쳤다. 나는 이제껏 불가에 입문해서 매양 생멸지도(生滅之道), 생사불이(生死不二)의 가르침을 들어왔으나 입으로만 그 말들을 외웠을 뿐 마음으론 깨우치지 못하였다. 그러나 상이는 불가의 공부를 제대로 하지 않고도 이런 가르침을 몸으로 체득하고 있었으니 그저 놀라울 따름이었다.

며칠 후 상이는 구더기가 끓고 있는 죽은 새 한 마리를 그려서 나에게 보여주었다. 얼마 전 산속에서 본 새였다. 처음엔 흉하고 끔찍하여 마음에 싫었으나 그림을 다시 찬찬히 살펴본즉, 끔찍한 마음이 사라지고 죽음에 대해 다시 생각하게 하는 바가 있었다. 상이는 그림에 골몰하는 나를 보고 웃더니 큰스님께는 보여드리지 말라 했다.

상이의 그림엔 기괴한 바가 있었다. 봄 한철 흐드러지게 핀 산철쭉을 그려낼 때도 항시 뿌리째 말라죽은 철쭉 한 그루가 섞여 있었으며, 산새가 나뭇가지 끝에서 놀고 있는 모습을 그릴 때도 그중 한 마리는 날갯죽지가 꺾여 있거나 다리병신이었다. 죽어서 껍질만 남은 매미를 그릴 때도 있었고, 날개가 바스라진 나비를 그릴 때도 있었다. 상이는 이런 그림을 그릴 때는 마음에 저어하는 바가 있는지 항시 나에게만 몰래 보여주었고, 큰스님이나 다른 사람 눈에 띄지 않는 곳에 깊이 감추어두었다. 아마도 어렵게 화선지를 구하시는 큰스님에게 심려를 끼치지 않기 위함이었을 것이다.

강산무진도(江山無盡圖)

상이의 나이 십칠팔 세가 되자, 인근의 선비와 귀양 살러 온 선비들 중에 상이를 모르는 사람이 없게 되었다. 큰스님께서는 가끔 상이를 시회(詩會)에 데리고 가서 선비들 앞에서 그림을 그리게 하셨다. 그때마다 선비들은 상이의 그림이 형사(形寫)에 핍진하고 기량은 뛰어나나, 문기(文氣)가 적어 격조가 없고, 때론 기괴하여 마음에 거슬리는 바가 있다 평하였다.

큰스님께서는 상이가 글공부를 게을리한 탓이라 하여 공부할 것을 채근하셨으나, 상이는

"제가 선비가 아니온데 공맹을 공부한들 어찌 선비의 그림을 그릴 수 있겠습니까?"

하며 유가(儒家)의 책을 멀리했다.

상이가 큰스님의 뜻을 거스른 것은 오직 이것 한 가지였고, 큰스님을 공경하고 사모하는 마음은 지극하기 이를 데 없었다. 추운 겨울엔 무용 스님의 신발을 품에 품어 따뜻하게 하였다가 내놓았고, 혹여 눈이라도 내리면 큰스님께서 다니시는 길을 말끔히 쓸어놓았다. 노구(老軀)에 낙상이라도 하실까 근심스러웠기 때문이다. 또한 봄이 되면 죽순이나 산나물을 캐러 호미를 들고 누구보다 먼저 산에 들었는데, 큰스님께서 봄나물의 향취를 사랑하심을 잘 알기 때문이었다.

상이는 나이가 들면서는 자주 그림을 그리지 않았다. 그러나 한번 그림을 그리기 시작하면 주변의 어떤 일에도 마음을 빼앗기지 않고 오래도록 몰두하였다. 그려낸 그림은 대개 주변 산세의 사시사철 풍

경이었고, 간혹 새와 동물, 인물화도 있었다.

　언젠가는 큰스님의 초상을 크게 그려낸 적이 있었는데, 수염 한 올, 검버섯 하나 틀리지 않게 그렸으되 큰스님의 삼엄한 기상과 자애로운 마음이 그대로 그림 속에 깃든 듯했다. 큰스님께서는 손님이 오면 노상 그 그림을 꺼내어 보여주셨으니 그림을 보는 이 가운데 감탄하지 않는 자가 없었다.

　상이의 나이 열아홉 되던 해, 큰스님의 암자에 드나드는 심재(尋齋) 선생이 자신의 고종사촌 되는 서울 선비와 함께 왔는데, 그 서울 선비의 호는 송원(松園)이라 했다. 송원 선생이 상이의 그림을 보고 말하기를, 자기가 도화서 화원 김홍도를 잘 아는데 그의 그림과 견주어도 손색이 없다 하며, 다만 산중에서 견문이 좁은 것이 흠이라 하였다. 송원 선생이 큰스님께 여쭙기를, 상이를 서울로 보내 그림을 배우도록 하는 게 어떻겠느냐고 했다. 그 후 큰스님과 심재 선생은 여러모로 방도를 생각하시고, 서울로 올라간 송원 선생과 연락을 주고받아 상이를 단원 선생의 집에 머물 수 있도록 한 다음, 그해 십일월 초 여드렛날 상이를 상경케 하셨다.

　눈 쌓인 암자에서 스님을 향해 큰절을 올린 상이는 괴나리봇짐 하나만을 둘러메고 길을 떠났다. 스님께서는 잘 다녀오란 말씀도 없이 그저 눈만 감고 계셨다.

　서울에 올라간 상이는 반년이 지난 후에 인편으로 편지를 보내왔다. 처음 두 달간은 단원 선생의 집에 머물렀으나 선생이 이사를 하는

강산무진도(江山無盡圖)

바람에 더는 거할 수가 없어서, 그와 절친한 사이이며 같은 도화서 화원인 초계(樵溪) 김인범 선생 댁에 머물게 되었다고 했다. 그의 가세가 부유하지 않아 크게 기댈 바는 없으나 잠자고 입에 풀칠하는 데는 과히 지장이 없다 하였다. 서울에 올라오니 쟁쟁한 화원들과 그림에 뛰어난 선비들이 많아서 어깨 너머로 보고 배우는 바가 많다 하였다. 큰스님께서는 상이의 편지를 보고 또 보시더니, 손 가까운 곳에 두고 자주 꺼내 보셨다.

그 후 서너 달이나 흐른 다음, 심재 선생이 송원 선생의 편지를 가지고 암자에 들렀다. 편지에는 상이의 소식이 몇 줄 적혀 있었다. 상이가 그린 영모(翎毛)와 산수화 몇 점을 그림을 안다 하는 선비들이 크게 칭찬하였는바, 초계의 집에서 기르는 삽살개 그림은 실제와 똑같을 뿐 아니라 그놈이 평소에 노는 모습이 그대로 나타나 있어 보는 이마다 재미있어했다는 것이다. 그런데 초계는 상이의 그림을 못마땅하게 여겨 선비들이 상찬(賞讚)하는 말을 할 때마다 그림의 잘못된 점을 들추어내며 매양 시비를 건다고 했다. 편지를 다 읽으신 큰스님은 상이의 처지가 편치 못할까 하여 걱정하셨다. 그러나 상이에게서는 한참 동안 연락이 없었고 큰스님 또한 상이에게 소식을 전할 바가 없었다.

얼마 후 심재 선생에게 송원 선생이 소식을 전해왔다. 편지에는 근래에 상이가 일곱 자가 넘는 커다란 산수화를 그렸는데, 화법의 유려함이 전에 볼 수 없던 바라, 보는 이마다 놀라움을 금치 못한다고 했다. 이에 송원 선생이 그 풍문을 듣고 초계의 집을 찾아가보았는데, 상이는 그 산수화를 행랑방 벽에 둘러 붙여두고, '내가 살던 산사(山寺)의 풍경'이라 하며 울적한 마음이 들 때마다 쳐다보곤 한다는 것이다. 그림 한가운데 산중턱 오솔길에는 주장자를 짚은 노스님과 어린 동자승이 손을 잡고 걷고 있는데, 송원 선생에게 '이분이 우리 큰스님이시다'라고 말했다 한다. 어떤 다른 이가 '그림에 화제(畫題)도 없느냐?'고 묻자, 상이가 잠시 생각하다 '그림이 한정 없이 기니 〈강산무진도〉라 하겠소'라 했다 한다. 송원 선생이 상이의 방 안에 들어가 앉아보니 그 그림 때문에 마치 산중 암자에 있는 듯한 기분이 들었는데, 주변 경관이 무애암(無涯庵)의 그것과 흡사했다. 산 밑 마을에는 나루와 저잣거리가 있고, 또 논밭이 있어서 흰 옷 입은 사람들이 삼삼오오 모여 일을 하는데 그 모습이 정겹기 한량없었다. 송원 선생과 다른 선비들이 초계를 만나 상이의 그림이 조선래 최고 걸작이라고 칭찬하자, 초계의 낯빛이 변하며 크게 싫어하여 내심 놀랐다고 편지에 전했다.

　상이가 산문을 떠난 지 일 년하고도 한 달이 지난 십이월 초여드렛날 진시(辰時)에 절집에서 사람이 올라와서는, 큰스님에게 큰일이 났으니 어서 내려와 보시라고 했다. 내가 무슨 일이냐고 묻자 상이가 다 죽게 돼서 달구지에 실려 왔다는 것이다. 스님과 내가 한달음에 달려가보니, 상이가 방 안에 누웠으되 얼굴빛이 송장이나 마찬가지였다. 누구에게 얻어맞은 듯 얼굴과 온몸이 피멍투성이였고, 얼굴이 부어올라 누군지 알아볼 수 없을 지경이었으며, 오른팔이 손목과 팔꿈치 사이에서 꺾인 채 뼈가 살갗을 뚫고 나와 있었다. 다들 크게 놀라 경황이 없는데 오직 큰스님께서 정신을 차리시더니 나더러 의원을 불러 오라 이르셨다.

　의원이 혀를 차며 약초를 짓이겨 환부에 붙이고 부목을 대고 침을 놓고 하는 사이, 상이 간혹 신음하여 살아 있는 줄을 겨우 알았다. 의원의 말이, 다친 지가 오래고 장독(杖毒)이 깊어 병자가 살아나면 요행이라 하였다. 나는 의원에게서 약재를 받아다 탕약을 끓이고 미음을 쑤었는데, 먹이는 일은 큰스님께서 손수 하셨다. 그 후로 큰스님께서는 잠도 주무시지 않은 채 한시도 상이의 곁을 떠나지 않으셨다. 그렇게 사경을 헤맨 지 열흘이 지나고 나서야 상이가 겨우 눈을 떴다. 큰스님과 나를 알아보고 눈에 눈물이 고였고, 입술을 달싹였으나 말은 하지 못하였다. 큰스님께서는, 이 아이가 이제는 살아나겠구나 하시며 크게 기뻐하셨고, 의원은 큰스님의 지극정성에 하늘이 감동하신 모양이라고 하였다. 보름 후에 상이는 약을 마시거나 미음을 먹을 때 자리에 일어나 앉게 되었다. 그러나 여전히 거동은 하지 못해서 그때까지 대소변을 큰스님께서 받아내셨다. 한 달이 지나자 절 앞마당까지 나가 걸을 수 있게 되었는데 오른팔은 불구가 되어 전혀 쓸 수가 없었다. 큰스님께서는 상이에게 몸을 다친 연유를 묻지 않으셨고, 상이 또한 어쩌다 그리 되었는지 말하지 않았다. 그러나 몸에 기력이 생기자 상이는 울분이 솟구치는지 눈에 살기가 돌았고, 혼자 방 안에서 짐승처럼 울부짖는 일이 잦았다.

　봄이 되어 암자 앞마당에 목련꽃, 벚꽃이 앞을 다투어 피었다. 상이는 양지바른 곳에 앉아 한나절 꽃만 바라보더니 별안간 나에게 먹을 갈아달라 하였다. 내가 그림을 어찌 그리겠느냐고 하자 상이가 불같이 화를 내었다. 그토록 화를 내는 일은 이제까지 없던 일이었다. 나는 먹을 조금 갈아주고 뜰 평상 위에 붓과 화선지를 준비해주었다. 상이는 왼손으로 붓을 잡고 그림을 그렸으나, 운필(運筆)이 뜻대로 되지 않아 나무는 흙덩이처럼 시커멓게 얼룩이 지고 꽃은 짓뭉개져 형체를 알아볼 수 없었다. 상이는 돌연 큰 소리를 지르며 종이를 찢고 붓을 꺾더니, 벼루를 내던져 쪼개버리고 자신의 옷을 찢으며 미친 듯이 땅바닥에서 구르며 울부짖었다. 이에 큰스님께서 놀라 방에서 나오셔서는, "저 미친놈을 잡아 방에 가두라."고 하셨다. 상이를 겨우 잡아 방에 집어넣고 밖에서 문을 잠갔으나, 상이는 진정치 못하고 벽에 몸을 부딪고 바닥에 피가 나도록 이마를 찧으며 난동을 부렸다.

저녁이 되어 상이가 잠잠해지자 큰스님께서 방으로 상이를 불러 말씀하셨다.

"네놈이 절밥 얻어먹은 세월이 몇 년이더냐? 달마 선사(達摩禪師)의 제자 혜가(慧可)가 도적에게 팔을 잘리고도 태연히 걸식 구도의 길을 계속 갔던 사실을 잊었느냐? 하지만 같이 팔을 잘린 임법사(臨法師)는 어떠했더냐. 밤새 고통으로 절규하고, 팔을 자른 도적들을 원망하다가 태연하게 자기를 돌봐주는 혜가를 보고 크게 놀라 사죄하지 않았더냐. 모든 것이 마음 한 가지에 달려 있는 법이거늘, 네놈 하는 짓이 어찌 그리 한심하고 보잘것이 없단 말이냐!"

강산무진도(江山無盡圖)

그러자 상이가 머리를 조아리고 눈물을 흘리며 아뢰었다.

"스님, 억울합니다! 그자가 저를 동작와연(銅雀瓦硯, 명품 벼루)을 훔친 도둑으로 몰았사옵니다. 큰스님의 가르침을 받고 자란 제가 어찌 한낱 벼루에 마음과 손을 더럽힐 수 있겠습니까? 그런데 그자가 저 몰래 제 방에 물건을 갖다 넣고, 제 팔을 이 지경으로 만들었습니다!"

"듣기 싫다! 아직도 네가 깨닫지 못했느냐? 난 여지껏 그림을 보면서 네놈이 생사(生死)의 도(道)를 꿰뚫은 줄로만 알았구나. 그래서 너를 어여삐 여겼던 것인데, 지금 네놈은 썩은 송장에 끓고 있는 구더기만도 못하구나!"

"제가 생사의 도를 엿볼 수 있었던 건 저에게 그림이 있어서였습니다. 눈으로 보고, 입으로 먹고, 두 다리로 걸어 다니고, 이 몸뚱이로 앉고 서고 누울 수 있었던 것도 그림이 있어서였습니다. 이제 저는 산 송장과 다를 것이 없습니다. 차라리 절 죽게 놔두시지 왜 살려내셨습니까?"

상이가 눈물을 흘리며 큰스님께 눈을 부라렸는데, 눈에서 마치 불덩이가 쏟아져 나오는 것 같았다. 그걸 보시고 큰스님께서는 크게 역정을 내셨다.

"네 이놈! 이런 고얀 놈! 내가 네놈을 정녕 한번 죽여야겠구나! 네놈이 사람 노릇 하려면 죽었다가 어미 뱃속에서 다시 한번 기어 나오는 수밖에 없겠구나! 각소야, 이놈을 뒷산 토굴(土窟)에 가둬야겠으니, 이놈을 묶어놓고 절집에 내려가 젊은 사람들을 데려오너라."

내가 어찌할 바를 몰라 하니 큰스님께서 크게 화를 내셔서, 새끼줄로 상이를 대충 묶고 절집에 내려가 젊은 스님 다섯 명을 데려왔다. 상이를 끌고 암자 뒷산의 토굴로 갔는데, 바닥이 습하고 냉해서 짐승이라면 모를까 사람이 기거할 만한 장소는 아니었다. 토굴까지 따라오신 큰스님께서는 상이를 묶은 줄을 손수 푸시고, 아무 말씀하지 않으시고 상이를 굴 속으로 밀어 넣으셨다. 그러고는 젊은 스님들에게 가까이에 있는 바위를 굴려오게 하셔서 토굴의 입구를 막았는데, 입구 한쪽으로는 손 하나가 겨우 들락거릴 만한 틈을 두게 하셨다. 그러고는 큰스님의 허락 없이는 아무도 이 근처에 얼씬거리지 말라 하셨으니, 그날이 이월 삼일이었다.

큰스님께선 나에게 명하셔서 묘시(卯時)와 신시(申時)에 음식을 갖다 주게 하셨다. 또한 나에게 이르시기를, "지금 그놈은 어미 뱃속에 있는 것과 마찬가지니, 굴 밖에서 그놈에게 한마디 말도 건네지 말고, 그놈이 말을 걸어와도 못 들은 체하거라." 하셨다.

나는 음식을 넣어주고, 또 밤에는 아직 공기가 찬 것이 마음에 걸려 절집에서 내다버린 다 해진 홑이불과 겉옷 한 벌을 주워다가 큰스님 몰래 굴에 넣어주었다.

처음 한 달간, 상이는 갖다 준 음식을 내던지고 소리를 지르며 토굴 벽에 몸을 부딪히며 소란을 피웠다. 어떤 때는 큰스님과 나에게 입에 담지 못할 욕을 퍼부어서 듣기 민망하여 얼굴이 붉어질 적도 있었고, 어떤 때는 몸을 다친 산짐승처럼 피울음을 뱉어 듣는 내 마음이 몹

강산무진도(江山無盡圖)

시 아팠다. 그렇게 한 달이 지나자 난동을 부리는 일은 줄었다. 그러나 여전히 소리 내어 우는 일은 잦았고, 반야경(般若經)이나 천수경(千手經)에 음란한 말과 상소리를 섞어 읊기도 했으며, "각소 스님, 나 좀 꺼내주오. 그러면 이 은혜 평생 잊지 않겠소."라고 애원하기도 했다.

또 한 달이 지나자 소리 내어 우는 일이 줄었다. 그러나 내가 음식을 갖다 줄 때마다 자기를 꺼내달라고 애원하거나 큰 소리로 나를 욕했다. "내가 싼 똥오줌 때문에 벌거지가 끓어서 못 살겠소. 나 좀 꺼내 주오." 하거나, "내가 여기에서 나가면 여기 있는 똥오줌을 긁어다가 네놈 아가리에 처넣을 테다!"라며 악을 썼다. 과연 한여름이 되어 날이 더워지는지라, 토굴 근처에 가면 인분 냄새에 절로 코에 손이 갔다. 나는 이러다 사람 잡겠다 싶어 큰스님께 상이를 꺼내주시는 게 어떠냐고 넌지시 여쭈었으나, 큰스님께서는 "어디 깨진 사발 있으면, 요강으로 쓰게 넣어줘라." 하실 뿐이었다.

그해 여름 석 달 동안, 상이를 생각하며 마음 졸인 일은 붓으로 다 써내려갈 수가 없다. 비가 많이 오는 날이면 빗물이 새어들지 않을까 걱정되어 한밤중에도 뒷산을 기어올라갔으며, 날이 더우면 혹여 숨이 막혀 죽지 않을까 땡볕에 또 산에 올라보았다. 상이는 여름을 지내며 기력이 쇠했던지 차츰 소리가 없어졌고, 내가 음식을 갖다 주어도 말을 걸지 않았다. 다행히 사발 요강 덕에 똥오줌 냄새는 덜하여졌으나 좁은 곳에 오래 갇혀 있어서인지 악취가 진동했다.

여름이 지나고 가을이 되자 굴에서 전혀 사람 소리가 들리지 않았다. 음식을 갖다 주어도 하루이틀 손대지 않는 일이 잦았으며, 심지어 나흘이나 음식을 먹지 않은 적도 있었다. 나는 상이가 죽을까 봐 심히 걱정되어 큰스님께 여쭈었으나, 스님께서는 그저 "기다려봐라." 하실 뿐이었다. 나는 초조한 마음을 가라앉히고 스님의 명을 따랐다.

가을도 지나고 겨울이 되자 하루가 다르게 날씨가 추워졌다. 난 이불 한 채를 더 얻어다 굴에 넣어주었다. 그런데 인근 향리 사람 중에 토굴 앞에 촛불을 켜고 발원 기도를 하는 자가 생겨났다. 저마다 토굴에 대고 절을 하며 아들을 낳게 해달라거나, 어머니의 병환을 낫게 해달라며 소원을 빌고 있었다. 내가 그중 한 사람에게 왜 여기다 대고 절을 하느냐고 묻자 그 촌부(村夫)가 대답하기를, 도력(道力) 높으신 스님이 이곳에서 면벽(面壁) 수행 중이신데, 이곳에서 지극정성으로 기도하면 한 가지 소원은 꼭 이룬다는 말을 들었다 한다. 그 말을 듣고 가히 웃지 않을 수 없었다. 암자에 내려와 웃으며 큰스님께 이 말씀을 드리니, "백성의 마음이 때 묻지 않은 어린애 마음 같구나." 하시기에, 그들의 어리석음을 비웃던 마음이 민망하여 슬며시 웃음을 거두었다.

십일월 이일 유시(酉時)에 스님께서 나로 하여금 상이의 방에 군불을 때게 하시고, 절집에서 젊은 스님 몇을 불러오게 하셨다. 모두 뒷산 토굴에 올라가서 젊은 스님들이 바위를 굴려 치웠다. 내가 굴에 들어가보니 상이는 눈을 감고 벽에 비스듬히 기대 누워 있었는데, 날이 어두워서 죽었는지 살았는지 분간할 수가 없었다. 상이를 부르며 몸에 손을 대자 눈을 조금 뜨기에, 그제서야 살아 있구나 안심이 되어

업고 나왔다. 몸이 마치 지푸라기나 가랑잎처럼 가벼워 장정의 몸이라곤 생각할 수 없었다.

큰스님께선 그 후 열흘 동안 상이가 들어 있는 방문에 이불을 걸어 낮에도 빛이 들지 않게 하시고, 몸을 깨끗이 닦이시고, 시시때때로 미음과 죽을 들여 기력을 회복하게 하셨다. 그 후 상이가 차츰 방 밖으로 나오게 되었는데, 그를 만나보니 눈빛이 수정처럼 맑고 고요하여 이 세상 사람 같지 않았으며, 굴에 갇히기 전의 발광하던 모습은 찾아볼 수 없었다.

한 날 큰스님께서 나에게 지필묵을 준비하라 하시더니 상이를 오게 하셨다. 상이가 자리에 앉자 큰스님께서 물으셨다.

"그 안에서 무엇을 보았느냐?"

"……제 꺾인 팔과 오물로 더러워진 제 몸뚱이를 보았습니다……."

"그 다음엔?"

"……다음엔 어둠을 보았습니다……."

"그 다음엔?"

"……."

상이는 아무 말 않더니 자리에서 일어나 스님께 절을 두 번 올렸는데, 몸가짐이 지극히 단아하여 향기가 풍겨 나오는 듯 했다. 큰스님께서는 붓을 들어 종이에, '효명(曉明)'이란 두 자를 크게 쓰시더니,

"앞으로 너의 이름은 효명이니라. 대장부로 태어나 해볼 만한 것 중에 이만한 것이 없으니, 네가 어디에서 무엇을 하든 밝음을 깨우치기

위해 더욱 정진하거라."

하셨다. 이에 상이가 머리를 조아리며 글자가 쓰인 종이를 받아들었다.

　이후 효명은 예불과 경전 암송으로 시간을 보냈으며, 산에서 나무를 해 오거나 부엌일을 거들며 수행에 힘썼다. 그러나 마음의 허전함은 어쩔 수 없는 듯, 간혹 먼 산과 빈 하늘을 보며 한숨 짓곤 하였다. 효명이 불가에 귀의하여 마음을 붙이는 것이 좋을 듯하여 사미계 받을 것을 넌지시 권하였더니, 빙그레 웃으며 고개를 돌리고 내 말에는 대답하지 않기에, 출가에는 뜻이 없음을 미루어 짐작했다.

　어느 날, 심재 선생이 큰스님을 찾아와서는 크게 놀라며, 큰스님 안색이 어찌 이리 되셨느냐고 내게 물었다. 그 말씀을 듣고 큰스님 얼굴을 살피니, 과연 얼굴이 초췌하고 주름이 많이 진 것이 지난 몇 달 동안 십 년은 나이를 더 드신 것 같았다. 시자(侍者)로서 스님의 마음을 헤아리지 못하고 보필 또한 제대로 못한 것이 심히 부끄러워 고개를 들 수 없었다. 큰스님의 명으로 찻물을 준비하는데 심재 선생이 스님께 이르기를, "서울에선 그 김인범이란 자가 〈강산무진도〉를 그렸는데, 길이가 아홉 자나 되고 필법 또한 유려하여 장안의 화제랍니다." 라 하였다. 내가 밖으로 나와 보니 효명이 한 손으로 마당의 눈을 쓸고 있는지라, 심재 선생의 말을 듣지 않았는가 심히 걱정되었다.

　사흘 후, 점심 공양 때 효명이 보이지 않기에 방에 들어가보니, 효명이 지필묵을 준비하고 먹을 갈고 있었다. 나는 속으로 효명이 또 발

광할까 심히 염려되어 방문 밖을 떠나지 못하고 있었는데, 한 식경쯤 지난 후에 과연 흐느껴 우는 소리가 들려왔다. 그런데 어느 틈에 큰스님께서 오셔서 방문을 열고 들어가셨는데, 문틈으로 보니 그동안 쌓인 파지(破紙)가 방으로 하나 가득이었고, 효명이 붓을 왼손에 쥔 채 종이 위에 엎디어 울고 있었다.

큰스님께서 주먹으로 효명을 내리치며 일갈대성(一喝大聲)을 내지르셨다.

"그림이 과연 무엇이더냐?"

스님의 주먹질에 놀란 효명이 눈을 크게 뜨고 스님을 바라보자, 스님께서 다시 주먹으로 내리치시며 소리를 지르셨다.

"말을 해봐라! 그림이란 게 대관절 무엇이더냐?"

"그림은……, 그림은…….”

"그래, 그림은?"

"……그림은…… 바로 저 자신이옵니다.”

뱃속에서 끌어올리듯 힘들게 이 말을 내뱉은 효명은, 스님의 발아래 엎드려 어린아이처럼 엉엉 소리 내어 울었다. 큰스님께선 아무 말씀 없이 우는 효명을 놓아두고 방에서 나가셨다. 불민(不敏)한 내 머리로는 알지 못하겠도다. 그림이란 것이 붓으로 산이며 물이며 사람을 그려낸 것이 아니던가. 거기에 그린 이의 기운과 정신이 실린다는 말은 들어보았으되, 효명 자신이 그림이라는 말은 참으로 그 뜻을 알지 못하겠도다. 그러나 효명은 크게 깨달은 바가 있었던지, 그 후 며칠

동안 방에서 나오지 않았다. 큰스님께선 이번에도 그냥 놔두라는 말씀만 하셨다.

닷새 후 방을 나온 효명은 예불에 참례하고 참선에 들었으며 절집의 허드렛일을 거들며 시간을 보내었다. 그러던 어느 날 암자 뒷산에서 연기가 피어나기에 놀라 올라가보니, 효명이 마당 바위 위에서 뭔가를 태우고 있었다. 가까이 가서 자세히 살펴보니 이제껏 그가 그려 모은 그림들이었다. 거듭 놀라 왜 이런 짓을 하느냐고 묻자, 효명은 아무 말도 않은 채 합장을 하고 나에게 고개 숙여 절했다. 그 후로 효명은 빈 하늘과 먼 산을 쳐다보며 한숨 짓는 일이 없게 되었다.

어느 날 새벽, 밤새 눈이 내려 온 세상이 하얀데, 예불 시간이 되어 뜰에 나와보니 효명의 방 댓돌에 신발이 없었다. 문을 열고 방에 들어가보니 효명은 보이지 않고, 대신 방 한가운데에 붓과 벼루와 눈처럼 하얀 화선지 한 장만이 정갈하게 펼쳐져 있었다. 마음이 심히 불길하여 방을 뒤져보니 겉옷과 바랑도 사라지고 없었다. 큰스님께 알리려고 뛰어나와보니, 스님 방 뜰 앞에 누군가 한참을 앉아 있었던 듯, 눈이 사람 한 자리만큼 녹아 있었다.

책은 여기에서 끝나 있었다. 책을 덮은 다음 나는 벅차오르는 감정 때문에 그 날 밤을 하얗게 지새우고 말았다. 그리고 그 다음 날부터는 원인을 알 수 없는 열과 몸살로 일주일간을 자리에서 일어나지 못했다.

강산무진도(江山無盡圖)

한바탕 앓고 나서야 나는 이 책의 진위(眞僞)에 대해 생각할 수 있게 되었다. 각소 스님의 기록이 사실이라면, 상이의 그림은 남아 있지 않더라도 그에 대해 언급한 기록이라도 찾을 수 있지 않을까? 난 상이에 대한 연민을 가슴에 안은 채, 책의 내용과 관련된 기록들을 미친 듯이 찾아다녔다. 무용 큰스님, 무애암, 두륜산 일대의 사찰들, 단원과 초계에 관한 기록들, 화원들과 교류했던 선비들이 남긴 글들……. 나는 무용 큰스님에 관한 짤막한 기록만 찾을 수 있었을 뿐 상이에 대한 언급은 그 어디에서도 찾지 못했다. 절망하는 나를 보고 동료들은 헛된 일에 시간 낭비하지 말라고 충고했다.

나는 그들의 충고가 옳을지도 모른다고 생각했다. 상이의 흔적을 찾아낸들 그게 무슨 소용이 있겠는가. 한 점의 그림도 남기지 않은 그를 역사의 무대 위에 세울 수 있겠는가. 혹여 불타지 않고 남은 그림이 있어 그의 존재가 증명된다 해도, 이미 자신이 그림 그 자체임을 깨닫고 떠나간 그에게 우리의 찬사 따위가 무슨 의미가 있겠는가. 내가 그에 대한 글을 쓴다 해도 그건 나를 위한 것일 뿐 그를 위한 것은 아닐 것이다.

난 힘 빠진 걸음으로 박물관을 향했다. 그토록 나를 감탄하게 만들었던 숱한 그림들 앞에 섰건만, 그들은 더 이상 내게 말을 걸어오지 않았다. 대신 내 머리 속에는, 눈빛 맑은 사내가 천 년의 슬픔을 간직한 채 달빛 속 눈 덮인 산길을 홀로 걷고 있는 모습이 떠올라 지워지지 않았다. 마치 한 폭의 그림처럼 말이다.

리만의 기하학

전화벨이 울린 건 새벽 두 시경이었다. 화면을 정지시켜놓은 채 영어 대사를 우리말로 번역하여 자막을 입력하고 있던 나는 깜짝 놀라 휴대폰을 바라보았다. 또 독촉 전화일 것이다. 사무적이면서도 단아한 목소리로 원금과 이자를 독촉하는 남자. 자신을 김 실장이라고 밝힌 대부업체 직원의 전화는 시도 때도 없이 집요하게 걸려왔다. 내가 상환을 어기는 일이 반복되면서 전화의 내용 또한 공갈 협박의 수위를 높여갔다. 그러나 그의 목소리만큼은 처음과 조금도 달라지지 않은 채 여전히 소름끼치게 예의발랐다. 엊그저께 걸려온 전화에서는 심지어 이런 말까지 했었다.

— 권 선생니임, 〈가짜들〉이라는 영화 보셨죠? 영화 참 좋지 않았습니까? 그런데 그 영화가 사실은 실화를 바탕으로 만들어진 영홥니다. 바로 우리 같은 사람들 얘기예요. 이건 그냥 장난으로 하는 얘기

가 아닙니다, 권 선생님. 선생님께서 우리 돈을 떼먹고 갚지 않으시면, 그러면서 배 째라, 내가 돈이 없는데 너희들이 어쩔 건데, 이런 식으로 나오시면, 우리도 다른 선택의 여지가 없습니다! 권 선생님 모셔다가 진짜로 배를 째드리는 수밖에요. 배우신 분이라 잘 아시겠지만 사람이 콩팥 하나 눈알 하나 없어진다고 죽는 건 아니지 않습니까?

전화를 받는 내 입에서는 비웃음도 한숨도 아닌 이상한 신음소리가 흘러나왔다. 우리나라 최고의 영화배우 강혁이 사채업과 장기 밀매를 하는 악당들을 무찌르는 영화 〈가짜들〉의 시나리오는 그 영화의 연출부에서 일했던 나와 시나리오 작가 한 사람이 공동으로 만든 것이었다. 사채를 얻어 쓰고 갚지 못하는 사람들에게 전화를 걸어 예의 바른 목소리로 끔찍한 협박을 일삼는 악덕 사채업자 캐릭터를 김 실장은 그대로 따라하고 있었다. 그건 바로 내가 만든 캐릭터였다.

김 실장이 정한 마지막 상환 기한까지는 이틀이 남아 있었다. 원금까지는 갚지 못하더라도 이 주일 이상 밀려버린 이달치 이자라도 입금해야 했다. 이틀 후에 정말 김 실장이 협박을 실행할 거라고는 생각하고 싶지 않았지만, 협박을 실행하지 않으리라는 확신 또한 없었기에 나는 몹시 불안했다. 미래에 어떤 일이 일어날지는 아무도 알 수 없는 거니까.

나는 책상 저쪽 끝에서 울리고 있는 휴대폰을 무거운 마음으로 집어 들었다. 그런데 김 실장의 전화번호가 아닌 낯선 번호였다. 낯선 번호로부터 걸려온 전화가 애인의 전화만큼이나 반가웠다. 전화를 건 사람은 젊은 남자였고, 자신의 이름이 박영한이라고 했다.

"나, 기억 안 나요, 선배?"

나는 기억이 나지 않았다. 그가 초조한 말투로 물었다.

"우리 같이 학기말 리포트 썼잖아요. 권 선배는 졸업 학기였고, 나는 2학기였죠."

마지막 학기라니, 몇 년 전 다니다 말았던 모 대학의 영상미디어학과 박사 과정을 말하는 걸까? 나는 그곳에서 누군가와 함께 뭘 쓴 적이 없었다. 무슨 소린지 모르겠다고 대답하자 그가 다급한 목소리로 설명을 덧붙였다. 그와 나는 '모스크바 연극영화학교'에서 '러시아 영화사'를 함께 수강했고, 에이젠슈테인 감독의 영화 〈전함 포템킨〉에 대한 리포트를 함께 작성했다고 말했다. 영화연출 전공이었던 나와 달리 그는 연극학 전공이어서 그 과목 말고는 함께 공부를 했던 적이 없다고도 했다. 그의 설명을 듣고 나서야 백육십이 조금 넘는 키에 두꺼운 안경을 쓰고 더부룩한 곱슬머리가 이마를 덮고 있던 그의 얼굴이 떠올랐다. 그는 말수가 별로 없었고 어딘가 모르게 음울해 보이는 인상이었다. 그의 무표정에 가까운 우울한 얼굴 뒤로 어둑해진 모스크바의 코발트빛 하늘과 고딕 양식을 흉내 내어 과장된 웅장함으로 지어진 도서관 건물이 영화의 스틸 컷처럼 선명하게 떠올랐다. 학기말이 다가오는 어느 날 리포트 자료를 찾기 위해 우리는 도서관 앞에서 만났고, 추위와 날선 바람 때문에 꽁꽁 언 몸으로 계단을 두세 개씩 한꺼번에 뛰어올라 건물 안으로 들어갔었다. 히터가 제대로 가동

되지 않는 도서관도 춥기는 마찬가지였다.

그는 나를 한번 만나고 싶다고 했다. 나는 그가 왜 나를 만나려고 하는지 의아해하면서도 입으로는, 어 그래, 너무 반갑다, 이게 얼마만이야, 한번 만나야지, 라며 사뭇 반가운 말투로 대답하고 있었다. '모스크바 연극영화학교'라니, 그게 언제 적 일인가. 이십 대 중후반 추위와 가난 그리고 낯선 언어로 이어지는 학업의 고달픔을 달게 이겨내던 시절, 세상이 내 뜻대로 움직여줄 거라고 믿었던 참으로 철없는 시절의 이야기였다.

"그런데 갑자기 어쩐 일이야? 나한테 무슨 볼일이라도 있는 건가?"

내가 물었다.

"선배한테 꼭 보여주고 싶은 게 있어서요."

"보여주고 싶은 거라니, 그게 뭐지?"

그는 잠시 머뭇거리더니 대답 대신 뜬금없는 질문을 던졌다.

"선배는 이 세상은 실재를 모방한 이미지일 뿐, 실재는 존재하지 않는다는 말을 들어본 적 있나요?"

새벽 두 시가 넘은 야심한 시각에 십몇 년 만에 전화를 걸어온 사람과 이런 난데없는 대화를 나누어야 하다니. 나는 가볍게 한숨을 내쉰 다음 들어본 적이 없다고 대답했다.

"이 말은 십오 년 전에 바로 선배가 한 말이에요. 기억 안 나요?"

"뭐? 내가? 내가 그런 소릴 했다고?"

그런 소릴 한 게 누구든 나는 이런 대화를 나누고 싶지 않았다. 사채업자의 불법 추심에 시달리며 싸구려 영화에 번역 자막이나마 덧입혀야 끼니가 해결되는 현실이 내겐 실재였다. 어떻게 하면 전화를 끊을 수 있을까 생각하는데 갑자기 이 친구한테서 다만 얼마라도 돈을 빌릴 수 있을지 모른다는 생각이 번개처럼 머리를 스치고 지나갔다.

"기억 안 나세요? 도서관에서 자료 찾으면서 선배가 한 말인데, 내가 그 말 듣고 얼마나 큰 충격을 받았는데요! 아니, 충격과 감동을 받았다는 게 더 정확한 표현이겠네요. 난 그 말을 듣고 선배가 천재라고 생각했어요!"

그는 다소 격앙된 어조로 말했다. 그가 날 천재로 기억하고 있다면 나는 기꺼이 천재 비슷한 것이라도 되어야 했다. 어떤 맥락에서 그런 말을 했는지는 기억나지 않지만, 생각해보니 그런 말을 한 것도 같고, 그 당시 나는 영상 속에 흐르는 이미지가 세상의 전부라고 생각했던 때였고, 나 자신을 포함해서 이 세상 전체가 누군가의 머릿속을 흐르는 이미지일지도 모른다는 생각을 하고 있었다고 대답했다. 그때 문득 과거의 기억 한 자락이 뚜렷하게 떠올랐고, 나는 박영한에게 다음과 같은 설명을 덧붙여 말했다.

"아, 지금 기억이 나는군. 내가 한때 그런 생각을 했던 건 말일세, 우연히 어떤 책에서 한 철학자가 쓴 글을 읽었기 때문이었어. 그 철학자는 이렇게 말했네. 지금 우리가 현실이라고 믿고 있는 이 세상은, 사실은 현실이 아니라 조물주가 세상을 이런 식으로 한번 창조해볼까 하고 구상 중인 이미지일 수도 있다, 우리는 이런 가정에 대해 확실한 논리적 반증을 제시할 수 없다, 뭐 대충 이런 이야기였다네. 그러니 자네가 기억하고 있는 말은 나의 독창적인 견해는 아니었던 셈이지. 천재니 뭐니, 그런 말은 듣기 좀 거북하군. 하하하!"

박영한은 말을 이어나갔다. 내가 했다던 그 말을 그는 처음부터 이해했던 건 아니었다고 했다. 오히려 무슨 저런 말도 안 되는 생각을 할까, 의문을 가졌었다고 했다. 그러나 이상하게도 내가 장난처럼 툭 내뱉은 그 한마디는 그의 뇌리에서 떠나지 않았으며, 물론 내 말 때문은 아니지만 이후 박영한에게는 예기치 않은 상황들이 벌어졌고, 그 상황들 때문에 내가 내뱉은 의미를 알 수 없었던 그 말이 천재가 아니고서는 할 수 없는 말임을 갑자기 깨닫게 되었다고 했다. 나는 그가 하는 말들을 하나도 이해할 수가 없었다. 도대체 무슨 소리인가, 하고 되물었지만 그는 내 질문에는 대답하지 않고 자신의 말만 이어나갔다. 박영한 자신은 아직도 내 말의 영향 아래 존재하고 있으며, 그는 최근에 어떤 글을 썼는데 그 글을 내가 꼭 보아주길 바란다고 말했다. 내가 아니면 자신의 글을 이해해줄 수 있는 사람은 이 세상에 아무도 없을 거라는 말도 덧붙였다. 나는 그의 글을 내가 왜 꼭 이해해야 하는지 의문이라고 말했다. 그는 잠시 멈칫하더니 자신에게 벌어진 수수께끼 같은 상황에서 자신이 빠져나올 수 있게 도와줄 사람이 나밖에 없기 때문이라고 대답했다. 그러더니 진지하고 비장한 목소리로 이렇게 말했다.

"내 목숨이 달려 있는 일입니다. 그리고 나를 만나면 선배가 실재라고 믿고 있는 것들이 사실은 이미지에 불과하다는 걸 깨닫게 될 겁니다. 어쩌면 그건 선배의 인생을 다른 차원으로 이동시켜줄지도 모르지요."

그가 늘어놓는 말을 하나도 이해할 수 없었지만 나는 그냥 하핫, 웃고 말았다. 그리고 다음 날 강남역 근처에서 만나기로 약속을 정했다. 나는 정말이지 돈이 필요했다.

담배를 피워 물고 의자에 기대 앉았다. 모스크바에서 공부를 하던 십오 년 전의 나는, 한국에 돌아가면 작품성 있는 영화를 만들어 세간의 주목을 받는 감독이 되리라, 야심찬 희망을 품고 살았었다. 유학을 마치고 돌아와 단편영화 세 편을 만들었으나 그것은 평론가들의 시선을 아주 잠깐 끌었을 뿐 그걸로 끝이었다. 자본의 논리만이 판을 치는 영화판에서 나는 감독의 심부름꾼이나 다름없는 조연출이 되어 상업영화 만드는 일을 했다. 그다지 내키는 일도 아니었지만 그 일조차 없을 때가 많았다. 연전에 마지막이라는 생각으로 사채까지 끌어들여 만든 예술영화가 완전히 실패함으로써 내 삶은 돌이킬 수 없는 나락으로 떨어지고 말았다. 시간을 되돌릴 수 있다면 나는 영화를 하지 않을 것이다. 그리고 이미지에 기대지 않는 현실적인 삶을 살 것이다. 박영한은 그동안 계속 연극을 했을까? 그랬다면 그도 나만큼 고생을 했을 게 분명했다. 그가 어떤 모습으로 변했을지 비로소 궁금해졌다.

강남역 근처 프랜차이즈 카페로 들어서는 그를 보고 나는 눈이 튀어나올 정도로 놀라고 말았다. 그는 십오 년 전 내 기억 속에 각인된 모습 그대로 내 앞에 나타났다. 도서관 앞에서 만나던 날 보았던 두터운 회색 점퍼와 갈색 코르덴 바지, 이마를 덮은 덥수룩한 곱슬머리와 검정색 뿔테 안경이 모두 그때와 똑같았다. 가게 안의 사람들이 흘낏거리며 그를 쳐다보았다. 11월 초순에 맞는 복장이 아니었으니 사람들이 흘낏거리는 것도 당연한 일이었다. 그는 한동안 실내를 두리번거리다가 나를 발견하고는 내 쪽으로 걸음을 옮겨왔다. 그가 가까이 다가올수록 나의 놀라움은 도를 더해갔다. 그는 정말로 과거의 모습 그대로였던 것이다. 그가 타임머신을 타고 날아온 것이 아니고서야 이런 일은 결코 일어날 수 없는 일이었다. 과거가 현실 속 3차원 공간 안에서 재생되는 기막힌 사건 앞에서 나는 벌어진 입을 다물지 못했다. 그가 불쑥 내 코앞에 손을 내밀었다. 나는 입을 벌린 채 얼결에 그의 두툼한 손을 붙잡고 악수를 나누었다.

"이, 이게 어떻게 된 일이지? 자네는 어, 어떻게 옛날 그대로지?"

그가 긴장한 표정으로 대답했다.

"제가 그대로인 것 같습니까? 사실은 저도 믿어지질 않습니다."

나는 당황한 마음을 가라앉히기 위해 고개를 두어 번 흔들고는 커피를 한 모금 들이켰다. 커피는 몹시 썼다. 나는 호흡을 가다듬으며 다시 한번 박영한의 얼굴과 옷차림을 뜯어보았다. 아무리 보아도 그는 모스크바 유학 시절의 모습 그대로였다. 한숨이 절로 나왔다. 나는 떨리는 목소리로 다시 한번 그에게 물었다.

"어, 어떻게 자넨 십오 년 전과 하나도 달라지지 않았지? 설명을 좀 해보게. 난 이해가 되지 않는단 말일세."

그는 음울한 표정으로 어색하게 웃고는 아무 말도 하지 않았다. 샅샅이 그의 모습을 살피던 나는 그에게서 예전과 달라진 점을 한 가지 발견했다. 그의 눈빛은 과거와 달리 몹시 불안해 보였다. 그의 시선은 나의 얼굴과 몸, 커피 테이블, 상점의 바닥과 주변 사람들 사이를 불안정하게 돌아다니고 있었다. 두 손도 가만히 두질 못하고 물컵을 들었다 놨다 하는 모양새가 마치 누구한테 쫓기는 사람처럼 보였다. 그는 옆구리에 끼고 있던 갈색 가죽 가방을 열고는, 그 안에서 원고로 보이는 A4용지를 꺼내 내게 건넸다. 원고는 표지를 제외하고 넉 장이었다.

"이게 자네가 내게 보여주고 싶다던 바로 그건가?"

그는 고개를 끄덕였다. 나는 겉표지를 살펴보았다. 표지에는 '리만의 기하학'이라는 여섯 글자와 아무개의 러시아어 원고 번역본이라는 설명이 부제처럼 붙어 있었다.

"이게 제목인가?"

유리창 밖 거리를 두리번거리며 살피던 그가 시선을 내게로 돌리더니 고개를 끄덕였다. 수학 논문 같은 제목이라고 생각하며 나는 첫 장을 넘겼다. 두 번째 페이지부터는 10포인트 크기의 활자가 인쇄되어 있었다. 나는 원고를 손으로 휙휙 넘겼다. 글은 얼핏 보기에 무슨 소설처럼 보였다.

그가 커피잔을 들어 목을 축이고는 물었다.

"베른하르트 리만은 19세기 독일의 수학자입니다. 혹시 들어보셨습니까?"

"아니, 나는 처음 듣는 이름인데?"

"그럼 아주 간단하게 설명을 해드리겠습니다. 리만은 기존의 기하학과는 다른 새로운 기하학 이론을 제시했습니다. 그가 제시한 기하학 덕분에 그동안의 2차원 평면에 설정된 직선의 무한 개념은 끝이 났습니다. 그는 n차원에서의 차별적 다양성 개념을 말했는데, 그건 공간과 그 속에 잠긴 물체들 사이에 상호 영향이 가능하다는 사실을 밝힌 개념입니다. 그의 이론은 훗날 아인슈타인의 상대성 이론에 직접적인 영향을 미쳤습니다. 리만은 직선적인 무한 개념 대신에 타원형적 순환 개념을 도입했습니다. 그 공간은 딱딱한 직선과 직각의 세계가 아니라, 곡선의 세계, 휘어짐의 공간입니다. 곡선의 세계에서는 재현된 이미지와 실재가 서로 만나서 하나가 되고, 그래서 이미지가 곧 실재가 됩니다."

"그 수학 이론이 자네가 쓴 글과 어떤 관련이 있는 거지?"

"이미지가 곧 실재라면 실재는 이미지와 구별되지 않고, 더 나가서 실재는 존재하지 않게 됩니다."

그의 눈빛이 강하게 빛나고 있었다.

"유학 시절 선배가 도서관에서 했던 얘기도 이것과 비슷한 내용이었어요."

"글쎄, 어제도 말했다시피 나는 그때 영화에 미쳐 있었으니까. 이 세상에 이미지 말고 다른 건 아무것도 존재하지 않는 것 같았어. 그런 생각이야 젊은 시절 한때 해보는 거지. 아니면 철학을 전공으로 하는 사람들이나 직업적으로 하든가. 지금 난 먹고살기에도 바쁘다네."

내 마음이 무겁게 가라앉기 시작했다. 피로하고 불안정해 보이는 그의 얼굴에는 궁핍의 그림자가 짙게 드리워져 있었다. 나는 그에게서 돈을 빌릴 수 없을 것 같았다. 그가 물었다.

"선배는 우리가 이렇게 마주 앉아 있는 이 상황이 실재라고 믿어지세요?"

"자네는 우리가 마주 앉아 있는 이 상황이 실재가 아니라 이미지라고 얘기하고 싶은 건가?"

그는 아무 말 없이 커피 테이블을 내려다보았다.

"이보게 영한이, 자네가 그동안 어디에서 뭘 하며 지내다 내 앞에 나타났는지 모르겠지만, 이런 건 철학자들이나 해야 할 이야기야. 난 자네가 전화를 걸어 자네가 쓴 글을 읽어달라고 했기 때문에 잠시 시간을 낸 것뿐이라고. 사는 데 도움이 되지 않는 이런 비현실적인 이야기는 하고 싶지 않다네."

그의 표정이 몹시 어두워졌다. 나는 또다시 입을 열었다.

"이것 보게. 자네는 지금 내가 한 말 때문에 마음이 상해 기분이 울적해지지 않았나? 자네가 지금 이 순간 뭔가를 느낀다는 거, 그게 바로 자네가 현실적 존재라는 걸 증명하는 거야. 현실을 외면하려 하는 사람들은 쉽게 망상에 사로잡히지. 건강한 사람들은 자신한테 주어진 것을 그냥 받아들여. 부정도 의심도 하지 않고 말일세. 자네, 건강은 한 건가?"

"나는 선배와 내가, 그리고 이 세상이, 누군가가 상상 속에서 만들어낸 거라는 생각이 자꾸 들어요. 지금 우리가 만나 이렇게 대화를 주고받는 것도, 선배가 나한테 면박을 주고 내가 그것 때문에 기분이 상하는 것도 누군가가 머릿속으로 그렇게 계획을 세웠기 때문에 거기에 맞춰 우리가 그렇게 행동하고 있는 건지도 모르지요."

진지하고 우울한 표정으로 앉아 있는 그가 말이 통하지 않는 두터운 벽처럼 느껴졌다. 내가 말했다.

"만약 그렇다면 그건 더 간단한 일이군. 우리가 어떤 사람의 상상이나 계획 속에 존재하는 인물이라면, 그 상상이나 계획이 끝나는 순간 우리의 인생도 끝나는 셈이니, 그땐 그냥 사라지면 되는 거잖아."

"선배는 많이 변했군요."

"자넨 여전하군. 아니, 솔직히 우리는 그다지 서로를 잘 알지 못하는 사이였지. 그런데 자네가 썼다는 그 글은 대체 뭔가? 날 보자고 한 이유가 그 글 때문이었잖아?"

그는 커피잔을 들어 한 모금 마신 후 입을 열었다.

"러시아에 있을 때 표도르라는 친구가 있었어요. 나랑 전공이 같았지요. 어느 날 그가 보드카 몇 병을 들고 베레조프스키라는 자신의 친구와 함께 내 방을 찾아왔어요. 난 그때 학교 근처에서 혼자 살고 있었거든요. 베레조프스키는 참 이상한 친구였어요. 대학에서는 수학을 전공하고 졸업 후에는 소설과 희곡을 썼는데, 자신이 어떤 특별한 책에 글을 쓰면 그것이 현실에서 그대로 일어날 거라는 미신 같은 생각을 갖고 있었어요. 자신이 그 특별한 책을 어렵게 구해서 자기 책장에 소장하고 있다고 했어요. 난 그에게 이렇게 말하곤 했죠. '네가 만약 소설 속의 인물이라면 그런 일이 가능하다. 하지만 현실 속에서 그런 일은 있을 수 없다'고 말예요. 우리는 늘 술을 나눠 마시며 토론을 벌였고, 서로 감정이 격해지면 주먹다짐도 마다하지 않았어요. 그 친구는 자신의 주장을 조금도 굽히지 않았고, 그 책을 보여달라는 청도 들어주지 않았어요. 난 솔직히 그 친구가 약간 미쳤다고 생각을 했지만, 우린 매우 친하게 지냈어요. 이상한 책에 대한 이야기만 제외한다면 다른 방면에서는 신기할 정도로 말이 잘 통했거든요. 아무튼 그때만 해도 나는 선배가 말한 거처럼 이 세상의 실재성에 대해서 한 치도 의심하지 않았던 건강한 현실주의자였어요. 그런데 어느 날인가 그가 혼자서 나를 찾아와서는 자기가 쓴 글을 주면서 읽어보라고 했어요."

"소설이었나?"

"글쎄요, 그냥 일단은 소설이라고 해두죠."

"그래, 제목이 뭐였는데?"

"제목은 '리만의 기하학'이었어요."

나는 두 손으로 마른세수를 했다. 무슨 핑계를 대서든 어서 빨리 이

자리를 떠야겠다는 생각이 들었다. 나는 과장된 몸짓으로 서둘러 시계를 봤다.

"아, 그랬군. 자네가 쓴 글과 제목이 같군. 이거 여간 흥미롭지 않은데? 그런데 어쩌지? 내가 조금 후에 중요한 볼일이 있어서 말이야."

"바쁘시군요. 그럼 얼른 이야길 끝낼게요. 결론은 이겁니다. 내 목숨을 구해줄 사람은 지금 이 순간 권 선배뿐이라는 겁니다. 일단 실험적으로 애길 하자면 말입니다."

나는 눈살을 찌푸리며 그를 쳐다보았다.

"그게 무슨 소린가? 내가 자네 목숨을 구해야 한다니?"

절망이 깃들인 그의 투박한 얼굴에서 식은땀이 흘러내리고 있었다. 결코 장난이 아닌 듯했다.

"선배, 난 지금 위기에 처해 있습니다. 누군가가 날 쫓고 있다고요. 자세한 건 방금 드린 원고를 읽어보면 알 수 있을 거예요. 왜 하필 나인가, 선배는 되묻고 싶겠지만, 자세한 얘긴 일단 선배가 그 원고를 읽고 난 다음에 다시 하도록 하죠. 저한테 꼭 약속해주십시오. 원고를 되도록 빠른 시간 내에 읽고 전화를 주신다고요."

우리는 자리에서 일어나 거리로 나왔다. 볼을 스치는 바람이 제법 차가웠는데도 그는 여전히 식은땀을 흘리고 있었다. 거리에서 악수를 하고 인사말을 나누는 내내 그는 절박한 눈으로 날 쳐다보았다. 나는 부담스런 그의 시선을 떼어내듯 휙 등을 돌리고 걸음을 옮겼다. 열댓 걸음쯤 걷다가 뒤를 돌아보니 몹시 허둥대는 몸짓으로 건널목을 건너 인파에 묻혀 들어가는 그의 뒷모습이 보였다. 나는 뭔가에 홀린 것 같은 기분이 되어 내 원룸으로 돌아왔다.

방에 들어서자마자 핸드폰이 울렸다. 김 실장이었다. 얼굴에서 핏기가 가시는 기분이었다. 나는 마음을 단단히 먹고, 어쩌면 이것이 내 목숨을 구할 수 있는 유일한 길이 될지도 모른다는 생각을 하며 핸드폰의 녹음 기능을 작동시켰다. 그리고 전화를 받았다. 권 선생니임—, 으로 시작하는 단아하고 예의바른 목소리가 들려왔다. 내일 오후 다섯 시까지가 입금 마감인데 준비는 잘 되어가고 있느냐고 그가 물었다. 그는 계속해서, 권 선생님이 자신을 실망시키지 않을 것이라 믿고 있으며, 지난번 자기가 했던 얘기를 잊지 않았을 거라 생각한다고 말했다. 나는 그가 장기 적출이니 어쩌니, 입에 담기 끔찍한 말을 한 번 더 지껄여주길 바라며 짐짓 덜 떨어진 목소리로 물었다.

"지난번 했던 얘기라니요?"

내 질문이 끝나기도 전에 김 실장의 입에서 냉소가 흘러나왔다.

"크크크. 권 선생니임—. 지금 핸드폰으로 녹음하고 계시죠? 경찰에 신고 좀 해볼까 하고요. 하여튼 댁 같은 사람들 하는 짓들은 죄다 들 똑같습니다. 지난번에 제가 영화 얘길 했었죠. 돈 다 갚고 시간 나실 때 보면 좋을 영화 말입니다. 저 김 실장, 다른 건 몰라도 신용 하나는 틀림없는 사람입니다. 전 한 번도 고객과의 약속을 어겨본 적이 없습니다. 제 말 무슨 뜻인지 아시겠습니까, 권 선생니임? 우리 권 선생님도 신용 지켜주실 거라 믿고요, 저는 이만 전화 끊겠습니다. 편안한 밤 되십시오, 그럼."

등골에 오싹 한기가 들었다. 협박 삼아 그냥 해보는 말이 아니었다. 김 실장은 내가 만든 영화 속 악덕 사채업자처럼 정말로 나를 잡아다가 장기를 꺼내 팔아버릴 심산인 것 같았다. 몸이 떨렸다. 나는 핸드폰에 저장된 연락처를 뒤져서 돈 얘기를 꺼낼 만한 모든 사람들에게 전화를 걸었다. 대부분이 전화를 받지 않았고, 전화를 받은 몇몇 친구들은 내가 돈 얘기를 꺼내자 냉담하게 거절하거나, 지난번에 빌려간 것부터 갚으라며 화를 냈다. 누굴 탓하겠는가. 그저 울고 싶을 뿐이었다.

시간은 계속 흘러 어느덧 자정을 넘어가고 있었다. 나는 두 손을 축 늘어뜨린 채 무기력하게 의자에 기대 앉아 있었다. 집을 나가 노숙자가 되면 놈들의 추적을 받지 않고 살아갈 수 있을까? 경찰한테 보호를 요청해볼까? 놈들은 정말 나를 잡아다 끝장을 낼 작정일까? 내가 맞닥뜨린 이 현실이 누군가가 쓴 소설의 내용이거나 누군가의 상상에 불과한 거라면 얼마나 좋겠는가. 엄습하는 공포와 싸우며 이런 생각들을 하고 있을 때 갑자기 박영한이 읽어보라던 원고가 생각났다. 박영한은 자신이 쓴 글이 나를 다른 차원으로 데려가줄지도 모른다고 말했다. 나는 서둘러 가방을 열었다.

표지에는 '리만의 기하학 — 원본에 적혀 있는 베레조프스키의 러시아어 원고 번역본'이라고 적혀 있었다. 나는 표지를 넘기고 원고를 읽기 시작했다.

나는 형을 위해 선물로 가져온 도널드 덕 인형의 몸통을 열고 묵직하고도 차가운 매그넘 646 시리즈를 꺼내 들었다. 물론 암시장에서 산 총에 내 지문이 남지 않도록 가죽 장갑을 낀 다음이었다. 형의 경호원들은 그들에게 럼주를 안겨주고 커다란 도널드 덕 인형을 흔들며 바보처럼 웃는 내 몸을 손으로 훑었을 뿐, 인형 속을 들여다볼 생각은 하지 않았다. 나는 총신에 소음기를 장착한 다음 형에게로 갔다. 형은 거실의 안락의자에 앉아 철갑상어 알을 입에 넣고 우물거리고 있었다. 그는 조금 전까지 우리가 하던 이야기를 계속하고 싶은 것 같았다. 그는 내가 갖고 있는 『리만의 기하학』 원본을 자기에게 팔지 않겠느냐고 했지만, 나는 대답하지 않았다. 형은 싫다면 어쩔 수 없다며 호탕하게 웃었지만, 그가 그 책의 여백에 자신이 세계 최고의 부자가 되는 이야기를 써 넣고 싶어 한다는 것을 나는 너무나 잘 알고 있었다. 『리만의 기하학』 원본의 여백에 써 넣는 이야기들이 실재가 되어 눈앞에서 실현된다는 사실을 그는 잘 알고 있었다. 형은 내가 소유하고 있는 그 책을 결코 포기하지 않을 것이다. 그러나 그는 아무것도 소유하지 못할 것이다. 사업이나 돈에는 관심 없는 한갓 예술가에 불과한 나, 용돈이나 가끔 쥐여주면 그뿐인 무해무익한 존재인 이복동생의 손에 지금 곧 죽게 될 테니까.

　"나도 아브라모비치*처럼 해외로 일찍 눈을 돌렸어야 했어. 그 젊고

---

*　러시아 석유 재벌. 영국 축구팀 첼시의 구단주.

영악한 자가 영국으로 돈을 빼돌……."

자신의 돈을 해외로 빼돌리고 싶다는 소망의 말을 마치지 못하고 그는 대리석으로 만든 이탈리아제 테이블 위에 쓰러져 입가에 한 줄기 피를 흘렸다.

"가엾은 형. 부디 잘 가. 형이 간 그곳에서는 테러를 당할 일이 없을 거야."

나는 늘 백여 명의 경호원에 둘러싸여 불안에 떨며 지내던 형이 앞으로는 그 어떤 공포에도 사로잡히지 않아도 된다는 사실을 위안 삼아 되새기며 옆문을 통해 손님방으로 빠져나갔다. 손님방의 유리창에는 이미 밧줄을 매달아두었고, 난 그 밧줄을 움켜쥐었다. 나는 경호원과 맞닥뜨리는 경우를 생각해서 권총을 주머니에 넣었지만 나 자신을 보호하기 위해 그들을 쏠 생각은 없었다.

나의 형은 올리가르히*. 그가 누구인지는 말하고 싶지 않다. 그의 얼굴, 그의 이름은 가끔 언론을 통해 보거나 들을 수 있지만, 나의 하루는 그를 통하지 않고는 온전히 흘러가지 않는다. 나뿐만 아니라 내 동료와 이웃, 모든 모스크바 시민들 또한 그의 소유물을 통하지 않고는 단 하루도 삶을 영위할 수 없다. 그가 소유한 버스 회사의 버스를 타고, 그가 소유한 쇼핑센터에서 쇼핑을 하고, 집에 돌아와서는 그가 소유한 방송국의 TV 프로그램을 보고, 밤에는 그가 소유한 주류 회사의

---

* 러시아의 과두 독점 재벌 세력.

보드카를 마시고 잠이 든다. 사람들은 오직 꿈속에서만 그에게서 자유롭다. 하지만 그들은 자신의 삶 속에 나의 형이 그토록 깊숙이 들어와 있다는 사실을 알지 못한다. 그들은 말한다. 올리가르히가 없었다면, 러시아 경제가 이토록 빠르게 발전할 수 없었을 거라고. 어떤 이들은 말한다. 그들이야말로 처단해버려야 할 민중의 적이라고.

나의 형은 영악한 사람. 다른 올리가르히들은 탈세 혐의로 보석 신청도 거부당한 채 영어의 몸이 되었건만, 그는 교묘히 빠져나왔다. 그는 빳빳한 루블이 가득 든 가방을 양 손에 들고서 크렘린궁을 부지런히 드나들었다.

나는 형을 죽였다. 삼엄한 경호를 뚫고 들어와 정의를 감행할 수 있는 사람은 오직 나뿐이었다. 나는 『리만의 기하학』 원본을 그로부터 지켜야 했다. 이 세상이 형 같은 사람으로 인해 더 큰 불행에 빠져서는 안 되기 때문이다. 그는 이복형이었지만 나를 아무 경계심 없이 대했기에 인간적으로는 그에게 미안한 마음을 금할 수 없다. 살인에 대한 죗값은 마땅히 치르겠다. 죗값으로 목숨을 요구한다면 기꺼이 내놓을 것이다.

인생에서 가장 의미 있는 일을 해낸 나는 내가 소유하고 있는 『리만의 기하학』 원본을 나의 한국인 친구 박영한에게 전해줄 것이다. 박영한은 내가 쓴 글이 현실에서 그대로 재현된다는 이론을 전혀 받아들이지 않았다. 하지만 나는 그가 실재의 허구성과 허구의 진실성을 충분히 꿰뚫어 볼 수 있는 사람임을 믿어 의심치 않는다. 그는 내 이론의

대리인이 되어줄 것이다. 이백 년 전 천재 수학자 리만이 쓴 기하학 이론의 독창성과 진실한 위력에 힘입어 원본에 쓴 나의 글이 실현된 것처럼, 박영한의 글 또한 그리 되기를 바란다. 원본을 소유한 사람이 겪어야 하는 어쩔 수 없는 위험들이 그에게는 그럭저럭 피해갈 만한 것이 되길 기원한다. 세상의 모든 진귀한 것이 그렇듯이 이 원본 또한 좇는 사람들이 많으니, 박영한의 머리에 흐른 몇 방울의 피가 다음에 닥쳐올 더 큰 위험에서 그를 구해주기를 진심으로 소망한다.

20××년 ×월 ×일 알렉산드르 베레조프스키

A4용지 두 장에 걸쳐 인쇄되어 있는 글은 도대체 요령부득의 문서였다. 박영한은 내게 왜 이 글을 읽어보라고 한 걸까. 궁금하기보다는 짜증이 치밀었다. 나는 페이지를 다음으로 넘겼다.

악당 같은 친구, 베레조프스키. 넌 나에게 왜 이 책을 준 거지? 평소처럼 네가 보드카 한 병을 사 들고 와서 시끄럽게 떠들어대던 그날 저녁, 난 네가 머릿속으로 이런 계획을 세우고 있으리라고는 꿈에도 생각지 못했어. 나쁜 놈. 이미 죽은 너한테 욕을 하는 건 미안하지만, 어쨌든 나를 이 혼란스러운 상황 속으로 끌어들인 네놈한테 욕을 안 할수가 없구나. 하긴 넌 그날 저녁 평소와는 달랐어. 술도 많이 마시지 않았고 말수도 적었고 표정이 어딘가 모르게 비장했으니까. 너는 나에게 나중에 읽어보라며 서류 봉투를 하나 건네고 평소보다 일찍 내 방을 나섰지. 형을 만나기로 했다는 말을 하며 방문을 나설 때만 해도 네가 그런 짓을 벌일 줄은 꿈에도 몰랐어. 나는 네가 경호원의 총에 맞아 죽었다는 소식을 들은 다음에야 네가 준 서류 봉투를 열어보았어. 누렇게 찌들어 발 냄새 비슷한 냄새를 풍기는 이 이상한 책자를 건네받은 지 벌써 일 년이 다 되어가는군.

천재인지 뭔지 리만이라는 사람이 자필로 쓴 보기에도 몹시 복잡해 보이는 수학 논문 뒤에는 필체도 언어도 제각각인 여러 사람의 글이 붙어 있었지. 세어보니 자네의 글까지 모두 여섯 명이 글을 썼더군. 그 여섯 사람이 모두 자네처럼 이상한 생각을 하고 그 안에 소설인지 진짜인지 헷갈리는 그런 글들을 썼던 건가? 난 자네의 글을 읽고, 신문에 난 기사를 보고, 그리고 자네를 속으로 비웃었네. 그건 이미지가 실재가 된 것도 아니고, 허구적 진실이 현실 속에서 그대로 재현된 것도 아니고, 그냥 단지 자네의 결심을 소설 형식으로 쓴 다음 그걸 그대로 실천한 것에 불과한 거잖아. 바보 같은 친구, 그런 짓을 벌였으니 총에 맞아 죽는 게 당연한 일이지. 하여튼 네놈 덕분에 경찰서에도 여러 번 불려가 조사를 받았고, 한동안 언론이니 기자니한테 시달리며 끔찍한 시간을 보냈네. 그런데 이 친구야, 내가 얼마나 영악했는지 아나? 자네가 나한테 건네준 이 이상한 책자에 대해서 나는 아무에게도 말하지 않았다네. 형을 살해하겠다는 계획이 담긴 글을 내가 보관하고 있다는 게 알려진다면 나까지 공범 취급을 당할 게 뻔하지 않은가. 나는 자네가 건네준 이 발 냄새 나는 책을 이러지도 저러지도 못한 채 내 책상 위에 쌓여 있는 연극 대본들 사이에다 끼워 넣었다네. 그러고는 잊어버렸지.

그런데 두어 달 전부터 이상한 일이 일어나기 시작했어. 집 안의 물건들이 내가 놓아둔 대로가 아닌 다른 상태로 정리되어 있는 일이 생겼고, 나한테 배달되어 오는 우편물이 사라지거나 겉봉이 열렸다 다시 붙여진 흔적이 발견되기도 했어. 어떤 때는 길에서 누군가 나를 미행하는 것 같아 휙 뒤를 돌아보면, 상점의 입간판 뒤나 골목 안으로 황급히 사라지는 남자의 뒷모습이 보이기도 하더군. 불안하더군. 하지만 누가 나처럼 가난한 유학생을 미행하겠는가, 무슨 이유로? 난 나한테 벌어지는 일들을 무시하기로 작정했네. 그러나 나의 이런 안일한 생각은 열흘 전에 바뀌었다네.

열흘 전 늦은 밤, 학교에서 공부를 끝내고 집에 들어서던 나는 정체불명의 괴한과 맞닥뜨렸네. 온 집 안이 난장판이 된 걸로 봐서 놈은 뭔가를 찾고 있던 것 같았어. 집 안에 들어서는 나를 본 괴한은 눈을 크게 뜨고 놀란 표정을 짓더니 다음엔 다짜고짜 달려들어 내 머리를 뭔가로 내려쳤네. 난 정신을 잃었지. 눈을 떠보니 난 여전히 집 안이었고, 머리와 얼굴은 온통 피에 젖어 있었어. 도대체 그 괴한은 누굴까. 내 집에서 뭘 찾고 있던 걸까. 다친 머리를 부여잡은 채 나는 괴한이 된 심정으로 집 안을 둘러보았지. 그때 책상 위에 흩어진 연극 대본들 사이에 자네가 나한테 준 그 빌어먹을 책자가 널브러져 있는 게 눈에 들어오더군. 그 순간 그동안의 의혹이 단숨에 풀렸네. 괴한은 자기가 찾는 물건을 눈앞에 두고도 알아보지 못하고 빈손으로 돌아간 거야. 일이 이렇게 된 데에는 몇 년 동안 연극 대본들을 모아 누렇게 찌들도록 방치한 내 게으름에게 공을 돌려야 하겠지만, 어쨌든 나는 이 정체를 알 수 없는 책자에 대해 뭔가를 하지 않으면 안 될 상황이 됐다는 걸 깨달았다네. 자네 내 머리에 흐른 몇 방울의 피가 더 큰 위험에서 날 구해주길 바란다고 썼더군. 그건 기도인가, 아니면 협박인가? 친구를 궁지에 몰아넣고 한다는 말이 고작 그건가? 자네가 지옥에 가 있길 바라네.

리만인가 뭔가가 남겼다는 책자엔 비어 있는 페이지가 얼마 되지 않는데, 이렇게 구구절절 많은 이야길 써 넣어도 되는 건지 모르겠군. 하여튼 나는 결심했네. 자네가 나한테 했던 것처럼 이 구린내 풍기는 낡은 책자를 다른 사람한테 넘기기로. 나는 그를 위해 이 책에 여백을 남겨둘 생각일세. 그 사람한테 곤경이 닥친다 하더라도 빠져나갈 구멍은 있어야 할 테니. 이런 젠장. 내가 지금 무슨 짓을 하고 있는 거지? 자네가 했던 유치한 짓거리를 나는 조금도 믿지 않았는데 말이야. 나는 책에다 뭔가를 적어 넣고 그것이 현실이 되기를 바라는 유치한 짓 따위는 하고 싶지 않단 말일세. 그냥 믿거나 말거나 하는 심정으로 해보는 것일 뿐, 나는 지금도 여전히 믿지 않아. 괴한한테 맞아 죽는 것보다는 나을 테니 그냥 해보는 거라고, 이런 젠장맞을!

난 20××년 11월, 그러니까 지금으로부터 십사 년 후로 갈 생각이야. 이 빌어먹을 책자가 시간 여행도 가능하게 해준다면 말일세. 나는 이 글을 다 쓴 다음, 같은 한국인 유학생이었던 권 선배한테 연락을 할 거야.

왜 하필 권 선배인가 하면, 그 사람 또한 베레조프스키 자네가 했던 것과 같은 말을 나에게 한 적이 있거든. 난 그를 만날 거고, 내가 지금 쓰고 있는 글의 사본을 그에게 보여줄 거야. 그에게 이 글을 다 읽은 다음 연락을 달라고 할 거고, 그에게서 연락이 오면 그를 다시 만나 이 빌어먹을 책자를 넘겨줄 거야. 그는 나에게 반드시 연락을 하게 되어 있어. 왜냐고? 그 사람에게도 이 괴상한 책자를 이용해 벗어나야 할 상황이 있는 걸로 내가 만들 거니까. 어떤 상황이라고 해야 말이 될까? 그래, 돈 문제로 해야겠네. 그는 한국으로 돌아가 영화를 만들다 망했고 돈에 쪼달려 사채를 썼고, 사채업자한테 심하게 빚 독촉을 당하는 중이야. 상환 마감을 어기면 목숨을 잃을 수도 있는 다급한 상황이라면 그도 『리만의 기하학』에 흥미가 생기겠지. 내가 하는 말이 헛소리로 들리지도 않을 테고, 나를 미친 놈으로 생각하지도 않을 거야. 아! 그런데 내가 정말 미쳐가고 있는 건 아닐까? 내 눈앞에 벌어진 현실을 믿을 수도 믿지 않을 수도 없는 이런 상황, 정말 혼돈스럽기 짝이 없군! 난 한시라도 빨리 납득 불가능한 이 상황에서 벗어나 단조로운 3차원의 세계를 되찾고 싶네. 누군지도 모르는 사람한테 쫓기는 불안에서 벗어나 깊은 잠을 푹 자고 싶다고, 이 나쁜 친구야.

20××년 11월 ×일 박영한

머리가 띵했다. 이 글을 도대체 어떻게 이해해야 할지 가늠이 되지 않았다. 나는 컴퓨터를 켜서 구글 사이트로 들어가 러시아 신문 기사를 검색했다. 내가 한국에 돌아오고 얼마 되지 않아 러시아 제일의 재벌이 의붓동생의 총에 저격당해 숨진 사건이 있었다. 기사에는 베레조프스키의 사진도 실려 있었다. 나는 한숨을 쉬었다. 이 모든 게 우연의 일치일 뿐이라고 믿고 싶었다. 그러나 박영한이 나에 대해 만들어놓은 악랄한 설정이 저주처럼 꼭 들어맞고 있었다. 이 모든 게 누군가 한 사람의 머릿속에서 나온 이야기처럼 아귀가 맞았다.

나는 창밖을 내다보았다. 어느덧 날이 밝아오고 있었다. 열 시간 후엔 김 실장이 말한 상환 기한이 지난다. 주머니에는 단돈 몇만 원뿐이었다. 드문드문 오가는 차량과 희끄무레 밝아오는 하늘을 쳐다보고 있다고 생각했는데, 어느새 나는 머릿속으로 『리만의 기하학』을 손에 넣으면 거기에 무슨 글을 써 넣을까를 고민하고 있었다. 한심한 생각이었다. 하지만 다른 도리가 없었다. 우선은 내가 처한 상황이 정말 그 책과 관련이 있는 것인지 그것부터 확인하고 싶었다. 그리고 여기에서 벗어나고 싶었다. 어찌됐거나 일단은 원본부터 손에 넣기로 마음을 정했다.

"자네가 쓴 글, 무척 재미나게 읽었네. 그런데 그건 소설인가?"

나는 아침이 밝는 대로 전화를 걸어 박영한에게 물었다. 그는 잠을 제대로 자지 못했는지 몹시 피곤한 목소리로 전화를 받았다.

"글쎄요. 제삼자가 본다면 소설이라고 생각할 수도 있겠지요. 저와 선배와 베레조프스키한테는 아니지만요. 지금 이곳에 도착해서 선배의 상황이 제가 쓴 글과 같다는 사실을 이미 확인했으니, 선배도 제 글을 소설로 생각하진 못할 것 같은데요?"

내가 물었다.

"도대체 믿을 수가 없군. 어떻게 이런 일이 있을 수가 있지?"

박영한도 물었다.

"저도 믿을 수가 없습니다. 어떻게 이런 일이 있을 수가 있을까요?"

나는 한숨을 길게 내쉰 다음, 그에게 말했다.

"원본을 한번 보고 싶은데 자네가 이리로 와줄 수 있겠나?"

두 시간 후 그가 도착했다. 그가 가방에서 꺼낸 책자는 낡아빠진 갈색 가죽 장정에 기름 먹인 종이가 철해져 있었다. 그리고 정말 발 냄새 비슷한 지독한 냄새가 풍겨 나왔다. 박영한은 진지한 표정으로 나에게 책자를 넘겨주고는 소파에 앉았다. 나는 그에게 미리 준비해둔 한방차를 건네주었다. 잣과 대추가 떠 있는 검은 액체에는 평소 잠이 안 올 때 내가 복용하는 수면제 두 알을 녹여두었다. 소원대로 그에게는 깊은 잠을 선물하고, 『리만의 기하학』은 내 뜻대로 처리하고 싶어서였다. 나는 『리만의 기하학』 원본을 무릎에 올려놓은 채 그에게 정말로 십사 년이라는 시간을 뛰어넘어 왔느냐고 물었다. 그는 다소 고통에 찬 긴장된 표정으로 자신도 믿을 수 없지만 사실이라고 대답했다. 나는 조심스럽게 원본의 책장을 넘겼다. 박영한이 처음에 건네준 사본에서 읽었던 것처럼 복잡한 수학 이론이 책의 중간까지 펜으로 쓰여 있었고, 그 다음부터는 필체도 언어도 제각각인 여러 사람의 글씨가 쓰여 있었다. 제일 마지막에 박영한이 한국어로 쓴 서간체의 글이 보였다. 난 베레조프스키가 쓴 글부터 읽어보았다. 어젯밤에 읽었던 박영한의 번역은 러시아어 원문에 매우 충실한 것이었다. 나는 박영한의 글도 다시 한번 읽어보았다. 글을 다 읽기도 전에 박영한은 고른 숨소리를 내며 소파에 비스듬히 기댄 채 잠이 들어버렸다. 이제 이 상황을 어떻게 만들어나갈지는 온전히 나에게 달린 셈이었다.

　나는 리만의 원본을 책상에 내려놓고 박영한에게 다가갔다. 나는 그의 가방과 주머니를 뒤져 신분증과 핸드폰 따위를 꺼낸 다음, 내 것을 대신 집어넣을 수도 있었다. 현관문을 살짝 열어두고 내가 종적을 감춘다면 김 실장은 나 대신 박영한을 데려갈 것이었다. 베레조프스키가 말한, '다음에 닥칠 더 큰 위험'은 그런 상황을 두고 한 말인지도 몰랐다. 하지만 나는 일을 그렇게 만들 생각은 없었다.

　나는 사방을 둘러보았다. 원룸은 평소 내가 거처하던 그대로였다. 내가 현실이라고 믿었던 이 장소가 실은 박영한의 머릿속에서 계획된 이미지 속의 공간이란 말인가. 정말 그렇다면 『리만의 기하학』 원본에 내가 다른 이야기를 쓴다면 지금 내 앞에 펼쳐진 세상이 부서지고 다른 세상이 만들어질 수도 있단 말인가?

　나는 의자에 앉아 골똘히 생각에 잠겼다. 『리만의 기하학』 원본이 풀리지 않는 수수께끼를 간직한 채 눈앞에 펼쳐져 있었다. 여백을 쳐다보고 있자니, 내 통장에 갑자기 정체불명의 거액이 입금되어 그 돈으로 빚을 갚고 김 실장의 협박에서 벗어나는 장면이 영화처럼 머릿속을 지나갔다. 허무맹랑한 상상이었으나 그 상상을 원본에 적어 넣고 싶은 유혹이 강렬하게 일어났다. 하지만 베레조프스키나 박영한의 글은, 글을 적어 넣은 다음 어느 정도 시간이 흐른 다음에야 실현이 되었다. 나에게는 글을 적어 넣고 그것이 이루어질 때까지 기다릴 수 있는 시간적인 여유가 없었다. 마음이 무겁고 답답했다.

어찌해야 할지 갈피를 잡지 못하는 사이 시간은 계속 흘러 오후가 되었다. 이제 두 시간 후면 채무 상환 마감 시간이 될 것이다. 마음이 다급해졌다. 박영한이 나에게 한 거처럼, 뭐라도 써 넣어 아무에게라도 이 책자를 넘긴 다음 내가 처한 위험에서 도망치고 싶기도 했고, 이 위험한 책을 다른 사람에게 떠넘기고 나 혼자만 안전하게 빠져나가서는 안 된다는 생각이 들기도 했다. 어떻게 해야 이 상황을 종식시킬 수 있을까. 어떻게 해야 그 누구도 피해자로 만들지 않고 현실과 가상의 위험한 줄타기를 끝낼 수 있을까.

『리만의 기하학』을 내려다보고 있는 사이 시간은 계속 흘렀다. 이제 남은 시간은 한 시간, 시간이 정지된다면 모를까 더 이상 영감이 떠오르길 기다릴 여유가 없었다. 시간이 정지된다, 시간이…… 암전 상태의 머릿속에 불이 켜지듯 번쩍 아이디어가 떠올랐다. 내가 지금 할 수 있는 일은 단 한 가지, 시간을 현재 이 시점에 묶어두고 더는 앞으로 나아가지 못하도록 하는 것뿐이었다. 이 허무맹랑한 상황이 더 부풀려지는 것을 막는 방법은 오직 그것뿐이었다. 베레조프스키와 박영한이 그랬던 것처럼, 나도 내가 겪은 현실을 바탕으로 나의 이야기를 쓰되 지금 이 순간에서 이야기를 멈추는 것이다. 그리하여 이 상황과 시간을 무한의 고리 안에 가둬버리는 것이다. 그런데 그렇게 해서 나 또한 영원히 이 순간에 멈춘 채 시간의 고리에서 빠져나가지 못하면 어떻게 하나! 갑자기 두려움이 밀려왔다. 그러나 곧 김 실장의 소름 끼치는 전화 목소리가 떠올랐다. 나는 영원히 이 시간 안에 갇혀버릴 수도 있다는 두려움을 애써 외면하며, 『리만의 기하학』의 비어 있는 여백을 찾아 페이지를 넘겼다. 내가 글을 다 쓴 다음에도 『리만의 기하학』 원본에 다른 이야기를 써 넣을 수 있는 여백이 남기를 간절히 바라며 펜을 찾아 들었다. 남은 여백에 써 넣을 새로운 이야기는 박영한과 내가 시간의 무한 고리에서 빠져나가는 내용이 될 것이었다. 나는 서둘러 펜을 놀려 『리만의 기하학』 여백에 글을 써 넣기 시작했다.

　전화벨이 울린 건 새벽 두 시경이었다. 화면을 정지시켜놓은 채 영어 대사를 우리말로 번역하여 자막을 입력하고 있던 나는 깜짝 놀라 휴대폰을 바라보았다. 또 독촉 전화일 것이다. 사무적이면서도 단아한 목소리로 원금과 이자를 독촉하는 남자. 자신을 김 실장이라고 밝힌 대부업체 직원의 전화는 시도 때도 없이 집요하게 걸려왔다. 내가 상환을 어기는 일이 반복되면서 전화의 내용 또한 공갈 협박의 수위를 높여갔다……

초록 식탁과 빨간 의자와
고양이가 있는 정물화

주향의 어머니는 중환자실 복도 의자에 고개를 수그린 채 앉아 있었다. 바스러질 듯 잔뜩 움츠러든 어머니의 모습에 나는 그만 가슴이 메어지고 말았다. 의자로 다가가자 어머니가 고개를 들었다. 얼굴에 핏기라곤 하나도 남아 있지 않았다.

"미안하구나. 이런 꼴을 보여서……."

나는 어머니의 옆에 앉아 바싹 마른 주름진 손을 가만히 잡았다. 주향이 상태가 어떤지 몹시 궁금했지만 고통에 찬 어머니의 모습은 함부로 질문을 던질 수 없게 만들었다. 내 조바심을 읽으신 건지, 어머니는 한숨을 한 번 푹 내쉬더니 나지막한 목소리로 입을 여셨다. 주향이 아파트 화단에서 발견된 건 네 시간 전이라고 했다. 건물 청소를 하던 주향의 어머니는 연락을 받고 병원 응급실로 달려오셨고, 중환자실로 주향을 옮기고 나자, 혼자 이 상황을 견디는 것이 너무 힘들었다고 하셨다. 아파트 5층 베란다에서 몸을 던진 주향은 지면과 충돌하면서 내부 장기와 머리에 골고루 손상을 입었다고 했다. 검사 결과가 나와봐야 자세한 예측이 가능하지만 지금으로선 주향이 내출혈 상태를 잘 견뎌내는 게 관건이라고 했다. 그러니까 주향에게는 오늘밤이 고비인 셈이었다.

"너한테 폐를 끼치고 싶지는 않았는데, 너 말고는 연락할 사람이 한 명도 떠오르질 않지 뭐니."

"연락 잘 하셨어요. 명색이 주향이 친군데 이럴 때 힘이 되어드려야죠, 당연히."

어머니는 나를 바라보며 다시 한번 한숨을 쉬시더니, 갑자기 뭔가 생각난 듯 겉옷 주머니에서 접힌 종이를 꺼내 건네주셨다. 종이는 주향이 쓴 유서였다. 주향은 입고 있던 카디건 주머니에 유서를 접어 넣은 채 아파트 베란다에서 몸을 던진 것이었다.

엄마, 미안해.
그리고 우리 한이에게도 미안해.
엄마한테 좋은 딸이 되고 싶었고
우리 한이에게는 좋은 엄마가 되고 싶었는데
못난 나는 그럴 수가 없네.
나는 여기까지만 할래.
더 앞으로 나갈 힘이 없어.

사랑하는 우리 한이에게 내가 잘못되었다는 소식은 알리지 말아줘요. 엄마.

정말 미안해요. 그리고 영원히 사랑해요.

그리고 맨 마지막에는 '추신'이라며, 자신의 방에 걸려 있는 그림을 나에게 주라고 적혀 있었다. 주향의 손 글씨를 보고 있자니 나도 모르게 눈물이 핑 돌았다. 이 상황을 헤쳐 나가기가 주향은 그렇게 힘들었던 걸까. 일 년 전쯤 마지막으로 만났던 날 주향이 모든 걸 극복하고 건강해질 거라고 생각했는데, 내 판단은 완전히 잘못된 것이었다.

늦은 밤, 주향의 어머니를 병원에 두고 집으로 돌아온 나는 침대에 눕는 대신 진하게 커피를 내려 소파에 몸을 묻었다. 어차피 잠이 올 거 같지 않았다. 온몸에서 남김없이 힘이 빠져나간 탓일까. 두툼한 머그잔 속에 커피 대신 쇠뭉치가 들어 있는 것 같아 잔을 들고 있는 것조차 버거웠다.

주향이 나에게 전하라는 그림을 처음 본 건 예술의전당에서였다. 대학 2학년 때, '미술사 및 감상'이라는 교양과목을 함께 들으며 들러본 전시였다. 영국 현대 작가 작품전. 윤기 없이 헝클어진 갈색 머리에 삭막한 표정을 짓고 있는 백인 여성의 사진이 몇 장의 그림 옆 안내판에 조그맣게 붙어 있었다.

아크릴과 크레용을 혼합해서 만들어낸 어두운 색감, 유년기의 기억을 불러일으키는 장난감, 인형, 레이스, 동화책 따위의 소재들, 거칠다 못해 난폭해 보이는 터치. 어린 시절에 고착되어 있을 화가의 의식에 대해 생각했을 뿐, 그림에서 별다른 감동을 받지 못했다. 주향은 〈초록 식탁과 빨간 의자와 고양이가 있는 정물화〉라는 그림 앞에 오랫동안 서 있었다. 내가 홀을 한 바퀴 돌며 다른 화가들의 그림을 마저 보고 주향의 곁으로 돌아갔을 때도, 여전히 그 그림에 넋을 빼앗기고 있었다. 주향의 곁에 서서 그 그림을 찬찬히 살펴보았다. 여자아이들이 소꿉놀이할 때 쓰는 장난감 식탁과 의자, 반쯤 목이 잘린 봉제인형, 잔뜩 긴장한 채 노란 눈을 번득이고 있는 검은 고양이가 화면을 메우고 있었다. 그림은 내 안에 잠자고 있던 공포와 불안을 서서히 일깨웠다. 나는 부정적인 정서에 점령당하기 싫어 일부러 장난스럽게 말했다.

"애들 장난감에 도대체 누가 저런 짓을 한 거야?"

주향이 처연한 표정으로 나를 쳐다보았다.

"나 왜 이렇게 저 그림에 끌리지? 나 기분이 너무 이상해."

그녀는 기운 없는 목소리로 이렇게 속삭이더니, 출구를 향해 걸음을 옮겼다.

주향은 전시회에서 가져온 팸플릿을 보고 모사화를 그렸다. 그때까지 나는 그녀가 그림에 소질이 있는 줄을 몰랐다. 주향이 유서에서 나에게 전하라던 그림은 바로 그 모사화일 것이다. 지금 생각해보면 주향이 그 그림에 몰두했던 건 필연이었다.

당시에는 나도 주향도 알지 못했지만, 그 그림은 주향의 병든 내면을 뒤흔들어놓았다. 주향은 내성적이고 자기억압이 많은 성격이었다. 어려서 부모님의 이혼을 겪고 장사를 하는 엄마 밑에서 외롭게 자란 가정환경 때문이라고 생각했다. 평소에도 밝지 않은 주향이었지만 그림을 본 후에는 더 어둡고 불안해 보였다. 예고 없이 강의에 빠지는 날이 늘었다. 집에 전화를 걸면 자다가 깬 목소리로 전화를 받았다. 왜 학교에 오지 않았느냐고 물으면, 기운이 너무 없어서, 라고 꺼져 들어가는 목소리로 대답했다.

　주향이 학교를 그만둔 것도 그즈음의 일이었다. 기말고사 첫날, 주향은 시험을 보러 오지 않았다. 나는 주향의 집 근처로 가서 전화로 그녀를 불러냈다. 카페 문을 밀고 주향은 비척거리는 걸음으로 들어왔다. 핼쑥한 얼굴로 자리에 앉는 주향에게, 무슨 일이 있는 거냐고 조심스럽게 물었다. 질문이 끝나기도 전에 주향의 두 눈에서 주루룩 눈물이 흘러내렸다. 놀라서 쳐다보자 주향은 감정을 추스르기 위해 애를 쓰며 입술을 깨물었다. 하지만 잠시 후에 폭발하듯 울음이 터져 나왔다. 주향은 두 손에 얼굴을 묻고 흐느껴 울었다. 처음엔 눈물을 흘리고 나면 진정이 되겠지 싶어 가만히 지켜보았다. 그러나 주향의 울음은 잦아드는 듯하다가 다시 터져 나오기를 반복하며 좀처럼 그칠 줄을 몰랐다. 옆자리로 옮겨 앉아 손을 잡고, 도대체 왜 그러는 거냐고 물었지만, 주향은 고개를 가로저으며 계속 울기만 했다. 그러는 사이 한 시간 가까이 시간이 흘렀다.

초록 식탁과 빨간 의자와 고양이가 있는 정물화

집에 무슨 일 있어? 엄마한테 혼났어? 어디 아파? 내가 생각할 수 있는 모든 질문에 한결같이 고개를 젓는 주향에게 나는 짜증이 나기 시작했다. 질문하기를 그만두고 주향의 작은 어깨를 말없이 바라보았다. 그러다 결국 인내심이 바닥을 드러냈다.

"무슨 일인지 알아야 도와주지, 말을 좀 해봐!"

내 말투에 고스란히 짜증이 묻어났다. 주향은 놀란 눈으로 잠깐 나를 쳐다보고는 다시 고개를 숙인 채 흐느꼈다. 나에게 무슨 말이든 해야겠다는 의무감을 느꼈는지 알아듣기 힘든 목소리로 죽, 고, 싶, 어, 네 음절을 뱉어냈다. 눈물 흘리는 이유는 파고들면서 눈물 흘리는 상태 자체를 받아들일 줄 몰랐던 건 어렸기 때문이라고 치자. 자멸을 향해 걷는 주향에게 난 왜 그토록 잔인해졌던 걸까. 작은 일에도 쉽게 움츠러들고, 혼자만의 감상에 젖어 어두운 표정을 짓곤 하는 주향, 약한 모습을 보여 주위 사람의 위안과 동정을 받는 주향의 면모들이 갑자기 가증스러운 생존 전략처럼 느껴졌다. 나는 울고 있는 주향에게 함부로 발길질을 하고 침을 뱉고 싶은 충동을 느꼈다. 비웃음으로 입술을 실그러뜨린 채 경멸에 찬 시선을 보내는 내 얼굴을 주향도 보고 말았다. 그녀의 흐느낌이 가라앉았다.

주향은 얼마 후 휴학을 했다. 나는 의무감으로 몇 번인가 전화를 했다. 그녀는 전화를 받지 않았고, 나는 그녀의 어머니와만 이야기를 나누었다. 주향의 어머니는 학교에서 무슨 일이 있었는지를 오히려 내게 물었다. 주향은 낮이나 밤이나 잠을 자고, 잠에서 깨어나면 훌쩍거리며 울기만 한다는 것이었다. 이유를 모르는 건 나도 마찬가지여서, 우리 두 사람은 함께 답답해했다. 나는 주향에게 안부를 전해달라는 말을 했고, 그것이 대학 시절 그녀에게 건넨 마지막 인사가 되었다. 일 년 후, 주향은 학교를 아예 그만두었다.

나는 다른 친구들과 어울렸다. 밝고 철없고 재기 넘치고 그늘이 없어서 같이 몰려다니다 보면 시간 가는 줄 모르는 그런 아이들이었다. 눈물을 흘리며 죽고 싶다는 말 따위를 하는 아이는 한 명도 없었다. 같이 어울려 맥주잔을 기울일 때도, 주향처럼 술에 취해 울면서, 일곱 살 이후로 한 번도 만난 적 없는 아버지 이야기를 꺼내는 아이도 없었다. 하루하루가 왁자하고 즐거운 나날의 연속이었다. 흐르는 시간 속에서 나는 점차로 주향을 잊어갔다.

대학을 졸업하고 칠 년 후, 나는 소설가가 되었다. 3, 4학년 때 어울렸던 친구 가운데 한 명이 문학 동아리에서 활동하고 있었는데, 그 친구를 따라 학생회관에 있던 동아리방을 자주 기웃거리게 되었다. 왁자하고 즐거운 시간들 속에서 공허감을 느끼던 시기였다. 문학이 나에게 의지처가 되어줄 것 같았다. 낑낑거리며 어줍지 않은 습작을 몇 편 썼고, 졸업을 했고, 시간이 흘렀다.

결혼을 하고 소설에 대한 막연한 그리움을 간직한 채 살아가던 어느 날, 주향과 함께 보았던 그 그림을 우연히 다시 보게 되었다. 인터넷 서핑을 하던 중 낯익은 그림 한 장이 내 시선을 끌었던 것이다. 아이, 장난감, 슬픔, 고통, 공포, 그림에 담겨 있는 물상(物像)과 정서들이 날 압도했다. 그 정서들은 오래도록 내 안에 머물렀고 그러다가 문득 머릿속에 한 인물이 그려졌다. 아이를 낳지 못하는 여자, 그것 때문에 사랑을 잃는 여자. 인물이 내 안에서 살아 움직이는 것 같은 느낌에 기대어 작품을 완성했다. 작품의 결말에 아이를 원하는 남자의 마음을 붙잡기 위해, 여자가 집 안의 가구를 아동용 플라스틱 가구로 바꾸는 내용을 넣었다. 그렇게 해서 초록 식탁과 빨간 의자를 작품 안에 들여놓았다. 여자의 집착에 질린 나머지 끝내 여자를 떠나려 하는 남자에게 여자는 제초제가 섞인 녹즙을 주었다. 녹즙을 마시고 쓰러진 남자 위에 올라간 여자가 고양이로 변한다는 게 내 소설의 줄거리였다. 나는 주향과 함께 보았던 그림의 이미지를 빠짐없이 작품에 활용했다. 그 소설이 문예지에 당선이 되었고, 그 소설로 인해 주향을 다시 만나게 되었다.

등단한 다음 해의 일이었다. 주향을 다시 만나게 된 그날을 생각하면 지금도 등골을 타고 찬 기운이 흘러내리는 기분이다. 전화로 마포 경찰서 강력계 형사라고 신분을 밝힌 남자는 대뜸 나에게,

"이주향 씨를 아십니까?"

하고 물었다. 이주향이라는 이름을 듣는 순간, 어두운 카페 안에서 아무 이유도 없이 눈물을 흘리던 모습이 십 년이라는 세월의 벽을 뚫고 선명하게 떠올랐다.

"대학 동창인데, 무슨 일로 그러시나요?"

질문을 하는 내 목소리가 긴장으로 이지러졌다. 그 다음에 이어진

남자의 말은 듣는 내 귀를 의심케 했다. 이주향 씨가 살인 미수죄로 기소됐다, 참고인 진술이 필요하니 경찰서로 나와달라, 는 것이 남자가 하는 말의 요지였다. 너무 당황한 탓에, 주향이 저지른 살인 미수와 내가 무슨 관련이 있는지 형사에게 묻지도 못하고 전화를 끊었다.

그날 오후 경찰서에서 담당 형사를 만난 즉시 궁금증은 풀렸다. 형사는 내 앞에 내 글이 실린 문예지를 내밀었다. 여기에 실린 이 작품이 선생님의 작품이 맞느냐고 했고, 이주향 씨가 작품 내용 그대로 남편에 대한 살인을 기도했다고 했다. 작품 속에서 여자가 남자를 살해할 때 사용한 제초제 '그라목손'이 집 안에서 발견되었고, 녹즙에 독극물을 투입한 범행 수법이 소설과 똑같다고 했다. 충격 때문에 말을 잇지 못하는 내게 형사는 주향과 나와의 관계, 그동안 연락을 하며 지냈는지의 여부 따위를 물었다. 형사는 그녀가 아무 말을 하지 않는다고 했다. 소설을 읽고 그대로 따라했다는 말 이외에 다른 어떤 말도 하지 않는다고, 그러니 선생님께서 협조를 좀 해주셔야겠다고 형사는 말했다.

난 사실 그대로 얘기했다. 그녀와는 대학 동창이지만 대학 시절 이후 연락이 두절됐었다는 것과 따라서 그녀가 내 작품을 읽으리라고는 짐작조차 하지 못했다는 사실을. 내 작품의 결말 부분은 알레고리적 기법을 사용했기 때문에 현실성을 배제해야 올바로 이해할 수 있다는, 하지 않아도 될 말까지. 나는 그녀의 범죄로부터 나 자신과 작품을 보호하려고 애썼다. 그러는 동안 내 뇌리에는, 독자가 작품의 내용을 모방하여 외국인 여행객 부부를 살해하는 바람에 베스트셀러가 된 한 일본 소설이 떠올랐다. 주향의 모방범죄 덕에 내 소설이 인구에 회자되길 바랐던 것일까. 내 의식에 그런 욕망이 있었던 건 분명 아니었는데, 그 상황에서 왜 그 일본 소설이 생각난 건지 지금도 알 수가 없다.

난 학창 시절 그녀가 얼마나 얌전하고 착실한 학생이었던가를 담당 형사에게 말했다. 주향은 이런 범죄를 저지를 사람이 아니라고, 그녀가 그런 범죄를 저질렀다면 분명 남편에게 원인이 있을 거라고 또박또박 힘주어 말했다. 내 진술을 받아 적은 형사는 주향을 면회할 수 있게 해주었다.

수척한 얼굴로 손목에 수갑을 차고 나타난 주향을 본 순간, 난 또다시 할 말을 잃었다. 절망에 절어 있는 주향의 모습 어디에서도 젊은 날의 생기와 아름다움은 찾아볼 수 없었다.

"주향아!"

내가 부르는 소리를 듣고, 주향은 불안하게 흔들리는, 초점이 맞지 않는 눈으로 날 쳐다보았다. 치매 환자의 눈처럼 생각과 감정을 읽을 수 없는 눈이었다.

"주향아!"

나는 또다시 그녀의 이름을 불렀다. 나를 알아보았는지, 반짝, 그녀의 눈에 생기가 돌아왔다. 그녀가 바싹 마른 입술을 달싹였다.

"현경아, 네 소, 소설 읽었어. 그거 읽고 너, 너무 반가웠어."

주향의 눈에 빙그르르 물기가 돌았다.

"나, 날 도와주려고, 그 소설 쓴 거, 너, 너무, 고마워……."

이건 또 무슨 소린가, 내가 그녀를 돕기 위해 그 소설을 썼다니. 당혹감 때문에 말을 이을 수 없었다. 그녀의 의식은 정상이 아닌 듯했다. 나는 조심스럽게 물었다.

"남편 때문에 많이 힘들었니?"

내 질문에 주향이 고개를 떨구며 대답했다.

"남편이, 우리, 한이를……."

"한이?"

"우리 딸, 한이, 말이야, 우리 한이를, 한이를 해치려고 했어……."

"남편이 한이를 왜?"

내 질문에 주향이 갑자기 자신의 넓적다리를 쥐어뜯기 시작했다. 신경질적으로 반복되는 손동작이 어찌나 격렬한 지 다리의 살점을 뜯어내려 하는 것 같았다. 말리기 위해 주향의 손을 잡자, 주향의 얼굴이 심하게 일그러졌다. 발작이라도 일으킨 것인지 주향의 몸이 심하게 떨리기 시작했다.

"어어어어어어……."

주향의 비틀린 입에서 신음인지 비명인지 분간하기 어려운 소리가 났다. 내가 어찌해야 할지 몰라 당황해하자, 형사가 제복을 입은 젊은 경찰에게 손짓을 했다. 젊은 경찰은 심하게 비틀거리는 주향을 부축해 방에서 데리고 나갔다.

초록 식탁과 빨간 의자와 고양이가 있는 정물화

주향의 어머니를 만난 건 그로부터 며칠 후였다. 담당 형사에게 부탁해 주향의 어머니에게 내 전화번호를 전했고, 어머니가 내게 전화를 걸어왔다. 여보세요, 하는 목소리를 듣자마자 주향의 어머니임을 알았다. 집 근처에 도착해 정확한 집 주소를 묻기 위해 전화를 걸자, 주향의 어머니는 나에게 희망슈퍼 뒤에 있는 놀이터로 오라고 했다. 주향의 딸 한이와 그곳에 있다고 했다. 완만한 오르막길을 걸어 올라가니 가게가 보였다. 슈퍼 뒤 공터에 자리 잡고 있는 조그만 놀이터로 향했다. 벤치에 앉아 있는 초로의 여인이 바로 주향의 어머니였다. 날보자마자 주향의 어머니는 내 손을 덥석 잡고 한숨부터 내쉬었다. 화장품 가게를 했다던가. 주향의 어머니는 손보다 얼굴이 고왔다. 하지만 나이보다 젊어 보이는 얼굴 이면에는 강퍅한 인상이 숨어 있었다. 남편 없이 혼자 힘으로 살아온 고단한 삶의 이면이 엿보이는 듯했다. 햇볕으로 따끈하게 덥혀진 놀이터 벤치에 나란히 앉아, 우리는 먼지를 피우며 미끄럼을 타고 회전 기구를 돌리는 아이들을 바라보았다. 대여섯 명의 여자아이들 중 누가 주향의 딸 한이인지를 분간해내기는 어려웠다. 아이가 한 시도 집에 있으려 들지 않아 마음이 복잡한데도 할 수 없이 이러고 나와 앉아 있다고 주향의 어머니는 말했다. 힘겨운 상황을 애써 감당해내는 사람 특유의 담담함이 말투에 배어 있었다. 주향의 어머니는 구속 영장이 나오는 대로 주향이 구치소로 이감될 거라고 했다. 우리 주향이가 그럴 애가 아닌데, 애비 없이 자랐어도 비뚤어지지 않고 잘 자랐다 싶었는데, 어쩌다 그런 짓을 저질렀는지 모르겠다며 목이 메었다.

주향이 내 소설을 읽고 그것에 영향을 받았다는 사실을 주향의 어머니도 알고 있을 터였다. 주향의 주장이 온당하지 않다는 걸 애써 강변하고 싶은 기분이었다. 나는 경찰서에서 만나보니 주향이 몸이 많이 안 좋아 보이던데, 그녀가 어디가 어떻게 아픈 거냐고 조심스럽게 물었다. 주향의 어머니는 또다시 한숨을 내쉬었다.

"걔가 좀 아프긴 아팠었지. 결혼하고 처음엔 잘 살았는데, 한이 낳고부터 밤에 잠이 안 오네, 기운이 없네, 그러더니만, 한이 세 살 때부터던가, 낮이고 밤이고 잠을 안 자고 일을 하더라니까."

"일이라니요, 무슨 일 말인가요?"

"살림 사는 사람이 다른 일이 뭐 있겠어, 집안일이지, 몸은 꼬챙이처럼 말라가지고, 잘 먹지도 않고, 손가락에 지문이 없어질 정도로 쓸고 닦고 집안일을 하더라고."

그러던 어느 날 주향은 새벽 세 시에 울면서 어머니에게 전화를 했다고 했다. 엄마, 나, 자고 싶어. 밤에 좀 편하게 누워서 자고 싶어. 근데 식은땀이 나고 심장이 쿵쿵 뛰어서 누워 있지를 못하겠어. 서랍장 속에 옷들이 비뚤게 개어져 있을까 봐, 수납장 속 빈 그릇 안에 먼지가 앉아 있을까 봐 불안해서 잠을 못 자겠어. 엄마, 나 좀 살려줘!

날이 밝는 대로 집엘 가보니 주향은 울면서 화장실 타일과 타일 사이를 락스를 묻힌 칫솔로 닦고 있었다고 했다. 한이 아빠는 아내를 뜯어말리면서 화를 내고 있었고, 아이는 아이대로 배가 고파 울고 있고,

가관도 그런 가관이 없더라고 했다.

"그것이 지 서방하고 새끼는 밥도 안 해 먹이고, 쓸고 닦고 그 짓만 하고 있더라니까!"

더 이상의 설명 없이도 심각한 강박증이라는 걸 알 수 있었다. 주향이 어쩌다 그런 병을 앓게 되었을까. 나는 그 원인이 궁금했다.

"할머니ㅡ."

그때 미끄럼틀에서 미끄러져 내려온 여자아이 하나가 벤치를 향해 손을 흔들었다. 주향의 어머니도 마주 손을 흔들며 미소를 지었다. 여섯 살쯤 되었을까. 마른 체구에 연약해 보이는 아이는 주향의 어린 시절이 저랬겠구나 싶을 정도로 주향을 빼닮아 있었다. 아이는 포니테일로 묶은 머리채를 흔들며 마침 자리가 빈 그네를 향해 뛰어갔다.

"병원엔 데리고 가보셨어요?"

내가 물었다.

"애 아빠하고 나하고, 싫다는 걸 억지로 끌고 가서 그날로 입원을 시켰지. 한 한 달이나 있었을라나."

"병세는 좋아졌나요?"

"퇴원하고 여태까지는 그냥저냥 괜찮았어. 약을 먹어서 그랬는지 어쨌는지 밤에는 잠도 자고, 밥도 먹고, 집안일도 옆에서 하지 말라고 하면 하던 것도 손을 놓고. 그럭저럭 잘 사나 싶었는데, 이게 무슨 날벼락인지. 무슨 원수를 졌다고 지 남편한테 그런 짓을 했을까, 걔가."

남편이 한이를 해치려 한다고 말하던 주향의 불안한 눈이 떠올랐다. 나는 주향과 남편과의 사이가 어땠는지를 물었다.

"박 서방 같은 사람이 어디 또 있을라고? 주향이 걔가 까탈만 안 부렸으면 애도 더 잘 봐주고 그랬을 사람인데, 애한테 병균 옮는다고 만지는 것도 싫어하고, 박 서방이 불쌍한 사람이야, 여편네 잘못 만나서 병원에 그러고 누워 있으니……."

주향의 남편은 목숨에는 지장이 없지만 위장과 폐를 못 쓰게 됐다고 했다. 응급처치로 제독을 했어도 신경과 내장 곳곳에 스며든 독 기운을 없애려면 앞으로 얼마나 시간이 걸릴지 모른다고 했다. 그 말을 하는 주향 어머니의 얼굴에 짙은 그늘이 드리워졌다. 나는 그네 쪽으로 시선을 돌렸다. 한이는 서툴게 몸을 구르며 그네를 타려고 애쓰고 있었다. 달려가 그네를 밀어주고 싶은 충동을 느꼈다. 도와주는 사람 없이 혼자 저렇게 애를 쓰는 게 앞으로 저 아이의 운명이 되면 어쩌나 싶은 생각에 연민의 정이 왈칵 솟았다.

심한 두통 때문에 집으로 돌아오는 전철을 도중에 내려 승강장 의자에 주저앉았다. 아무리 애를 써도 맞춰지지 않는 퍼즐 조각들을 양손에 가득 움켜쥐고 있는 기분이었다. 모든 게 예상과 달랐다. 주향의 남편은 아내나 아이를 괴롭히는 이상 성격의 소유자가 아니었다. 오히려 인내로써 결혼 생활을 견뎌야 했던 사람은 강박증에 시달리는 주향을 아내로 둔 남편이었을 것이다. 주향은 왜 남편을 살해하려 했을까? 내 소설의 무엇이 남편에 대한 주향의 살의를 자극했을까? 머릿속에서 퍼즐 조각들이 빙글빙글 맴을 돌기 시작했다. 초록 식탁,

빨간 의자, 제초제 '그라목손', 녹즙, 목이 잘린 봉제 인형, 겁에 질린 고양이의 노란 눈……. 욱신거리는 머리의 통증 때문에 두 눈을 꾹 감았다.

주향을 다시 만난 건 그로부터 일주일 후였다. 의왕시에 위치한 구치소를 찾아가는 내내 주향의 어머니는 눈가를 훔쳤다. 구치소에 도착해 접견 신청을 하자 한 시간 뒤로 접견 시간이 정해졌다. 주향의 수번(囚番)이 전광판에 뜨는 걸 보고, 우리는 접견실로 들어갔다. 잠시후 주향이 교도관과 나타났다. 주향은 경찰서에서 만났을 때보다 훨씬 야위어 있었다. 건강은 괜찮으냐는 내 질문에 말없이 고개를 끄덕이는데 표정이나 눈빛이 그전과 사뭇 달랐다. 불안과 긴장감이 사라진 대신 현실과 동떨어져 있는 사람처럼 몹시 몽롱한 얼굴이었다. 주향의 어머니가 식사는 잘 하고 잠은 잘 자느냐고 물었다. 주향은 의무과에서 신경안정제를 타서 먹고 있는데, 약이 잘 안 맞는 것 같다고 느릿느릿 대답했다. 주향의 어머니는 앞으로 진행될 재판에 대해 얘기했다. 주향이 앓았던 강박증을 근거로 심신미약 상태에서의 범행임을 주장하면 형량이 감경될 수 있을 거라는 것이 이야기의 주된 내용이었다. 주향의 어머니는 앞으로 펼쳐질 상황에 대해 최대한 낙관적인 전망을 하면서 주향에게 걱정하지 말라고 했다. 그러나 주향은 어머니의 말을 시종일관 무관심한 표정으로 들었다. 한이의 안부를 건성으로 물었고, 구치소 생활이 어떠냐는 질문에, 그냥 견딜 만하다고, 형식적으로 대답했다. 그러는 사이 접견 시간 삼십 분이 지나갔다. 사건을 일으킨 장본인은 무책임하게 뒤로 물러나 있고 주변 사람들만 몸이 달아 이리저리 뛰어다니는 형국이었다. 약 때문일까, 아니면 이 상황을 감당할 수 없어서 아예 현실을 외면해버리기로 작정한 걸까. 주향은 여전히 정상이 아니었다.

재판이 진행되는 팔 개월 동안 나는 주향에게 여러 통의 편지를 썼다. 거기에는 대학 시절의 소소한 기억들을 담았다. 학교 앞 분식점에서 하루에 한 가지씩 메뉴를 바꿔가며 점심을 먹었던 일, 도서관에서 주향의 영어사전을 훔쳐간 학생을 기어코 찾아냈던 일 같은. 주향이 건강했던 자신의 모습을 되살려내길 바라는 마음에서였다. 주향은 답장을 보내지 않았다. 그러다 문득, 그날 오후가 떠올랐다. 학교를 휴학하기 직전 어느 한적한 카페에서 주향이 이유 없이 울었고, 답답하게 구는 그녀를 내가 비정하게 대했던 그날 말이다. 나는 그날의 일을 적으며 내 인간적인 부족함을 용서해달라고 썼다. 그때 내가 조금만 더 너에게 따뜻했더라면, 너는 지금과 전혀 다른 모습으로 살고 있었을지도 모른다고, 그날의 내 행동을 진심으로 후회하고 있다고, 그렇게 썼다.

주향이 답장을 보내왔다.

내가 이렇게 된 것에 너는 아무런 책임이 없어. 너를 만나기 이전 훨씬 어렸을 때도 난 지금과 같았어. 어두운 동굴 속에 나 혼자 갇혀 있는데 무서운 뭔가가 나를 죽이려 뒤쫓아 오는 것만 같은 느낌 때문에,

어렸을 때도 혼자 집을 보다가 이불을 뒤집어쓰고 울곤 했어. 죽을 것 같은 그 느낌이 무서워 엄마에게 말을 해도 엄마는 내가 겁이 많아서 그런 거라고만 하셨고, 나도 그런 줄로만 알았지. 그런데 원인을 알 수 없는 두려움은 늘 내 안에 똬리를 틀고 있었던 모양이야. 2학년 때 휴학을 한 것도 사실은 그 두려움 때문이었어. 눈을 뜨고 있으면 천 길 절벽 끝에 나 혼자 서 있는 것 같았고, 누군가 다가와 내 등을 떠밀면 난 절벽 아래로 곤두박질쳐서 온몸이 박살이 나는 것 같았지. 이건 단순히 비유적인 표현이 아니야. 내 온몸의 세포 하나하나가 끔직한 추락의 느낌을 생생하게 체험했으니까. 그것도 하루에 몇 차례씩이나. 그 두려움은 정도를 더하거나 덜했을 뿐, 살아오는 동안 한 시도 나를 떠난 적이 없었어. 한이를 낳은 후, 그 증상은 더욱 심해졌어. 난 꼭 남편이 한이를 죽일 것 같았어. 하지만 이 말을 입 밖에 낸 적은 없어. 이말을 하면 사람들은 날 미쳤다고 할 게 분명하니까. 분명한 건 내 안에 도사리고 있던 이유를 알 수 없는 공포심이 내가 알지 못하는 사이 남편에 대한 살의로 둔갑을 했다는 사실이야. 내가 강박증 때문에 병원에 입원한 적이 있다는 사실을 알고 있겠지? 퇴원 후 어느 날 가벼운 교통사고를 냈어. 사이드 미러로 후방을 살피다가 앞에 가던 차를 들이받고 말았지. 다행히 사고는 크지 않아서 쉽게 처리가 됐고, 난 다니던 병원에 약을 타러 갔을 때 담당 의사에게 사고를 냈다는 이야기를 했어. 의사가 묻더군. 사이드 미러를 왜 쳐다봤느냐고. 난 사실대로 얘기했어. 내 차에 치여서 누가 죽어버렸을 것만 같았다고. 그래서 혹시라도 도로에 시체가 누워 있는지 확인하려 했던 거라고. 그즈음엔 운전을 할 때마다 늘 그런 생각이 들어서, 시도 때도 없이 사이드 미러를 확인하곤 했었거든. 의사가 빙그레 웃으며 나에게 물었어. 주위에 누구 죽이고 싶은 사람 있어요? 나는 의사가 왜 그런 걸 묻는지 이해할 수 없었지만 그저 그런 사람 없다고 대답했고, 의사는 빙그레 웃기만 했어. 난 의사가 했던 말을 곧 잊어버렸어.

의사의 말을 다시 떠올린 건 그로부터 몇 달이 지난 뒤였어. 퇴근해 들어온 남편의 품에 커다랗고 하얀 강아지 봉제 인형이 안겨 있던 날이었지. 하얀 털이 복실복실하고 목에는 빨간 리본이 달린 아주 예쁜 강아지 인형이었어. 남편이 한이에게 강아지 인형을 덥석 안겨주자 아이는 소리를 지르며 뛸 듯이 좋아했어. TV 광고에나 나올 법한 참으로 행복한 가족의 모습이었지. 난 두 사람이 즐거워하는 모습을 지켜보며 분노를 느꼈어. 이런 나를 이해할 수 있겠니? 혹시 내가 딸과 남편 사이를 질투해서 그랬을 거라고 생각하니? 아니, 그건 분명 질투가 아닌 분노였어. 분노가 거센 폭풍처럼 내 혈관을 타고 온몸을 질주하는 걸 또렷이 느꼈어. 한이의 품에서 인형을 빼앗은 나는 미친 사람처럼 소리를 질렀어. 이런 인형에 얼마나 세균이 많이 붙어 있는지 알아? 먼지는 또 어떻고! 이런 거 갖고 놀다가 비염 심해지고 천식이라도 걸리면 어쩌려고 그래! 난 가위로 인형을 잘라 쓰레기통에 버렸어. 그것도 아이가 보는 앞에서. 아이는 찢어지는 소리를 내며 울었고, 남편은 기가 찬 나머지 아무 말도 하지 못한 채 나를 노려보기만 했어. 남편은 찬바람이 일도록 내게 등을 돌리고 안방으로 걸어갔지. 그때 내가 어떤 충동을 느꼈는지 아니? 한달음에 쫓아가 꼿꼿이 세운 가위 날을 남편의 등에 깊숙이 꽂아 넣고 싶었어. 저 따위 인형을 사 와서 아이의 건강을 해치려 드는 어리석은 남편, 고요한 내 맘에 통제할 수 없는 분노를 불러일으키는 바보 같은 남편의 등에. 모두가 잠든 고요한 밤, 나는 식탁 앞에 혼자 앉아 술을 마셨어. 쓰레기통 밖으로 강아지의 잘린 다리가 반쯤 나와 있는 걸 바라보면서. 저런 짓을 정말 내가 한 걸까? 눈앞에 보이는 광경을 믿을 수가 없었어. 그날 저녁 내가 벌인 행동을 나 스스로가 이해할 수 없었어. 내 내면에 숨어 있는 광기와 살의는 분명 내 것이 아니었어. 그런데도 그건 나 자신이었어. 내 안에 숨어 있는 또 다른 나, 나보다 훨씬 힘이 세서 내가 어떻게 할 수 없는 또 다른 내가, 나를 비웃으며 내 안에 살아 있는 걸 그날 밤 또렷이 느낄 수 있었어.

다음 번 의사를 만났을 때 그 이야기를 했어. 제가요, 선생님. 사실은 지킬 박사와 하이드 씨였나 봐요. 제 안에 악마가 하나 살고 있더라구요. 의사가 대답했어. 그걸 알았다면 앞으로 많이 좋아질 거라고. 분노나 불안과 같은 부정적인 감정들이 앞으로는 점점 약하게 올라올 거라고. 정신과 치료를 받는다는 건 나을 수 있다는 희망과 그럴 수 없을 거라는 절망 사이를 시계추처럼 오고 가는 일이야. 그날 의사의 말을 듣고 부풀어 올랐던 내 가슴은 남편과 아이와 함께하는 일상 안에서 여지없이 무너졌어. 남편이 한이를 안고 뽀뽀를 하거나, 아이에게 선물을 사다 안기는 걸 나는 여전히 참을 수가 없었어. 거기에는 어렸을 때 아버지에 대한 기억이 작용한 건지도 몰라. 아버지가 나에게 선물을 사다 줄 때마다 느꼈던 곤혹감. 이상하게도 아버지에게서 선물을 받을 때마다, 어렸던 나는 속으로 생각했어. 이 사람이 왜 이걸 나한테 주지? 물건에 대한 기쁨과 그걸 받고 싶지 않은 거부감, 혹은 이유를 알 수 없는 불쾌감과 아버지에 대한 증오감, 고마움, 미안함이 한데 뒤얽힌 복잡한 감정 사이에서 난 언제나 참담할 정도로 심한 곤혹스러움을 느껴야 했어. 한이가 남편 때문에 곤혹스러워지면 안 된다, 그런 불쾌한 경험으로부터 한이를 보호해야 한다는 생각에 나는 밑도 끝도 없이 화를 내곤 했던 거야. 그러다 결국 나는 그런 짓을 저질렀어. 한이를 남편으로부터 근본적으로 보호할 수 있는 길은 남편을 영원히 잠재우는 것뿐이었지. 네 소설을 읽고 그걸 따라했다고 말했지만, 내 안에는 이미 오래전부터 남편에 대한 살의가 꿈틀거리고 있었고, 네 소설은 단지 그걸 촉발했을 뿐이야. 그러니 그 소설을 쓴 너에겐 아무 잘못이 없어. 모든 건 다 나의 탓이야. 나 때문에 네가 많이 힘들었을 걸 생각하면 마음이 너무 무거워. 더 이상은 너에게 폐를 끼치고 싶지 않아. 이젠 나에 대해서는 그만 생각하고 네 생활로 돌아가. 그동안 신경 써준 거 고맙고 미안해.

주향은 작품과 자신의 모방범죄 사이에서 내가 겪었을 부담감을 덜어주려 애쓰고 있었다. 어느 정도는 안정을 되찾은 것 같았다. 한편으로는 안심이 되면서도 그녀에 대한 의문은 여전히 가시지 않았다. 어린 시절의 주향은 아버지에게서 선물을 받을 때마다 왜 그렇게 복잡한 심정이 되었던 걸까. 퍼즐의 핵심적인 부분은 아직 맞춰지지 않은 상태였다.

주향은 2년 6개월의 치료감호를 판결받고 공주감호소로 이송되었다. 그녀는 범죄를 저지른 알코올과 마약 중독자들, 정신질환자들과 함께 수감되어 치료를 받았다. 나는 그녀를 네 번 방문했다. 처음 두 번은 주향의 어머니와 함께였고, 나중 두 번은 나 혼자서였다.

어머니와 함께 한 두 번째 방문에서 우리는 담당 의사를 만났다. 후줄근한 가운을 입은 머리가 벗어진 중년의 의사는 주향의 어머니에게 그동안 주향이 앓았던 강박증에 대해 이런저런 질문을 했다. 사건 당시의 상황에 대해서도 물었지만 주향의 어머니는 자세한 걸 알지 못했다. 오히려 의사가 상세하게 알고 있었다.

"남편이 소꿉놀이 세트를 딸에게 선물한 것에 화가 나서 제초제를 음료에 섞어 주었다는데, 그걸 모르고 계셨나요?"

어머니는 사건이 일어난 상황에 대해서는 아무것도 모르고 있었다.

의사의 말에 따르면, 소꿉놀이를 사 온 날 저녁 남편은 한이와 마주 앉아 엄마아빠 놀이를 했다고 한다. 한이가 장난감 숟가락으로 남편에게 밥을 떠먹여주었고, 남편은 밥을 받아먹는 시늉을 하다가, 딸에게 입을 맞췄다. 딸아이가 남편의 수염이 따가웠는지 싫은 표정을 지으며 그러지 말라고 했는데도, 남편은 딸이 이뻐 죽겠다는 표정을 지으며 억지로 입을 맞췄다. 그 모습을 본 주향은 소설을 읽고 미리 준비해두었던 제초제를 녹즙에 섞어 남편에게 주었다. 의사는 주향이 왜 그 상황에서 분노를 느꼈는지 짐작 가는 바가 있는지 물었다. 주향의 어머니는 고개를 저었다. 난 의사에게 주향의 편지에 대해 얘기했다. 남편이 아이에게 뭘 사줄 때마다 분노가 끓어올라 참기 힘들었다는 것과 어린 시절 아버지에 얽힌 추억에 대해서 말이다. 의사가 내 말을 자르고 물었다.

"뭐라고요? 다시 한번 말씀해주시겠어요?"

예리하게 빛나는 의사의 시선을 의식하며 내가 천천히 대답했다.

"아버지가 뭘 사줄 때마다, 이 사람이 왜 이걸 나한테 주지? 그런 생각을 했대요. 선물을 받아야 될지 말아야 될지 결정할 수 없어서 당황스러웠고, 곤혹감 때문에 많이 힘들었구요."

의사는 뭔가를 잠시 생각하더니 주향의 어머니를 똑바로 쳐다보며 물었다.

"그건 성폭행이나 성추행을 당한 아이들이 가해자에게 나타내는 전형적인 반응이에요. 가해자가 보이는 호의에 대해 피해 어린이는 그런 식의 거부감을 느끼는 거죠. 이주향 씨 어렸을 때 그런 일이 있었나요?"

순간 주향 어머니의 얼굴이 **빳빳**하게 굳어졌다. 의사가 여유로운 표정으로 말했다.

"그런 일은 흔하게 일어나는 일이에요. 그러니 편안하게 말씀하세요. 정확한 걸 알아야 치료에도 도움이 되니까요."

초록 식탁과 빨간 의자와 고양이가 있는 정물화

주향의 어머니는 힘겹게 입을 열었다. 주향이 여섯 살 무렵, 어머니는 시장을 따라오겠다는 주향을 타일러 집에서 아빠와 놀고 있으라고 떼어놓고 혼자 집을 나섰다고 했다. 집에 돌아왔는데 대문을 들어서면서부터 왠지 기분이 이상해지더라고 했다. 주향의 아버지와 주향의 신발은 보이는데 집 안이 너무 조용했다. 장바구니를 마루에 부려놓고 안방 문을 열었는데, 방문이 안에서 잠겨 있었다. 주향의 어머니는 두근거리는 가슴을 진정시키며 열쇠 꾸러미를 찾아 조용히 방문을 열었다. 방 안에는 소꿉이 어질러져 있었고, 주향의 아버지와 주향은 벌거벗은 채 잠이 들어 있었다.

그 후, 주향은 내가 낸 두 번의 면회신청을 모두 거절했다. 형기가 끝날 때까지 나는 주향을 만나지 못했고, 답장 없는 몇 통의 안부 편지만 썼다.

주향이 형기를 마치고 집으로 돌아온 다음 나는 그녀를 한 번 만나 식사를 했다. 그녀 쪽에서 먼저 연락을 해왔다. 그녀는 어머니와 작은 아파트를 얻어 함께 살고 있고, 집 근처 편의점에서 아르바이트를 한다고 했다. 한이는 남편과 함께 친가에서 지내는데 가끔 전화 통화만 하고 있다고 했다. 주향은 자신이 전보다 많이 건강해진 것 같다며 미소 지었다. 약을 끊고 싶다는 말도 했다. 내가 계산을 하려 하자, 주향은 그동안 미안한 짓을 많이 했으니 밥은 자신이 사야 한다며 나를 제치고 서둘러 지갑을 열었다.

싸늘하게 식은 커피를 내려놓고 베란다로 나가 문을 여니 가을비가 내리고 있었다. 주향이 누워서 생사를 가늠하고 있는 병실의 창문 밖에도 이 비가 내리고 있을 것이다. 주향이 대학 시절에 그렸던 그림, 〈초록 식탁과 빨간 의자와 고양이가 있는 정물화〉가 주향의 방에서 내 방으로 옮겨 걸리는 일이 없길 바라며, 나는 어둠을 가르며 내리는 빗줄기를 물끄러미 쳐다보았다.

초록 식탁과 빨간 의자와 고양이가 있는 정물화

승영 承影

제작실로 들어선 나 PD와 나는 테이블 위에 놓여 있던 칼을 향해 동시에 손을 뻗었다. 검정색 칼집에 황금빛 용이 주조되어 있는 칼은 다음 주 프로그램에 출연할 골동품 일곱 점 가운데 단연 눈에 띄었다. 나 PD보다 내 손이 빨랐다.

칼은 대략 사십 센티 정도로 단검 치고는 긴 편이었고, 주철로 만들어져 제법 묵직했다. 전체적으로 입혀진 검정색도 고급스러웠고, 칼집에 주조된 황금색 용의 형태는 생동감이 넘쳤다. 그런데 은은하게 윤기가 도는 칼집과 달리 손잡이에는 군데군데 녹이 나 있었다. 제작 연대를 높이기 위해 인위적으로 녹을 만든 것인지 확인해보기 위해 녹이 슨 부분에 혀끝을 갖다 댔다. 녹이 혀의 습기를 빨아들이며 자연스럽게 혀끝에 달라붙었고, 화공약품의 쓴 맛도 나지 않았다. 인위적인 녹이 아니었다. 그렇다면 보관상의 실수로 손잡이 부분에만 녹이 난 것이 분명했다. 두 손바닥 위에 칼을 올려놓고 무게를 가늠해보았다. 묵직한 중량감으로 봐서는 철 성분이 산화될 만큼 오래전에 만들어지지 않은 것이 확실했다. 그런데 뭔가 이상했다. 묵직하면서도 속이 빈 느낌이 들었다. 도금의 상태로 봐서는 칼의 제작 연대는 아무리 높이 잡아도 백 년을 넘지 않을 것이었다. 속이 빈 거 같은 느낌이 어디에서 비롯된 것인지 가늠하기 어려웠다. 나는 조심스럽게 비녀장을 풀고 칼집에서 칼을 꺼냈다.

"어!"

나 PD와 내가 동시에 탄성을 질렀다. 놀랍게도 칼 손잡이에는 칼날이 붙어 있질 않았다. 나 PD가 기가 막힌다는 듯이 말했다.

"젠장! 이젠 하다하다 별 게 다 염장을 지르는구먼!"

냉소와 자조가 뒤섞인 한탄이었다. 지상파 방송에서 밀려나 백수 생활을 하다가 지금은 케이블 TV의 인기 없는 예능 프로를 만들고 있는 자신의 처지에 대한 조소이기도 했다.

나는 칼날이 없는 손잡이 부분을 나 PD에게 건네주고 칼집을 꼼꼼히 살펴보았다. 칼의 정체를 알려주는 단서를 찾기 위해서였다. 과연, 손잡이와 맞닿는 부분에 조그맣게 승영(承影)이라는 한자가 새겨져 있었다. 눈이 커다랗게 떠졌다. 전설로만 전해 내려오는 칼을 누군가가 만들어낸 것이다. 칼날 없는 칼 승영은 도가(道家)의 경전인『열자(列子)』에 그 기록이 나와 있었다.『열자』탕문(湯問)편에 의하면 승영은 춘추시대 위(衛)나라 사람 공주(孔周)가 만들었다고 했다. 평소에는 칼날이 눈에 보이지 않으나 새벽이나 황혼 무렵에 북쪽을 향해 칼을 겨누면 어렴풋이 칼날이 만져진다고 했다. 이 칼을 지닌 사람은 천하를 뜻대로 할 수 있다던 『열자』의 내용이 또렷하게 기억에 떠올랐다. 나 PD에게 칼의 유래를 설명해주자 그가 눈을 빛내기 시작했다.

"이번 프로는 이 칼 덕분에 시청률 좀 오르겠는데?"

나 PD가 말했다. PD로서의 감이 작동한 모양이었다.

"이 칼은 누가 내놓은 거야?"

내가 묻자 나 PD가 자신의 아이패드에서 메모장을 열어 확인했다.

"경상북도 청송군에 사는 삼십 대 남자. 녹화 날 틀림없이 온다고 했어. 왜? 물건에 관심 있어?"

관심이 있었다. 나는 칼 주인에게 칼을 매도할 의사가 있는지 물어봐달라고 나 PD에게 부탁하며, 명함 한 장을 꺼내 그의 아이패드 케이스에 끼워 넣었다. 그러고는 다른 골동품들을 마저 감정해 소견서를 작성하고 집으로 돌아왔다.

나 PD가 연출을 하고 내가 자문을 맡고 있는 예능 프로는 골동품 감정과 퀴즈쇼와 연예인들의 수다가 뒤범벅이 된, 내용적으로 특성이 명확하지 않은 프로그램이었다. 시청자들이 집에 소장하고 있는 골동품을 출연(出捐)하면 패널로 등장한 연예인들이 그 골동품에 관련된 역사 상식 퀴즈를 풀면서 골동품의 감정가를 알아맞히는 것이었다. 나 PD와 고등학교 동창인 인연으로 자문을 맡긴 했지만, 출연자들의 무지함을 부각시켜 억지 웃음을 유도하는 제작 방향은 식상하기만 했다. 안쓰러운 시청률은 이 프로그램이 조만간 폐지될 것임을 예측하게 했다.

녹화가 있던 날, 승영의 소유주와 연결이 될까 싶어 나 PD에게 전화를 걸었다. 통화가 되지 않았다. 자기 일에 몰두하면 핸드폰을 아무데나 팽개쳐두고 다니는 그의 습성을 아는지라 다음에 통화 하겠다 생각하고 더 이상 전화를 걸지 않았다.

방송이 나가고 이틀 후, 나 PD에게서 전화가 걸려왔다. 내가 칼 주인의 연락처를 묻자 그가 의외의 반응을 보였다. 출연자의 신상 정보를 함부로 공개할 수 없다는 것이었다. 내가 물었다.

"네가 언제부터 그렇게 도덕적이 됐나?"

"비꼬지 마라. 나도 앞으로는 원칙대로 살기로 했으니까."

단호한 말투였다. 뭔가 꿍꿍이가 있지 않고서는 이럴 수가 없었다. 어이가 없어 할 말을 찾지 못하고 있는데, 그가 대뜸 심욱동 선생을 아느냐고 물었다. 물론 잘 알았다. 심 선생은 문화재 감정위원이자 감식안 높은 골동품 상인으로서 정재계의 거물급 인사들과 주로 거래하는, 이른바 업계의 큰손이었다. 나에게 가업을 물려주신 선친과는 교분이 있었으나, 한갓 피라미에 불과한 나는 일면식만 있을 뿐이었다. 왜 심 선생을 아는지 묻느냐고 묻자 나 PD가 한껏 들뜬 목소리로 말했다.

"심 선생이 방송이 나가던 날 저녁에 전화를 해서 말이지, 내가 만든 프로를 재밌게 잘 보고 있다고 엄청 칭찬했어. 아무래도 널 잘라버리고 그 양반을 자문위원으로 모셔와야겠어. 네 생각은 어떠냐?"

"그러시던가. 근데 그분이 네가 만든 프로 재밌다는 얘길 하려고 일부러 너한테 전화까지 했을까?"

"사실은 승영이 궁금해서 전화를 한 거였어. 칼 주인을 만나고 싶다는 거야."

"칼 주인을? 뭣 땜에? 사려고?"

"물어보진 않았지만 뻔한 거 아니겠어? 출연자 신상 정보라 알려줄 수 없다고 했어. 너 그 칼에 대해 뭐 짚이는 거 없어? 심 선생이 왜 그 칼에 관심을 보이는 걸까? 그런 거물이 아무 이유 없이 그럴 리가 없잖아?"

"짚이는 거? 글쎄?"

정말 글쎄, 였다. 내가 봤을 때 승영은 골동품으로서 그다지 가치가 있는 물건이 아니었다. 혹시 승영의 가치를 내가 잘못 감정한 건 아닐까 의문이 들었다. 심 선생 같은 사람이 눈독을 들이고 있다면 한시라도 빨리 그 칼을 먼저 손에 넣어야 했다. 나는 나 PD에게 대답했다.

"그 칼은 값어치가 전혀 없어. 그냥 칼날이 없다는 게 좀 특이할 뿐이지. 그나저나 칼 주인이 그거 팔 생각 없다니? 혹시 연락되면 말이라도 건네줘봐. 가게에 장식품으로 걸어놓으면 손님들 시선은 끌 거 같으니까. 요새 장사가 안 돼도 너무 안 돼."

"그래, 그 칼은 내가 봐도 별 거 없겠더라. 심 선생이 뭐라 하든, 칼 주인이 팔겠다고 하면 너한테 먼저 소개시켜줄 테니 걱정 말아. 근데 너 돈 좀 있냐?"

만기된 전세금을 올려줘야 하는데 당장 돈이 부족하다고 했다. 적지 않은 액수였으나, 두 달 후에 적금을 타면 그걸로 갚겠다고 했다. 돈을 빌려주지 않으면 당장 우리 집 안방으로 이사를 올 기세였다. 인터넷 뱅킹으로 그의 통장에 입금을 하고 문자를 보냈더니 곧바로 고맙다는 전화가 걸려왔다. 진정한 친구, 영원한 우정 같은 말들이 전화기를 통해 들려오는데 팔뚝에 오소소 소름이 돋았다. 전화를 끊고 두어 시간이 지난 후, 그가 지금 살고 있는 집으로 전세를 옮긴 것이 불과 열 달 전이었다는 사실이 기억났다. 전화를 걸었으나 받지 않았다. 그가 청송을 향하여 부리나케 차를 모는 모습이 떠올랐다. 한숨이 절로 나왔다.

이틀 후 방송국 프로그램 담당자로부터 전화가 걸려왔다. 나 PD가 만들고 있는 예능 프로그램을 폐지하기로 방금 부서회의에서 결론이 났다는 것이었다. 그렇게 될 거라 예상했던 일이었다. 전화를 건 담당자가 내게 물었다.

"나 PD님 도대체 어디 계신 거예요? 회의 결과를 알려드려야 하는데 요즘 통 연락이 안 돼요. 혹시 모르세요?"

모른다고 대답하고 전화를 끊었지만 녀석이 뭘 하고 있을지 환하게 그려졌다. 칼을 손에 넣는 걸로 만족할 그가 아니었다. 심 선생 같은 거물이 나서서 칼을 찾는 이유를 캐기 위해 이리저리 뛰어다니며 비 오듯 땀을 흘리고 있을 것이었다. 어쩌면 심 선생을 만나고 있으려

나? 그가 그동안 얼마나 알아냈을까 궁금하다 생각하고 있는데, 텔레파시도 이런 텔레파시가 없었다. 문자 수신음이 연달아 울려 핸드폰을 열어보니, 나 PD가 보낸 짧은 동영상 세 개가 들어와 있었다.

　나는 소파에 등을 기대고 앉아 첫 번째 동영상을 재생시켰다. 퇴락해가는 시골집 마당을 배경으로 육십이 넘어 보이는 촌부(村夫)가 보였다. 남자는 잔뜩 화가 난 표정으로, "이 도둑놈의 자식들!"이라고 욕을 하며 캠코더 쪽으로 손을 뻗었다. 욕을 먹고 있는 건 당연히 나 PD였다. 그는 남자를 진정시키기 위해 온갖 아양을 떨었지만 어림 반푼어치도 없어 보였다. 내심 고소했다. 육십 대 남자가 왜 화를 내는지는 알 수 없었다.

　두 번째 동영상을 재생시켰다. 이번엔 다세대 주택가의 좁은 골목이었다. 서른 살쯤 되어 보이는 남자가 화면에 나타났다. 남자는 어색한 표정으로 웃고 있었지만 그다지 순진한 인상은 아니었다. 나 PD와의 인터뷰 내용을 보니 이 남자가 승영을 가지고 방송에 출연한 사람이었다. 칼은 원래 남자의 아버지, 그러니까 첫 장면에서 화를 내던 노인의 것이었다. 그런데 남자가 아버지한테 허락도 받지 않고 몰래 방송에 가지고 나갔을 뿐 아니라 나 PD에게 팔기까지 한 것이었다.

　"아버님이 그 칼을 누구한테서 사셨는지 혹시 알아요?"

　나 PD가 남자에게 물었다.

　"동네 빈집에 들어와 혼자 살고 있는 할아버지한테 받았대요."

　"그 할아버지가 누군데요?"

"타지 사람이라는 것만 알아요. 살짝 미쳤다는 말도 있구요. 그 할아버지가 옛날에는 S대 의대를 다녔대요. 머리가 너무 좋아서 미친 거라고 다들 그러더라고요."

"그 할아버지가 왜 아버님한테 칼을 주셨어요?"

"평소에 저희 아버지가 그 할아버지한테 먹을 것도 잘 주시고 그랬거든요. 근데 그 할아버지가 폐병에 걸려서요, 저희 아버지가 치료비를 대줬더니, 돈을 그냥은 못 받는다고⋯⋯."

"그러면서 칼을 아버님한테 드린 거군요?"

"네, 그렇게 된 거죠."

"그 칼이 어떤 칼인지는 알아요?"

"자세한 건 잘 모르구요. 그냥 느낌상 값나가는 칼이구나⋯⋯."

세 번째 동영상의 배경은 폐가에 가까운 농가였다. 처음에 봤던 육십 대 남자가 얌전한 촌색시처럼 나 PD를 안내하고 있었다. 가끔 나 PD와 웃어가면서 대화를 나누기까지 했다. 도대체 어떻게 구워삶았기에 농부의 태도가 급변한 걸까. 나 PD의 사회성은 타의 추종을 불허했다. 농부와 나 PD는 찌그러진 방문을 열고 안으로 들어갔다. 폐품이나 다름없는 살림살이들이 사방 벽을 따라 빼곡하게 들어차 있었고, 좁은 방 안에는 비쩍 마른 노인이 누워 있었다. 농부가 노인에게 "이보쇼, 나 왔소! 몸은 좀 어떻소?" 하며 인사를 건넸다. 노인은 기운이 없는지 겨우 몸을 일으켰다. 기침을 하는데 목에서 가래 끓는 소리가 심하게 났다. "아버님, 안녕하세요!" 나 PD가 캠코더 뒤에서 인사를 했다. 노인은 치아가 몇 개 남지 않아 옴폭 들어간 입술을 벙긋거리며 뭐라고 대답을 했다. 발음이 새서 무슨 말인지 잘 알아들을 수가 없었다. 동영상은 여기에서 끝나 있었다. 이 노인이 승영의 원래 주인인 것 같았다. 나는 나 PD에게 전화를 걸었다. 통화가 되면 전세금으로 빌려간 돈 대신 칼을 내 소유로 하겠다고 얘기할 생각이었으나 그는 전화를 받지 않았다. 나는 나 PD에게 문자 메시지를 보냈다. '연락 좀 해. 승영에 대해 중요한 정보를 알아냈어.' 중요한 정보 따윈 물론 없었다. 통화라도 한 번 하려면 별 수 없었다.

그날 밤 늦게 전화를 걸어 온 건 나 PD가 아니라 뜻밖에도 심욱동 선생이었다. 나는 당황한 나머지 말을 더듬었고, 그는 한껏 느긋하고 점잖은 목소리로 선친이 돌아가신 후 잘 지내고 있는지 안부를 물었다. 내가 조심스럽게 용건을 묻자, 그가 단도직입적으로 심중을 드러냈다.

"내가 승영을 찾고 있는 건 나 PD한테 들어서 알고 있겠지? 지금 자네가 물건을 가지고 있다면 나에게 넘기게."

마치 자신의 칼을 내놓으라고 요구하는 것 같은 말투였다. 기분이 좋지 않았다.

"그건 제가 가지고 있지 않습니다. 가지고 있더라도 선생님께 넘겨야 할 이유가 없고요."

짜증이 묻어난 내 말투에 아랑곳하지 않고 그가 물었다.

"그렇다면 나 PD가 갖고 있는 게 분명하군. 근데 그 사람은 왜 내 전화를 안 받는가?"

"나 PD는 원래 바쁠 땐 전화를 잘 안 받습니다. 무슨 일로 그러십니까?"

"승영은 내 오랜 고객이 원래 주인일세. 사십 년 전에 도난을 당했으니 현재는 장물인 셈이지. 내 고객은 혹시라도 승영이 시중에 나오면 수집해달라고 아주 오래전부터 부탁을 해오고 있었어. 나 PD가 승영을 가지고 있다면 원래 주인에게 돌려줘야 하네. 장물을 가지고 있어봐야 이로울 게 없잖은가. 그냥 달라는 건 아닐세. 사례는 후하게 하겠네. 그러니 나 PD와 연락되면 내 말을 꼭 전하게. 그리고 내 고객은 시간 끄는 걸 좋아하지 않는다는 말도 꼭 전하고. 알겠나?"

전화를 끊고 나서 한참 동안 기분이 좋지 않았다. 협박이 깔려 있는 심 선생의 강압적인 말투가 몹시 불쾌했다. 나는 승영의 원래 주인이 누군지 궁금했다. 도난을 당했다면 경찰에 신고는 한 걸까? 문화재도 아닌 물건을 심 선생 같은 사람까지 동원해서 찾는 이유가 뭘까? 그것도 사십 년이나 되는 긴 세월 동안? 여러 가지 의혹이 한꺼번에 밀려왔다.

나는 도검류(刀劍類)와 금속류(金屬類)에 관심이 많은 선배 몇 사람에게 전화를 걸었다. 한 선배가 승영에 대해 비교적 많은 것을 알고 있었다. 그 선배의 설명에 의하면, 도검(刀劍) 제작으로 유명한 중국 저장성의 한 도검 장인(匠人)이 공주(孔周)가 가지고 있었다는 칼날 없는 칼, 승영을 만들었다고 했다. 만주사변 직후 일제가 중국을 침략하던 때였다. 시대가 그랬으니 장인이 칼을 만든 뜻은 짐작이 갔다. 승영은 가지고만 있어도 천하를 뜻대로 할 수 있다는 얘기가 전해 내려오고 있었으니 말이다. 선배는 승영이 우리나라로 들어왔다는 소문을 꽤 오래전에 들었다고 했다. 그 당시 신흥 재벌 중 한 사람이 수집했는데, 그 이후에는 승영에 대한 이야기를 어디서도 들을 수 없었다고 했다. 선배는 나 PD 방송은 보지 못한 모양이었다. 그 신흥 재벌이 심 선생의 고객이라고 가정한다면, 폐가에 혼자 사는 노인이 심 선생의 고객한테서 칼을 훔쳤다는 얘기가 된다. 그 연결고리가 무척이나 궁금했다.

다른 선배 한 사람은 십여 년 전에 승영을 찾는 심 선생의 전화를 받은 적이 있다고 했다.

"그때 나한테만 연락한 게 아니고 심 선생이 이쪽 계통에 아는 사람들한테는 죄다 연락을 넣었었어. 그 당시 업자들 사이에 승영만 찾으면 아파트 한 채 떨어진다는 말이 유행할 정도였지."

"승영을 찾는 사람이 도대체 누구죠? 혹시 짐작 가는 사람 있으세요?"

"글쎄, 그건 나도 잘 모르겠어. 그 당시에 한 가지 이상한 건 있었어. 그때 한참 심 선생이 매스컴에 시끄럽게 오르내리고 있을 때였거든. 제일그룹 박 회장 컬렉션 중에 철화백자용문항아리(鐵畵白磁龍紋壺)가 위품(僞品)이라고 심 선생이 감정을 해서 말이지. 사회적으로 크게 논란이 됐었잖아? 심경이 복잡할 텐데 승영 찾을 정신이 어디 있나 그런 생각이 들더라고. 아무튼 그러고 나서 얼마 안 있다 박 회장은 병으로 사망했고, 그러고 또 얼마 안 있다가는 새로 건립된 박 회장 컬렉션 박물관에 고문으로 취임을 했지."

나도 그 기사를 읽은 기억이 났다. 철화백자용문호는 국보급 문화재였다. 박 회장 컬렉션과 비슷한 물건이 그 당시 크리스티 경매에서 112억에 팔리면서 크게 화제가 됐기 때문에, 심 선생의 위품 감정은 신문 지면에 여러 번 오르내렸었다. 선배가 들려준 얘기로 미루어볼 때, 승영을 찾아달라고 심 선생에게 부탁을 한 사람은 박 회장과 관련된 인물인 것이 분명했다.

"이건 단순한 절도가 아냐. 살인 사건이야!"

일주일 만에 초췌한 몰골로 나타난 나 PD가 말했다. 그의 얼굴은 그동안 수염조차 깎지 않아 도저히 눈 뜨고 봐줄 수가 없는 상태였다.

"살인 사건이라니, 그게 무슨 소리야?"

여름 장마가 시작되어 추적추적 비가 내리는 밤이었다. 그동안 줄곧 전화기가 꺼진 상태였던 그에게서 느닷없이 전화가 걸려왔다. 가게 근처에 있으니 빨리 나와 자기를 만나달라는 것이었다. 가게 문을 닫기 위해 뒷정리를 하던 나는 근처면 들어오라고 했다. 그는 그럴 수 없다고 했다. 누군가 자기를 뒤쫓고 있다는 것이었다.

"지금 무슨 영화 찍냐?"

어이가 없었지만, 하는 수 없이 안국역 사거리까지 우산을 쓰고 걸

어갔다. 현대 사옥 뒤쪽 후미진 골목에 있는 조그만 재즈 바 안에 땀
내와 쉰내를 풍기며 그가 앉아 있었다. 볼 만한 광경이었다. 덥수룩해
진 머리와 수염, 구겨진 티셔츠와 바지, 흙물이 든 운동화.

"무슨 일이야? 정말 킬러한테 쫓기기라도 하는 거야?"

"나, 이번에는 정말 큰 걸 잡은 거 같아."

그 몰골로 앉아서 그는 대박 타령을 했다.

"잘됐네. 그거 터뜨려서 크게 한 판 뜨면 되겠네."

"이 칼 아무래도 너한테 맡겨야겠어."

그는 내 빈정거림은 아랑곳하지 않고 옆자리에 놓여 있는 검정색
스포츠 가방을 손으로 건드렸다. 그의 표정은 장난기라고는 전혀 찾
아볼 수 없는 진지, 그 자체였다.

"근데 사안이 너무 미묘해. 아무도 믿지 못할 거야. 나도 처음엔 믿
지 못했으니까. 도대체 이 사건을 세상에 어떻게 알려야 할지를 모르
겠어."

"널 쫓고 있는 사람이 누군데? 심 선생이야?"

"사십 년 전에 일어난 살인 사건을 은폐하고 싶은 사람."

"도대체 무슨 소리야? 설명을 좀 해봐."

나 PD가 가방에서 캠코더를 꺼내 내 눈앞에 들이밀고는 동영상을
재생시켰다. 화면에는 승영의 원래 주인이었던 노인이 나타났다. 노
인은 지팡이를 짚은 채 몹시 낡은 집을 향해 엉거주춤한 자세로 걸어
가고 있었다. 일반 농가와는 외양이 사뭇 다르게 생긴 집이었다.

"이 집이 맞아요, 할아버지? 한번 잘 살펴보세요. 이게 그 별장이에요?"

노인이 나 PD를 돌아보며 고개를 끄덕였다. 그러더니 대문 앞에 풀썩 주저앉아 앙상한 두 손에 얼굴을 묻고 울기 시작했다. 카메라가 자물쇠가 걸려 있는 녹슨 철제 대문을 비췄다. 노인의 울음소리를 배경으로 나 PD의 내레이션이 들려왔다.

"여기 이 집이 바로 사십 년 전 여름, 살인 사건이 일어났던 별장입니다. 노인의 친구였던 박종명 씨 아버지의 소유로, 사냥용 별장으로 사용하기 위해 지은 집입니다. 이 노인은 그 당시 이곳에서 살인 누명을 뒤집어쓰고, 그걸 피하기 위해 세상을 버린 채 한 많은 은둔의 삶을 살아왔습니다. 이것은 분명 일어나서는 안 되는 일이고, 진실은 밝혀져야 합니다."

화면은 다시 흐느껴 우는 노인을 비추다가 끝이 났다. 나 PD의 설명이 이어졌다.

"이 할아버지는 S대 의대를 다녔어. 제일그룹 박 회장의 셋째 아들 박종명과 동기 동창이었지."

"제일그룹?"

나는 나 PD에게 내가 그동안 수소문해서 알아낸 사실들을 전해주었다. 심 선생과 제일그룹 박 회장이 사이가 좋지 않았는데도, 박 회장 사후에 건립된 박물관에 심 선생이 고문으로 취임한 건 잘 이해가 되지 않는다고 말했다. 내 얘기를 들은 나 PD는 박물관을 건립한 사람이 셋째 아들 박종명이라고 했다. 박종명은 자신의 아버지인 박 회장을 싫어했고, 그래서 심 선생을 고문 자리에 앉히는 일이 가능했을 거라고 했다.

나 PD는 다른 영상을 찾아 틀어주었다. 이번에는 다시 노인이 살고 있는 집이었다. 나 PD가 차분한 목소리로 노인에게 말을 하고 있었다.

"승영이라는 그 칼, 어디에서 어떻게 손에 넣게 된 건지 다시 한 번 말씀해주실 수 있죠? 이건 할아버지를 위해서 꼭 필요한 일이에요. 평생 이렇게 살아온 거 억울하시잖아요. 마음 편히 가지고 말씀 해주세요, 천천히."

화면 가득 잡힌 노인의 주름진 얼굴이 서서히 일그러지기 시작했다. 오랜 세월 뼛속까지 스며들었던 고독과 고통이 얼굴 위로 떠올랐다. 참담한 표정으로 한동안 침묵을 지키던 노인이 천천히 입을 열었다.

"박종명이 그놈하고 내가 의과대학 동창이야. 처음에 의대에 입학해서 예과를 다니던 동안에는 별로 친하지 않았어. 그놈은 제일그룹이라고 내로라하는 집안 아들이었고, 나는 보잘것없는 가난한 집 장남이었으니까, 서로 부딪칠 일이 없었지. 그런데……"

본과 1학년, 해부학 실습을 하게 되면서 박종명과 지금은 폐가나 다름없는 집에서 혼자 살아가는 노인이 되어버린 청년은 같은 조가 되었다. 가난한 집안 형편 때문에 과외를 해서 용돈을 벌어야 했던 청년은 많은 공부 양을 감당할 시간이 부족해 조금씩 성적이 떨어지고 있었다. 이번 학년을 마치면 휴학을 하고 돈을 벌어야 할지 고민을 하던 때였다. 청년은 시취(尸臭)와 포르말린 냄새가 뒤섞인 지하 실습실에서 카데바를 해부하는 시간이 좋았다. 사후강직 상태로 딱딱하게 굳은 시신의 배를 갈라 뼈를 부수고, 폐와 간과 심장을 떼어내고, 메스로 근육 덩어리를 잘라 뼈에서 분리해내고, 살점을 얇게 저며 구조물을 확인하고 표본을 뜨는 시간. 그 시간만큼은 모든 고민이 사라졌다. 청년이 만든 표본은 완벽하고 아름다웠다. 해부학 교실의 담당 교수 또한, 무어(Moore, 의과대학에서 가장 널리 쓰이는 해부학 교재의 저자)가 왔다가 울고 갈 실력이라며 청년을 칭찬했다. 그러나 같은 조였던 박종명은 자신의 몫을 해내지 못했다. 그는 서투른 메스질로 구조물을 뭉개버리기 일쑤였다. 청년은 그가 해야 할 몫까지 도맡아 해냈다.

시험을 앞둔 어느 날 저녁, 박종명은 할 말이 있다며 인적 없는 곳으로 청년을 불러냈다. 그는 청년 앞에 무릎을 꿇다시피 하고는, 이런 부탁하면 안 되는 거 잘 알고 있는데 도저히 청년이 아니면 자신을 도와줄 사람이 없다며, 내일 있을 해부학 시험 답안지에 이름을 바꿔 써주면 안 되겠느냐고 했다. 그는 해부학 교재를 들여다보기만 해도 구토가 나서 도무지 공부를 할 수 없다고 했다. 그 말을 하는데 온 얼굴에 식은땀이 비 오듯 흘렀다. 그동안 박종명의 입을 통해 청년이 알게 된 것은, 박이 적성에도 없는 의대를 순전히 자기 아버지의 강압 때문에 지원을 했다는 사실이었다. 박종명에게 아버지 박 회장은 공포의

대상이었다. 박 회장은 마음에 들지 않는 아들은 인간 취급을 하지 않고 내쳐버리는 비정한 아버지였다. 박종명은 자신은 재시험을 봐도 낙제를 면치 못할 거라고 했고, 그건 청년이 봐도 그랬다. 박종명이 말했다. 자신의 부탁만 들어준다면 청년이 의대를 졸업할 때까지 등록금을 대주겠다고. 청년은 재시를 보면 얼마든지 좋은 성적을 받을 수 있지 않느냐고. 제발 한 번만 자신을 도와달라고.

"그렇게 뒷거래가 시작된 거로군!"

인터뷰 화면을 들여다보며 내가 던진 말에 나 PD가 고개를 끄덕였다.

"살인 사건은 어떻게 하다가 일어난 거야?"

내 질문에 나 PD가 동영상을 앞뒤로 훑으며 그 대목을 찾아 보여주었다. 노인이 감정이 북받치는지 몹시 흥분한 상태로 더듬거리며 말을 하고 있었다.

"그놈들이, 박종명이하고, H하고 두 놈이, 저녁에 시장엘 간다고 나갔다가 들어오는데 여자애를 데리고 들어왔어. 이름이 정미였어! 김정미!"

청년과 박종명, 그리고 또 다른 청년 H. 이 세 사람은 여름방학을 맞아 박종명 아버지의 사냥용 별장에 놀러 갔다. 그리고 그곳에서 사건이 일어났다.

박종명과 청년 두 사람은 해부학 시험에서 부정행위를 한 이후 친밀한 사이가 되었다. 박종명은 자신이 속해 있던, 소위 있는 집 자제들이 어울리는 클럽에 청년을 데려갔고, 방학 때마다 해외여행을 함께 했다. 청년은 박종명과 어울리면서 그동안 상상도 할 수 없었던 세계를 경험하게 됐다. 클럽의 아이들은 사치가 일상이었다. 물질의 부족 안에서 힘겹고 겸손하게 현실을 살아온 노인의 눈에는 공기나 물처럼 부유함이 흘러넘치는 그들의 세상이 낯설기만 했다. 클럽에서 만난 아이들은 행동에 아무런 구속을 받지 않았다. 파트너 교환이나 대마초는 흔하디흔한 일이었다. 그들은 그날따라 기분이 좋지 않다는 이유로 길가에 주차되어 있던 다른 사람의 승용차를 부쉈고, 하룻밤 만나 어울려 논 여자들과 성관계를 가졌고, 폭행이나 강간을 저지르기도 했다. 그들은 자신이 저지른 일탈 행위를 심상한 표정으로 말했고, 듣는 아이들은 재미있어했다. 그들에게는 도덕이나 죄의식 같은 것들이 오히려 조롱거리가 되었다. 청년은 그들을 바라보며 물질적 사회적 환경이 의식을 규정한다고 했던 마르크스의 문장을 떠올렸다.

세 사람이 별장으로 놀러간 것은 본과 4학년 때의 일이었다. 대학병원에서 하는 임상실습으로 일과표가 채워지면서 청년은 자신의 시험 답안에 박의 이름을 적어 넣을 일이 거의 없어졌다. 그럼에도 청년은 여전히 박에게서 등록금을 받았기 때문에 박의 눈치를 보지 않을 수 없었다. 평소 일탈의 정도가 심했던 H와 어울리는 것이 내키지 않았는데도, 별장으로 함께 여름 휴가를 가자는 박의 제안을 거절하지 못한 이유는 거기에 있었다.

별장의 거실은 여러 자루의 총과 칼로 장식되어 있었다. 총은 자물쇠로 잠긴 유리 장식장 안에 들어 있었으나 칼은 진열대 위에 전시되어 있었다. 청년이 칼을 어루만지며 구경하고 있을 때 박종명이 다가왔다. 그는 자신의 아버지가 검도에 심취했을 때 이 국내외의 보검(寶劍)들을 수집했노라고 청년에게 설명했다. 그러더니 검정색 칼집에 황금빛 용이 주조되어 있는 단검 한 자루를 집어 들어 청년에게 건넸다. 한번 열어보라는 말에 청년은 비녀장을 풀고 칼집에서 손잡이를 뺐냈다. 그러고는 손잡이에 칼날이 붙어 있지 않은 것을 보고 깜짝 놀랐다. 박종명은 청년에게서 손잡이를 받아들더니 오른손의 검지를 펴서 칼등이 있을 곳을 따라 어루만지는 시늉을 했다. 무엇에 홀린 거 같은 목소리로 박종명이 말했다. "이 칼의 이름은 승영이야. 이 칼날 좀 봐. 정말 아름다운 칼이지? 안 그래?" 청년은 박의 농담에 피식 웃고 말았다. 그리고 칼집과 손잡이에 비녀장을 걸어 원래 있던 진열대 위에 올려놓았다.

그날 오후 읍내 시장엘 다녀오겠다며 나간 박과 H는 한참 만에 처음 보는 여자아이 하나와 함께 돌아왔다. 여자아이의 이름은 정미라고 했고, 열일곱이나 열여덟쯤 되어 보이는 평범하고 얌전한 시골 소녀였다. 조부상을 당한 별장지기를 대신해 집안일을 거들게 하려고 데려온 거 같았다. 정미는 걸레를 찾아 들고 거실의 먼지를 닦은 다음, 저녁 식사를 준비했다. 밥을 먹고 설거지를 마친 정미가 돌아가겠다고 하자 H가 잠시만 있다 가라고 붙잡았다. 한두 시간만 같이 놀아주다 가면, 하루치 일당을 두 배로 주겠다고 했다. 그 제안에 잠시 망설이던 정미는 거실 한구석에 얌전하게 자리를 잡고 앉았다. H가 냉장고에서 맥주와 안줏거리를 꺼내왔다. 그리고 이런저런 게임을 하며 정미를 지게 만들어 술을 마시게 했다. 박종명은 재미있어하며 H가 하는 짓을 구경했다. 억지로 한 잔 두 잔 술을 마신 정미가 점점 취해갔다. 그들이 하는 짓에 역겨움을 참지 못한 청년은 술잔을 연거푸 들이켜고는 그대로 곯아떨어졌다.

얼마나 시간이 흘렀을까. 누군가 흔들어 깨우는 바람에 청년은 눈을 떴다. 불이 꺼져 깜깜한 가운데, 한쪽 방에서 여자아이의 비명과 울음소리가 희미하게 들려오고 있었다. 청년은 정신이 번쩍 들었다. 청년을 흔들어 깨운 건 박종명이었다. 그가 청년에게 말했다. 이젠 네 차례야! 네가 일부러 술에 취해 잠든 척하는 거 다 알아. 일어나. 들어가서 너도 어울려. 우린 친구잖아.

화면 속에서 노인은 자책으로 괴로워하고 있었다. 깊게 팬 얼굴 주름으로 눈물이 흐르며 번져나갔다. 노인은 울면서 웅얼거렸다.

"박종명 때문에, 내가 그런 짓을, ……아냐, 그놈 탓이 아냐! 내 탓이야, 내 잘못이야!"

방에서 나온 청년은 독한 술을 들이켜고 술에 취해 또다시 곯아떨어졌다. 눈을 떴을 때는 한낮이었고, 집 안은 고요했다. 깨질 듯이 아픈 머리를 감싸쥐고 몸을 일으키자 구토가 솟구쳤다. 화장실로 뛰어들어 토악질을 하고 타는 목을 축이기 위해 수돗물을 들이켰다. 그리고 잠시 후엔 수돗물을 토해냈다. 몇 차례 구토를 한 후 가까스로 속이 진정되자 청년은 화장실에서 나왔다. 집 안엔 아무도 없었다. 그는 긴장되는 마음을 억누르며 어젯밤 여자아이를 범하던 방으로 갔다. 가슴이 몹시 두근거렸다. 떨리는 손으로 방문을 여는 순간, 눈앞에 믿을 수 없는 광경이 펼쳐졌다. 흐트러진 침대 시트, 깨진 유리창, 함부로 내던져져 있는 전화기와 장식품. 무엇보다 그 모든 것을 뒤덮고 있는 피, 사방천지에 피가 흩뿌려져 있었다. 피비린내에 구토가 치밀어 오른 청년은 허리를 접고 맹물을 토해냈다. 눈물로 일그러진 시야에 승영의 손잡이가 들어왔다. 그는 떨리는 손으로 손잡이를 집어 들었다. 손잡이에도 피가 묻어 있었다. 칼집은 저쪽 깨진 유리창 앞에 떨어져 있었다. 칼집을 집어 들었다. 발바닥에 유리 조각이 박혀 살을 파고들었지만 아픔이 느껴지지 않았다. 이 피가 누구의 것인지, 왜 피가 방바닥을 적시고 있는지 청년은 전혀 짐작할 수가 없었다. 피를 흘린 사람은 살아 있지 못할 거라는 생각만이 청년의 백지처럼 텅 비어버린 머릿속을 흐릿하게 지나갔다. 그때 집 안으로 사람이 들어오는 소리가 났다. 어느 결에 박종명이 방문 앞에 서서 청년을 노려보고 있었다. 박종명이 소리쳤다. "야, 이 개자식아! 니가 사람이냐? 어떻게 그렇게 사람을 무자비하게 칼로 찌를 수가 있어? 어? 재미 좀 보고 돌려보내면 될걸, 왜 사람을 죽이냐고!" 청년은 박종명이 하는 말을 이해할 수 없었다. 왜 자신이 개자식이라고 욕을 먹어야 하는지도 알 수가 없었다. 박은 계속해서 소리쳤다. 청년에게 살인자라고, 너 때문에

승영(承影)

자신과 H도 곤경에 처했다고, 앞으로 어쩔 거냐고 소리쳤다. 청년은 박종명의 말을 들으며 방 안에 쏟아져 나온 피가 여자아이의 것인 줄 알게 됐다. 박종명은 H가 지금 여자아이의 시체를 처리하고 있다고 했다. 청년 때문에 자신들마저 공범이 되어버렸다고 분노를 쏟아냈다. 청년이 덜덜 떨며 가까스로 입을 열었다. "내, 내가 이 칼날 없는 칼로 여, 여자애를 죽였다는 거야?" 박종명의 눈에 경멸의 빛이 떠올랐다. "칼날 없는 칼이라고? 네놈 눈엔 이 칼날이 안 보인다는 거야?" 박이 청년에게 달려들더니 칼의 손잡이를 빼앗아 들었다. 그러고는 보이지 않는, 아니 존재하지 않는 칼날로 자신의 손등을 힘껏 그었다. 그의 손등에서 새빨갛게 피가 배어나왔다. 청년은 할 말을 잃었다. 머릿속이 하얗게 바랬다. 덜덜 떨리는 목소리로 청년이 다시 물었다. "내, 내가 뭘 잘못해서 나한테 이런 누명을 씌우는 거지? 이, 이젠, 내가 필요 없어져서 이러는 거니? 난 아, 아무 짓도 하지 않았어. 아무도 찌, 찌르지 않았어." 박종명의 입가에 비웃음이 떠올랐다. 그는 대답 대신 칼을 바닥에 내려놓고 휴지를 뽑아 피가 흐르는 손등을 감쌌다. 청년은 떨리는 손으로 칼을 집어 들고는 칼의 손잡이를 손바닥으로 힘껏 감싸 쥐었다. "나, 나는 이 칼날이 안 보이는데, 네 눈에는, 이게 보인다고? 내가 이 칼로 여자애를 주, 죽였다고?" 청년이 중얼거리며 다가가자 박종명이 고개를 들고 청년을 바라보았다. 박의 눈에 공포가 떠오르는 순간, 청년은 박의 늑골과 늑골 사이에 있는 힘을 다해 칼날을 밀어 넣었다. 칼날은 존재하지 않았으므로 청년에게 그건 그저 시늉에 불과했다. 박이 성마르게 비명을 지르며 청년을 밀쳐냈다. 청년은 온몸을 떨며 박종명의 가슴에서 피가 솟구쳐 나오길 기대했다. 그렇게 해서라도 보이지 않는 칼날로 사람을 죽일 수 있다는 불가사의를 이해할 수 있게 되기를 바랐다.

동영상이 끝나고도 한참 동안 아무 말도 할 수 없었다.

"도대체 이게 무슨 소리야? 살인 사건이 있었다는 거야, 없었다는 거야?"

내가 묻자, 나 PD는 한숨을 길게 내쉬더니 이렇게 대답했다.

"정말 살인 사건이 있었는지 조사를 해봐야지. 그 당시 실종자 중에 정말 김정미라는 여자애가 있는지."

"넌 이 노인 얘기가 믿어져? 칼날 없는 칼로 사람을 죽일 수 있다는 게? 그리고 또 박종명 손등에서는 피가 났는데 노인이 박종명을 찔렀을 때는 아무 일도 안 일어났잖아. 박종명은 어떻게 멀쩡한 거지?"

"그게 그러니까,……"

나 PD는 잠시 말을 잇지 못한 채 미간을 찌푸렸다. 나는 그의 뒷말이 궁금했다.

"……이 사건의 핵심이야. 믿어지진 않겠지만 전도유망한 의과대학생이 은둔자가 되어 한평생을 숨어 사는데, 할아버지 말이 거짓일 리가 없잖아. 조사해서 진실을 가려야 해."

그가 진지한 목소리로 대답했다. 그는 노인이 인터뷰에서 한 말을 사실로 믿고 있었다. 나는 할 말을 잃었다. 지금 당장은 무슨 말로도 그의 현실감각을 되돌릴 수 없을 거 같았다.

"조심해. 서울로 올라오는 고속도로에서 누가 내 차를 자꾸 뒤따라오는 거 같았어. 시내로 들어오면서 따돌리긴 했는데, 혹시 무슨 일이 일어날지 모르니까."

나에게 승영이 들어 있는 검정색 스포츠 가방을 넘겨준 나 PD는 술집 주차장에서 자기 차에 올라타면서 이렇게 말했다. 나는 전세금 대신 칼을 내 소유로 하자는 말은 꺼내보지도 못한 채 그와 헤어져 가게로 돌아왔다. 신문지에 둘둘 말려 있던 승영을 가방에서 꺼내 선물 상자에 넣고 한지로 포장했다. 그러고는 진열장 안 다른 상자들 사이에 넣어두었다. 누가 봐도 외국인 관광객들에게 판매하는 싸구려 기념품 선물 포장처럼 보였다.

다음 날도 장맛비는 여전히 추적추적 내렸다. 가게 문을 닫기 위해 뒷정리를 하는데 핸드폰으로 전화가 걸려왔다. 나 PD인가 싶어 재빨리 액정 화면을 보니 놀랍게도 심욱동 선생이었다. 나는 긴장을 억누르며 되도록 자연스럽게 전화를 받았다. 심 선생의 말투는 여전히 고압적이었다. 나 PD의 행방을 묻는 그에게 나는 나 PD와 전혀 연락이 되지 않는다고 거짓말을 했다. 그런데 어떻게 된 일인지, 그는 내가 어젯밤 계동 뒷골목 재즈 바에서 나 PD를 만나 검정색 스포츠 가방을 넘겨받은 사실을 낱낱이 알고 있었다. 그는 지금 가게로 찾아갈 테니 칼을 자신에게 넘기라고 했다. 나는 나 PD와 내가 감시를 당하고 있었다는 사실이 몹시 불쾌했다. 넘길 수 없다고 딱 잘라 거절하면서, 그 칼이 오래전 일어난 살인 사건과 관련이 있다는 사실을 알고 있느냐고 물었다. 심 선생은 잠시 혼자 웃었다. 그러고는 여유를 잃지 않은 엄한 목소리로 말을 이었다.

"이 답답한 친구야! 제발 정신 좀 차리게! 자넨 칼날 없는 칼로 사람을 죽일 수 있다고 생각하나? 자네가 지금 제정신인가? 그런 말을 세상 누구한테 꺼낼 텐가? 그래봐야 자네하고 나 PD만 웃음거리가 될 뿐이야! 자네는 오랫동안 산속에서 혼자 살아온 노인네 정신이 온전할 거라고 생각하나? 그 노인네가 하는 말을 어떻게 믿지? 만에 하나 살인 사건이 있었다고 치세. 그 사건에 증인이나 증거라도 있나? 뭘로 그런 사건이 있었다는 걸 증명할 텐가? 또 살인 사건 공소시효가 몇 년인지는 아나? 이것 보게. 난 지금 나 PD와 자네가 술수를 부리고 있다고 생각하네."

"술수라니요?"

"그렇게 해서 물건 값을 올리려는 심산이겠지."

"그런 식으로 절 모욕하셔도 소용없습니다. 그 칼은 제 게 아닙니다. 나 PD 칼입니다. 제 맘대로 넘겨줄 수 없다는 말씀입니다."

"자네가 정말로 친구를 위한다면 그 칼을 나에게 넘겨야 하네."

"그건 또 무슨 궤변이십니까?"

"나 PD는 지금 제정신이 아냐. 정신이 온전치 못한 노인한테 홀려 있다고."

"그래서요?"

"나 PD가 지상파 방송국에서 일할 수 있게 해주겠네. 그리고 자네와 나 PD 두 사람 다, 십 년쯤 일 안 하고 놀고 먹을 수 있을 만큼 보상을 하겠네. 지금 이 제안은 오늘 밤 열두 시까지만 유효하네."

갑자기 맥이 풀리며 몸에서 힘이 빠져나갔다. 마음을 뒤흔드는 제안이었다. 그가 말을 이었다.

"나 PD 괜한 고집에 휘둘리지 말고 현명하게 판단하게. 어차피 나 PD가 지금 하고 있는 일은 벽에 부딪치게 되어 있어. 시쳇말로 나 PD가 한 방 터뜨린다고 가정해보세. 세상이 잠깐 시끄러워지는 거 말고 뭐가 더 있지? 괜한 구설수 만들어봐야 자네와 나 PD한테 이익될 게 없어. 내 생각은 그런데 자네 생각은 어떤가?"

심 선생이 하는 말은 구구절절이 옳았다. 사실과 다른 건 물건 값을 올리기 위해 우리가 술수를 부리고 있다는 한 마디뿐이었다. 내가 한층 누그러진 목소리로 물었다.

"이렇게까지 하시는 이유는요?"

"칼 주인이 그 칼을 갖고 싶어 하네. 오래전부터 너무나도 되찾고 싶어 했네. 갖고 싶다는 게 어떤 건지 자네도 알지? 물건이 눈앞에 아른거려서 밤잠이 안 오지 않던가."

아다마다. 특정 물건에 대한 집착은 이 계통에 몸담고 있는 사람들의 지병이었다. 그 병은 원하는 물건을 손에 넣기 전에는 치료가 되지 않았다. 내 마음의 동요를 눈치챈 심 선생은 한 시간 후에 이곳에 도착할 거라는 말을 끝으로 전화를 끊었다.

나는 깜깜한 가게 안, 손님 접대용 소파에 앉아 밖을 내다보았다. 인적이 끊긴 시간, 가로등이 비추고 있는 인사동 골목에는 여전히 비가 내리고 있었다.

'이런 생각은 안 들어? 박종명이 심 선생 같은 거물을 통해 엄청난 웃돈까지 얹어가며 칼을 되찾으려 하는 데는 물건을 갖고 싶은 거 말고, 분명 무슨 다른 이유가 있을 거란 거? 정신 나간 노인네 하는 말이 연도며, 인간관계며, 모든 정황이 앞뒤가 딱딱 맞아 떨어진다는 거! 그런 엄청난 사건이 아니었다면 전도양양한 의대생이 굳이 한평생 은둔의 삶을 살아야 할 이유가 없었을 거라는 거! 들춰봐야 달라지는 건 없지만 그저 묻어둘 수 없는 일들이 이 세상에는 너무 많다는 거!'

나 PD의 목소리가 환청처럼 귓전을 울렸다. 나는 소파에서 몸을 일으켜 진열장에서 승영이 들어 있는 선물 상자를 꺼냈다. 그러고는 포장을 풀고 칼을 꺼내 들었다. 사선으로 가게 안을 비추며 들어오는 가로등 불빛 아래서 황금빛 용은 불그스름한 빛을 띠었다. 나는 비녀장을 풀고 칼날 없는 칼의 손잡이를 오른손 손바닥으로 감싸 쥐었다. 보이지 않는 칼날이 존재하기라도 하는 것처럼 칼끝을 내 왼쪽 손등을 향해 겨누었다. 그리고 내 손을 떠나기 전에 마지막으로 진위를 시험해보겠다는 심정으로, 오른손에 힘을 주어 칼날을 내리그었다. 순간 내 왼쪽 손등을 무엇인가가 스치고 지나가는 느낌이 들었다. 나는 얼른 가로등 불빛 아래로 손등을 내밀었다. 처음에는 아무것도 보이지 않던 손금에서 새빨간 핏방울들이 조그맣게 배어나오기 시작했다. 나는 놀라움으로 눈을 크게 뜬 채 승영의 칼날이 있어야 할 곳을 쳐다보았다. 칼날은 보이지 않았다. 그러나 세상을 뜻대로 하는 자의 것이라던 승영의 칼날이 내 왼쪽 손등에 선명한 흔적을 남기고 있었다. 일직선으로 난 칼자국을 따라 점점이 흘러나온 핏방울들은 시간이 지나며 조금씩 커지더니 마침내 하나의 선으로 이어졌다. 어느 순간 무게를 이기지 못한 붉은 핏방울 하나가 손등을 타고 흘러내렸다.

공원으로 산책을 나갔어

그날은 햇빛이 좋은 가을날 오후였어. 베란다에 널어놓은 빨래를 바삭하게 말린 햇빛은 더 말릴 것을 찾는 것처럼 거실 깊숙한 곳까지 들어와 바닥과 벽까지 더듬고 있었어. 세상은 고요했어. 수많은 세대가 사는 넓은 아파트 단지가 침묵 속에 잠겨 있었어. 햇빛을 피해 거실의 어두운 구석에 앉아 있던 나는 몸을 일으켜 베란다로 나갔어. 하늘은 몹시 파랬고 하얀 구름이 드문드문 떠 있었어.

　베란다 난간에 팔꿈치를 괴고 아파트 단지를 내려다봤어. 걷고 있는 사람 몇이 보였어. 주차장에는 빈 칸에 차를 대고 있는 자동차도 있었어. 그런데 사람들의 말소리나 걸음 소리, 자동차 엔진 소리가 들려오지 않았어. 참 이상한 일이었어. 내 귀가 잘못된 걸까? 나는 아아, 목청을 돋워 소리를 내봤어. 아아, 하는 소리가 내 귀에 분명히 들렸어. 참 이상한 일이다, 혼잣말을 중얼거렸어. 방금 내가 한 말이 또

공원으로 산책을 나갔어

다시 내 귀에 들려왔어. 내 목소리 말고 왜 다른 소리는 들리지 않는 건지 이유를 알 수가 없었어. 갑자기 깨끗한 아파트 건물과 새파란 하늘이 영화 촬영을 위해 만든 세트장처럼 느껴졌어. 내가 나 자신이 아닌 거처럼 낯설게 느껴지기도 했어. 하루 종일 집에만 있어서 이런가? 그럴지도 모르겠다는 생각이 들었어.

나는 공원으로 산책을 나갔어. 공기는 차갑지도 뜨겁지도 않아 산책을 하기 좋았고, 주변은 여전히 고요했어. 나는 하천을 가로지르는 다리를 건너 공원으로 들어갔어. 산책을 나온 사람들이 조용히 몸을 움직이고 있었어. 나도 아무 소리가 나지 않도록 조심스럽게 발걸음을 옮겼어. 왜 이렇게 사람들이 조용한 건지 이유를 알 수 없었지만, 고요를 깨뜨려 사람들의 이목을 끌고 싶진 않았어. 삼십 분쯤 걸어 산책로 끝에 있는 조그만 광장에 도착했을 때에는 땀도 조금 났어. 나는 벤치에 앉아 잠시 쉬어 가기로 했어. 단풍이 막 들기 시작한 나뭇잎들을 보며, 아, 정말 가을이네, 혼잣말을 중얼거렸어. 그리고 그때였어. 나를 둘러싸고 있던 세상의 정적이 갑자기 깨진 것은.

─우리 현이, 잘 걷네, 이리 와봐! 엄마한테 와봐!

아이를 어르는 엄마의 목소리와 방울을 흔드는 것 같은 아이 웃음소리, 아빠의 낮은 말소리가 한꺼번에 귓속으로 쏟아져 들어왔어. 툭 터지듯 정적의 벽을 뚫고 날아온 목소리들이 반갑고 놀라워 나는 얼른 소리 나는 쪽으로 고개를 돌렸지. 돌이 조금 지났으려나, 빨간 패딩 점퍼를 입은 아이가 걸음을 옮기고 있었고 몇 발자국 앞에서는 엄마가 박수를 치며 아이를 격려하고 있었지. 아이가 균형을 잃으면 얼른 떠받칠 수 있도록 아빠는 커다란 두 손을 활짝 펼친 채 아이의 등 뒤를 따라가고 있었어. 보는 것만으로도 절로 미소가 지어지는 광경이었어. 나는 주변을 둘러봤어. 공원을 산책하는 다른 사람들은 여전히 아무 소리 없이 자기 길을 걷고 있었어. 그 사람들한테는 아이와 엄마의 목소리가 들리지 않는 것 같았어.

나는 나도 모르게 자리에서 일어나 광장을 가로질러 아이를 향해 걸어갔어. 아이의 엄마와 아빠는 생각보다 나이가 많아 보였어. 사십 대 후반쯤 되었을까, 중년 부부가 아이의 친부모가 맞는 건가 의문이 들었어. 아이는 어느새 걸음마 연습에 지쳤는지 바닥에 주저앉고 말았어. 아빠가 얼른 아이를 안아 올렸어. 아빠 품에 안긴 채 아이가 찡그린 얼굴을 내 쪽을 돌렸어.

─아!

나도 모르게 짧은 감탄사가 흘러나왔어. 아이의 얼굴, 하얀 피부에 눈썹이 유난히 짙고 까매서 한 번 보면 잊기 어려운 그 얼굴은 몹시 낯이 익었어. 어디선가 분명히 본 얼굴인데 기억이 나지 않았어. 아이의 얼굴과 부부의 얼굴을 번갈아 봤지만 그 세 사람의 얼굴은 조금도 닮아 있지 않았어. 중년 부부가 아이의 친부모가 맞는지 다시 한번 의문이 들었어. 그래서였을까, 아빠 품에 안겨 있는 아이는 왠지 불안해 보였어. 아이는 무엇이 불편한지 입술을 삐죽거리다 급기야 울음을 터뜨렸고, 부부는 현이가 졸린가 보다고, 잠 잘 시간이 아직 안 됐는

공원으로 산책을 나갔어

데 잠이 온 모양이라고 이야기를 하며, 공원의 출입구 쪽을 향해 걸음을 옮기기 시작했어. 아이의 울음소리가 고요한 공원을 가득 채운 채 조금씩 멀어져갔고, 나는 가슴이 무겁고 답답하기만 했어. 왜 저 아이는 부모를 전혀 닮지 않았는지, 저 아이를 예전에 본 것 같은 느낌이 왜 자꾸 드는 건지, 봤다면 어디에서 본 건지 생각이 멈추지 않았어. 나는 그 자리에 선 채로 멀어져가는 그들의 뒷모습을 지켜보았어. 그들이 시야에서 사라지자 점점 작아지던 아이의 울음소리마저 뚝 끊어지고 세상은 또다시 침묵 속으로 잠겨들었어. 주변에서 산책을 하던 모든 사람들이 갑자기 움직임을 멈췄어. 어? 하는 사이 나도 몸을 움직일 수 없게 되어버렸어. 바람도 나뭇잎도 더 이상 움직이지 않았고, 공기의 빛깔마저 희미해지더니 사물의 색이 점점 하얗게 바래졌어. 시간도 멈췄고……, 그리고 나는……, 내가 있는 건지 없는 건지 잘 알 수 없는…… 이상한 상태가…… 되어버렸어…….

"당신! 미쳤어? 이러지 않기로 약속했잖아!"

"……"

"제발 그만 좀 하자! 이젠 좀 잊어버리자! 벌써 삼 년이나 지났는데 이젠 잊을 때도 됐잖아! 언제까지 이럴 거야? 우리도 우리 인생을 살아야 할 거 아냐! 그리고 살림을 하는 거야, 마는 거야, 도대체! 어떻게 일 년 내내 방구석에 선풍기가 나와 있냐고, 도대체!"

"어떻게 잊어, 우리 인석이를……, 나는 죽을 때까지 잊지 않을 거야, 그러니까 간섭하지 마!"

"아아아악!"

남자의 고함 소리와 함께 뭔가가 부서지는 소리가 들렸어. 꿈을 꾸듯 몽롱한 상태에 있던 나는 급작스러운 소음에 깜짝 놀라 깨어났어. 나는 여전히 광장에 서 있었고, 하얗게 바랬던 공기는 원래 색깔을 되찾고 있었어. 그리고 그들이 보였어. 방 한가운데 쪼그리고 앉아 눈물을 참고 있는 여자와 화를 참지 못해 씩씩거리는 남자. 어떻게 이런 일이 있을 수 있는지는 모르겠지만 그들은 내가 속한 세상이 아닌 다른 세상의 사람들이었어. 두 사람 주변에는 어지럽게 책이 널려 있었고, 선풍기가 두 동강이 난 채 바닥에 쓰러져 있었어. 남자가 잔뜩 화가 난 목소리로 소리쳤어.

"죽은 애는 그만 잊어버리고 애를 새로 갖자고! 근데 당신은 내가 근처에도 못 가게 하잖아! 한밤중에 자다 말고 일어나 애가 쓰던 물건이나 어루만지고 있고! 지금이 몇 신 줄 알아? 새벽 세 시야, 세 시! 근데 지금 컴퓨터 앞에 앉아서 뭐 하고 있는 거냐고! 인석이 물건은 다 버리기로 약속했잖아, 지난번에!"

남자가 책상 위에 있던 커다란 플라스틱 박스를 들어 방바닥에 내동댕이쳤어. 박스 안에서 레고로 만든 모형들이 쏟아져 나와 흩어졌어. 여자가 드디어 울음을 터뜨렸어.

"아휴, 내가 진짜!"

남자가 방문이 부서져라 쾅 소리가 나게 닫고 나간 후 여자는 눈물

공원으로 산책을 나갔어

을 흘리며 조각이 난 모형들을 박스 안에 주워 담았어. 화산 탐사 기지와 우주 왕복선, 그리고 지구 방위대 전차들. 여자는 분리된 미니 피규어의 목을 몸통에 끼워 맞추고는 웃고 있는 얼굴을 들여다봤어. 우주복을 갖춰 입고 산소통을 짊어진 피규어를 우주선 위에 꽂아 상자에 넣은 여자는 뚜껑을 닫고 원래 있던 곳에 상자를 올려놓았어.

방을 다 치운 여자가 울어서 발갛게 된 얼굴로 나에게 다가왔어. 여자의 얼굴이 낯이 익었어. 까맣고 짙은 눈썹과 하얀 피부, 내가 방금 본 그 아이, 중년의 부부와 걸음마 연습을 하던 아이와 똑같이 닮은 얼굴이었어.

어찌된 일인지 나는 다시 공원 벤치에 앉아 있어. 광장 저쪽에서 아이에게 걸음마 연습을 시키는 엄마 목소리가 들려와. 우리 현이, 잘 걷네, 엄마한테 와, 이리 와. 나는 흐뭇한 마음이 되어 그 광경을 쳐다봐. 그리고 그들에게 또 다가가. 아까처럼 아빠 품에 안긴 아이의 얼굴을 보게 되고, 아이의 유달리 숱이 많고 짙은 눈썹을 보면서 어디선가 본 얼굴이라고 생각해. 하지만 누구와 닮은 건지는 여전히 기억나지 않아. 아까와는 다르게 나는 아이의 엄마에게 말을 걸어. 애기가 너무 이쁘네요. 돌이 지났나요? 아이의 엄마가 나를 돌아보고 뿌듯한 표정으로 대답해. 네, 이제 십삼 개월 됐어요. 엊그저께 처음 발걸음을 뗐는데 벌써 제법 잘 걸어요. 미소 띤 내 표정에 친근감을 느꼈는지 엄마는 묻지도 않은 말을 하기 시작해.

─제가 노산이어서 아이가 건강할지 어떨지 걱정을 많이 했어요.
근데 건강하게 잘 커서 얼마나 다행인지 몰라요.

─그러게요. 정말 건강해 보이네요. 누나나 형도 예뻐하겠어요.

─현이는 외아들이에요. 제가 불임이라 오랫동안 아이를 갖지 못했
어요. 완전히 포기하고 살았는데 기적처럼 현이가 생겼어요.

나는 놀란 눈을 크게 뜨고 아이의 엄마를 바라봐.

─그러시군요. 정말 귀한 아이네요. 현이가 너무 예쁘시겠어요!

─말로 다 표현할 수가 없어요. 남편도 걸핏하면 일하다 말고 집에
와요. 현이는 저보다 아빠를 더 좋아하는 것 같아요.

그렇지 않아도 인상이 좋은 엄마는 애정이 넘치는 눈으로 아이와
남편을 바라봐. 아빠 품에 안긴 현이가 조그만 손으로 아빠 얼굴을 감
싸고 볼에다 입을 맞춰. 아빠는 좋아서 어쩔 줄 모르겠는 표정으로 현
이의 하얀 뺨에 자신의 뺨을 대고 문질러. 아빠가 아이를 꼭 안은 채
공원 입구 쪽으로 걸음을 옮기자 엄마는 내게 인사를 하고는 빈 유모
차를 밀면서 남편을 따라가. 사랑을 듬뿍 받는 아이의 얼굴은 편안하
고 당당해 보여. 나는 이제 마음이 놓여. 조금 전에 아이가 왠지 불안
해 보였던 건 순전히 내가 잘못 본 탓이야. 현이는 엄마와 아빠의 흘
러넘치는 애정 속에서 행복하게 하루하루를 살아가게 될 거야.

나는 광장에 선 채로 또다시 생각에 잠겨. 현이가 닮은 사람이 누구
였는지 생각해보지만 여전히 기억이 떠오르지 않아. 잃어버린 조각
을 찾아 끼워야만 전체가 해석되는 퍼즐을 앞에 둔 것처럼 나는 그 문

공원으로 산책을 나갔어

제에 골똘하게 빠져들어. 갑자기 여자가 코를 푸는 소리가 들려. 나는 고개를 돌려 눈자위가 벌건 여자의 얼굴을 쳐다봐. 노트북 컴퓨터의 모니터를 통해서 나를 들여다보고 있는 여자의 얼굴에는 자신의 자녀를 다른 부모에게 보낸 슬픔과 그 아이의 행복을 엿보면서 느끼는 기쁨이 한가득 드리워져 있어.

아, 당신! 나를 현이에게 두 번이나 다가가게 만든 게 당신이었구나. 이상한 적막감 속에서 공원으로 산책을 나오게 한 것도, 나를 이 세상에 존재하게 만든 것도 당신이었어. 지금 내가 품고 있는 의문, 현이가 누굴 닮았는지에 대한 해답도 결국 당신이 갖고 있겠네, 그렇지?

하지만 당신은 문제의 해답을 밝힐 생각을 하지 않아. 두 손은 키보드를 떠나 얼굴을 가리고 있고 입술은 울음소리를 내지 않으려고 억지로 다물어져 있어. 눈물이 볼을 타고 흘러내려. 턱 끝에 매달린 눈물방울이 키보드 위로 툭툭 떨어져. 당신의 눈물이 내게로 스며들어. 당신의 슬픔이 고스란히 느껴져. 나는 당신을 지켜봐야겠다고 마음먹어. 한정된 세상 안에 속한 채 당신을 위해 해줄 수 있는 일은 당신을 생각하고 느끼며 당신의 이야기를 읽어 내려가는 것뿐이니까.

당신은 내 앞에 꼼짝 않고 앉은 채 남편이 출근 준비하는 소리를 들어. 성취욕이 강한 남편은 업무가 시작되기 전에 토익과 회화 수업을 받기 위해 항상 이른 시간에 집을 나서. 인석이가 세상을 떠난 다음에도 남편은 고작 두 달 동안 영어 학원을 쉬었을 뿐이야. 시간이 늦었는지 급하게 현관문을 열고 나간 남편은 조심성 없게 문손잡이를 그대로 놓아버려. 남편의 등 뒤에서 쾅! 소리를 내며 문이 닫히고 온 집 안의 문이 문틀 안에서 공명음을 일으켜. 그 소리에 깜짝 놀란 당신이 부르르 몸을 떨어. 당신이 몸을 떠는 건, 사고가 나던 날 인석이가 학원에 가기 위해 자전거를 끌고 나가면서 뒤로 닫히던 문소리가 기억나서야. 당신이 몸서리를 치는 건 사람들이 말하는, '우연한 사고'라는 말 안에 '진정한 우연'은 없다는 걸 알기 때문이기도 해. 당신의 마음속에서 남편을 향한 증오의 감정이 솟구쳐 올라.

인석이는 그날따라 소파에서 만화책을 읽으며 늑장을 부렸어. 왜 안 가고 그러고 있느냐고 묻자 아이는 기운 없는 목소리로 당신에게 물었어.

─엄마, 오늘 하루만 안 가면 안 돼?

당신은 어디가 아프냐고 물었고, 아이는 시무룩한 얼굴로 그건 아니라고 대답했어. 당신은 학교에서 돌아온 지 얼마 안 돼 또다시 학원에 가야 하는 아이가 안쓰러웠지만, 지금 곧 당신이 운영하는 미술 학원으로 출근을 해야 했기에 가지 말라는 말을 하는 대신 이렇게 말했어.

─힘들다고 빠지고 가기 싫다고 빠지고, 그렇게 살다가 이다음에 뭐가 될래?

아이는 부루퉁한 얼굴로 가방을 둘러메고 현관으로 나갔고, 당신은 아이의 등에 대고 지각할지 모르니 자전거를 타고 가라고 말했어. 쾅!

공원으로 산책을 나갔어

하고 시끄럽게 현관문 닫히는 소리가 났어. 그 소리가 당신의 신경을 곤두서게 했어.

삼십 분 후 당신은 아이의 자전거가 휴지처럼 구겨진 채 학원 앞 사거리 한복판에 내동댕이쳐져 있는 걸 보았어. 누군가가 덮어준 하늘색 점퍼 아래로 삐쭉 나와 있는 아이의 두 다리가 괴상한 각도로 뒤틀려 있는 것도 보게 되었어. 아이의 상체가 있어서 점퍼가 불룩하게 솟아 있어야 할 곳이 이상하게도 평평했어. 검붉은 물이 배어들고 있는 점퍼를 들추려고 손을 내미는데 누군가가 당신의 손목을 잡으며 만류해. 당신은 상체를 일으켜 세우며 당신의 손목을 잡은 사람을 한 번 쳐다보고는 그 사람 등 뒤로 길게 나 있는 도로와 도로를 따라 길게 이어져 있는 검붉은 타이어 자국을 바라봐. 사고를 낸 시외버스와 경찰차가 비상등을 깜빡이며 건널목 근처 길가에 서 있어. 경찰 두어 명과 함께 서 있는 인석의 친구, 승훈이와 세연이도 보여. 저 아이들이 왜 경찰과 함께 있을까 잠깐 생각하다가, 당신은 버스가 서 있는 자리와 아이의 몸이 누워 있는 자리를 눈으로 가늠해. 날개도 없이 날아오기에는 지나치게 먼 거리라고 당신은 생각해. 당신은 경찰의 수신호를 따라 사거리를 지나가는 자동차들이 도로에 검붉은 바퀴 자국을 남기는 것을 보게 돼. 그리고 그 바퀴들이 자국을 남기는 것은 도로가 팬 곳에 고여 있던 검붉은 웅덩이를 지나가고 있기 때문이라는 것을, 그 웅덩이와 아이의 몸 사이에 검붉은 줄이 이어져 있는 것을 알게 돼. 사거리를 향해 정신없이 뛰어올 때 아무 생각 없이 봐 넘겼던 검붉은 타이어 자국은 아이의 몸에서 흘러나온 피를 밟고 생겨난 거였어. 페이드아웃이 된 것처럼 캄캄해지는 시야 속에서 건널목 신호등 뒤로 '휘낭시에'라고 쓰인 제과점 간판이 환하게 눈에 들어와. 당신은, 우리 인석이가 저 집 빵을 좋아하는데, 뜬금없이 그런 생각을 해. 그리고 마지막으로 차가운 길 위에 누워 있는 당신 아이의 모습이 보였고 그 후에는 모든 것이 어둠 속으로 사라져버렸어.

병원 응급실에서 눈을 뜬 당신은 병상에 둘러쳐진 커튼 바깥의 소음을 들으며 당신이 지금 어디에 있는지를 생각해. 병원이구나, 하는 생각이 들기가 무섭게 손과 발이, 그리고 팔과 다리가 쇼크로 떨려오기 시작해. 몸을 모로 돌리고 다리를 상체에 닿도록 바짝 끌어올리며 온몸에 힘을 주었지만 떨림은 점점 심해졌어. 당신은 당신의 몸을 제어하고 싶었고 뭐라도 머릿속에 떠올리며 생각을 좀 해보고 싶었지만, 세찬 폭풍우와 거대한 해일과 땅이 갈라지고 용암이 분출하는 지진이 한꺼번에 몸을 덮쳐오는 것 같아 도무지 정신을 차릴 수가 없었어. 거칠게 숨을 쉬고 신음을 내뱉고 이를 맞부딪치며 온몸을 떠는 것말고는 당신이 할 수 있는 일은 아무것도 없었어.

당신은 내가 사는 세상이 들어 있는 노트북을 캔버스 천으로 만든 에코백에 넣어 메고 집을 나서. 남편이 두 동강을 낸 선풍기를 아파트 단지 안에 있는 쓰레기 분리수거장에 내려놓고 정문을 빠져나가 거리를 따라서 걸어. 당신의 발걸음이 멈춰 선 곳은 중학교 앞이야. 하교

공원으로 산책을 나갔어

시간을 맞아 교문으로 쏟아져 나오는 아이들 무리에 길이 가로막힌 당신은 에코백이 어깨에서 미끄러지지 않도록 단단하게 옆구리에 끼워. 쿵쿵 소리를 내며 조금씩 세차지는 당신의 심장 박동이 내 귀에까지 선명하게 들려와. 교복을 입은 채 친구들과 웃고 떠들며 활달한 몸짓으로 걸어 나오는 아이들을 당신은 물끄러미 쳐다봐. 저 뒤쪽 아이들 무리 가운데서 당신은 언뜻 낯익은 얼굴을 본 거 같아. 하얀 피부에 짙은 눈썹을 가진 누군가의 얼굴을 인석이라고 착각한 당신은 심장이 멎을 만큼 깜짝 놀란 채 아이들 무리 속에서 정신없이 인석이를 찾아.

"아냐, 그럴 리가 없어."

당신은 혼잣말을 중얼거리며 당신이 본 모습은 환영이자 착각이라고, 중학생이 된 인석이를 보고 싶은 마음이 너무 강한 나머지 상상이 현실 속으로 잠시 외출을 했을 뿐이라고 생각해. 당신은 다듬어지지 않은 활력을 분출하며 거리로 쏟아져 나오는 아이들에게 말할 수 없이 커다란 친밀감과 애정을 느껴. 고통에 익숙해진 메마른 당신의 얼굴에 모처럼 따뜻한 미소가 어려.

동네의 작은 카페 한쪽 구석에 자리를 잡은 당신은 생각에 잠긴 얼굴로 식은 커피잔을 쥔 채 내 앞에 앉아 있어. 당신의 시선은 보도를 굴러다니는 나뭇잎을 향해 있지만 머릿속은 온통 내가 등장하는 이야기에 대한 생각으로 가득해. 그러다 결심이라도 한 듯 단호한 표정을 짓더니 키보드에 두 손을 올리고 자판을 누르기 시작해.

이제 나는 마트 안에서 카트 손잡이를 잡고 서 있어. 롯데마트나 이마트처럼 제법 규모가 큰 마트야. 나는 상품 진열대 사이를 천천히 걸어 다니며 살 것들을 카트 안에 담아. 갑자기 누군가가 내 어깨를 건드려. 나는 돌아다봐. 내 앞에는 활짝 웃고 있는 다정 엄마가 서 있어. 다정 엄마는 내가 아는 사람이야. 나는 그녀에게 반갑게 인사를 해. 그녀와 이야기를 나누며 나는 내가 그녀와 어떤 관계에 있는지를 저절로 알게 돼. 나는 삼 년 전에 그녀와 같은 아파트에 살았고, 내 아이와 다정이는 같은 유치원에 다녔어. 다정이네와 우리는 서로의 집을 오가며 아주 가깝게 지냈어. 우리는 아이들은 잘 크는지 집안은 편안한지 서로에게 안부를 물어. 미소와 웃음 속에서 이런저런 이야기가 한동안 이어졌지만 내 마음은 편안하지 않아. 나에게 닥치는 이런 상황들이 당신의 상황과 분리되어 있지 않고, 당신 자신의 이야기가 나의 이야기의 근원이라는 걸 알기 때문이야. 이제 곧 나에게도 불행이 닥칠 것만 같아 내 마음은 계속 불안정한 상태야. 다정 엄마와 나는 이야기를 마무리하고 언제 밥이나 한번 먹자는 말을 하며 헤어지려고 해. 그녀와의 만남이 아무 일 없이 지나가는 것에 안도하려는 순간이었어.

　―참! 혹시 건주 엄마 소식 들었어요?

　인사를 마치고 돌아서던 그녀가 중요한 일을 잊어버릴 뻔했다는 표정으로 급하게 말을 꺼내. 건주네 또한 우리와 같은 아파트 같은 라인에 살던 사람이야. 건주는 다정이와 내 아이보다 나이가 어렸지만 같은 유치원엘 다녔기 때문에 역시 잘 알던 사이였어.

─아니요. 아무 얘기 못 들었는데 왜요? 건주 엄마한테 무슨 일이라도 있었나요?

다정 엄마의 표정이 심각했기 때문에 좋지 않은 소식일 거라는 직감이 들었기에, 나는 조마조마한 심정으로 물었어.

─건주 엄마한테 무슨 일이 생긴 건 아니고요, 건주 엄마 언니한테 무슨 일이 생겼어요.

─건주 이모한테요?

건주의 이모 또한 우리와 같은 동네에 살고 있었어. 그녀에게는 건주와 같은 나이의 아들이 있었고, 나는 동생 집을 방문하는 건주 이모와 건주를 엘리베이터 안에서 여러 번 마주쳤어. 다정 엄마가 말을 이었어.

─건주 이모가요, 얼마 전에 자기 아파트에서 투신을 했어요. 자그마치 11층에서요.

─네? 투신을 했다고요? 아니, 왜요?

차마 입에 담지 못할 말이라는 듯 잠시 주저하다가 나온 다정 엄마의 말에 나는 너무 놀라 가슴이 다 두근거렸어.

─건주 이모한테 아들이 있었잖아요. 성욱이라고……. 아마 이 소식도 못 들으셨을 거예요. 이사 가신 다음에 일어난 일이라서요. 성욱이가 이 년 전에 교통사고를 당해서 세상을 떴거든요. 그 뒤로 성욱 엄마가 우울증을 심하게 앓았대요. 건주 엄마가 자기 언니 때문에 걱

정을 많이 했었는데 결국 이런 일이 벌어졌지 뭐예요.

내 몸에서 힘이 빠져나갔어. 엘리베이터에서 마주치던 두 모자의 모습이 선연하게 기억에 떠올랐어. 상냥하게 웃으며 인사를 하던 성욱 엄마는 유난히 하얀 피부에 커다란 눈, 그리고 짙은 눈썹이 꽤나 인상적이었고, 성욱이도 그런 엄마를 빼박듯 닮아 있었어. 내가 아는 척을 하면 수줍은 듯 엄마 뒤로 숨던 아이, 그 아이를 보면서 아들이 아니라 딸이라고 해도 믿겠다며 성욱 엄마와 함께 웃던 게 바로 어제 일처럼 선명했어. 그렇게 아름다운 사람들이 더 이상 이 세상 사람이 아니라는 사실을 믿을 수가 없었어. 삶이 이렇게 허무할 수가 있는 걸까. 왜 이런 고통스런 일들이 일어나야 하는 걸까.

가슴이 저려 어찌해야 할 바를 모르고 있는데 문득 당신의 깊은 한숨 소리가 들려와. 당신은 나를 마트 한가운데 세워둔 채 키보드에서 두 손을 내려. 맑은 물에 먹물이 떨어져 섞여 드는 것처럼 가슴 밑바닥에서부터 어두운 우울이 올라와 당신 가슴을 까맣게 물들이는 게 느껴져.

당신은 11층 베란다에 서서 까마득한 지면을 내려다보던 지난날의 기억을 떠올려. 한 발을 내딛는 것으로 삶과 죽음의 경계가 나뉜다는 것이, 그 경계가 당신의 코앞에 놓여 있다는 것이, 당신이 가장 사랑하던 아이가 그 아슬아슬한 경계를 넘어갔다는 사실이, 그 경계를 넘게 한 사람이 당신 자신일지도 모른다는 생각이 당신의 심장을 터질 듯이 움켜쥐고 놓아주지 않았어. 당신을 둘러치고 있는 고통의 장막

공원으로 산책을 나갔어

안에서 끝없이 반복해오던 질문이 당신을 베란다 난간에 한쪽 발을 내놓게 만들었어. 아이에게 자전거를 타고 가라고 하지 않았다면 어떻게 됐을까, 아이가 학원에 가기 싫다고 했을 때 오늘 하루는 쉬라고 했다면 어떻게 됐을까, 당신이 미술학원을 하지 않았다면, 아니, 아이가 학원에 가기 싫다고 했을 때 반에서 중간에 머무르는 성적 때문에 항상 아이를 윽박지르던 남편이 떠오르지 않았다면, 이다음에 뭐가 되려고 이 모양이냐고 아이를 혼내던 남편의 목소리를 대신해 말하지 않았더라면, 아이가 지금 당신 곁에 살아 있을까……. 죄책감에서 비롯된 질문들이 칼날이 되어 가슴에 박힐 걸 알면서도 당신은 질문을 그치지 않았어. 스스로에게 벌을 주기 위해 당신은 똑같은 질문을 하고 또 했어.

마지막 한 발 앞에서 당신은 두려움에 몸을 떨었어. 창백한 얼굴로 베란다에서 돌아 나온 당신은 살아 있다는 사실에 이의를 제기하지 않는 당당한 존재들이 참여하는 삶의 축제에서 스스로를 추방시켰어. 당신은 살던 동네에서 멀리 떨어진 곳으로 이사를 했고, 다른 사람에게 학원을 헐값에 양도했어. 다니던 요가 학원을 그만뒀고, 식사를 제때 하지 않았어. 옷을 사지 않았고, 밤에 잠들지 않았어. 하루 종일 집 안에 머물면서 누구와도 대화를 나누지 않았어. 공원에 산책조차 나가지 않았어. 대신 조여오는 고통의 압력을 잊기 위해 좁은 집 안에서 빙글빙글 맴을 돌며 책을 읽었어. 아이가 즐겨 보던 만화책들을 대사를 외울 때까지 읽었어. 남편이 고함을 치며 그 책들을 모조리 내다버린 후에는 인터넷으로 책을 주문해서 읽었어. 이창래의 문체가 우아한 소설을, 레이 브래드버리의 아름다운 단편들을, 엘리자베스 퀴블러 로스 같은 죽음학자의 책을, 성경과 불경에 대한 책을, 심지어 양자론이나 인공지능에 대한 책까지 닥치는 대로 읽었어. 그것들을 읽는다고 해서 당신이 살아가는 현실이 바뀌는 건 아니었어. 그래도 당신은 읽기를 멈추지 않았어. 활자가 만들어낸 세상 속으로 도망치지 않으면 도무지 숨을 쉴 수가 없었어. 남편이 당신을 답답해하고 있다는 걸 알았어. 남편은 새롭게 미술 학원을 차리고 돈을 벌어 주택 대출금을 갚고, 인석이를 잊기 위해 새로운 아이를 임신하는 것이 현실적이고 현명한 거라고 말했지만, 당신은 그 말에 동의할 수가 없었어. 현실? 사람들이 말하는 현실? 조금이라도 더 많이 갖기 위해 애를 쓰고, 뭔가를 소유하는 것을 행복으로 느끼는 게 현실적이고 현명한 건가? 당신은 인석이가 떠나기 전까지는 당신도 그런 '현실'에 대해 한 번도 의문을 가진 적이 없었다는 사실을 깨달았어. 그 당연한 '현실' 안에서 작고 연약하고 아름다운 것들이 얼마나 끔찍하고 쉽게 부서져 현실 밖으로 사라져버리는지를 생각하면 온몸이 떨려 왔어. 정말로 중요한 게 무엇인지 알지 못한 채 허망하게 살아왔고, 앞으로도 무의미의 그물에서 벗어나지 못할 거라는 절망감 때문에 11층 베란다에 서서 난간 밖으로 한 발을 내놓기도 했지만, 이렇게 끝을 내더라도 당신에게 가장 소중한 인석이를 되찾을 수 없다는 사실만이 당신에게는 '현실'이었어.

숨 막히는 우울 속에서 책장을 넘기던 어느 날, 당신은 문득 이야기를 만들어야겠다고 생각했어. 무력하지만 아름다운 이야기, 당신의 소망이 실현되는 이야기, 바로 내가 등장하는 이야기를. 하지만 당신은 이야기를 시작하기 전까지는, 하나의 이야기가 꽃이 피기 위해서는 마음속에 흙과 물과 온기가 필요하다는 사실을 알지 못했어.

싸늘해진 커피잔을 쥐고 있는 당신의 손가락이 여전히 가늘게 떨리고 있어. 당신은 키보드를 눌러서 내가 카트를 잡고 서 있는 창 위에 새로운 창을 열어. 그리고 아무것도 없는 하얀 공간에 이렇게 적어. '누군가를 죽이고 싶어 한 적이 있는 사람은 누군가를 용서할 수 있는 사람이다'라고. 깜빡거리는 커서를 한동안 들여다보던 당신은 여러 번 줄을 바꾼 다음 다른 문장을 적어. '일어난 일들은 일어나야 할 일들이 일어난 것이다'라고. 당신이 읽은 여러 권의 책 가운데 저런 문장들이 있었는지, 아니면 그 책의 행간에 저런 의미가 숨어 있었는지는 분명하지 않아. 인석의 친구 승훈이를 죽이고 싶도록 미워하는 마음과 인생에서 일어나는 일들을 순순히 받아들여야 한다는 생각 사이에는 수미산 꼭대기와 무간지옥의 거리만큼이나 먼, 접촉 불가의 장대한 허공이 펼쳐져 있어. 당신은 당신이 적어놓은 두 개의 문장을 뚫어지게 바라보다가 눈을 감아. 당신은 기댈 데 없는 무한한 허공에 사다리를 걸치는 불가능해 보이는 일을 하지 않고서는, 내가 등장하는 짧은 이야기를 제대로 끝낼 수 없다는 걸 직감해.

어느새 겨울이야. 두 달 남짓 내가 들어 있는 노트북은 작은 방 책상 위에 올려진 채 한 번도 열리지 않았어. 가끔 커피잔을 들고 방에 들어온 당신은 노트북 근처를 서성이며 고뇌가 밴 한숨만 몇 번씩 내쉬다가 방을 나가곤 했어. 오늘도 내가 놓인 책상을 두 손으로 짚은 채 뭔가를 생각하던 당신은 나를 집어 들고 배터리 충전이 얼마나 되어 있는지를 확인한 다음 에코백에 넣고 집을 나섰어.

건주 이모의 소식을 듣고 놀란 상태로 나는 여전히 마트 한가운데 서 있어. 나는 내 이야기가 이제 그만 마무리되었으면 좋겠어. 이야기가 끝나면 나는 한계가 지어진 단조로운 세계 안에서 모든 움직임을 멈추게 되겠지만, 멈추지 않는다면 나는 제대로 된 의미를 가진 존재가 될 수 없으니까.

당신은 내가 든 가방을 조수석에 놓고 차를 몰고 어딘가로 달려가. 당신이 모는 차가 예전에 살던 동네에 가까워질수록 당신의 몸은 단단하게 굳어져가. 도로에 바퀴 자국으로 남아 있던 아이의 피가 지금 당신이 달리는 길 위에 그대로 겹쳐져 눈앞에 떠올라. 당신의 눈에서 걷잡을 수 없이 눈물이 흘러내리고 핸들을 쥔 손이 위태롭게 떨리기 시작해. 당신은 두 눈을 부릅뜨고 입술을 꼭 깨문 채 몰아닥치는 고통을 노려봐.

당신은 사거리를 지나고 우회전을 해서 얼마쯤 더 달린 다음 자동차를 갓길에 세워. 당신의 차가 멈춘 곳은 중학교 앞이야. 예전에 당신이 살던 마을에 있는, 인석이가 살아 있었더라면 지금쯤 다니고 있

공원으로 산책을 나갔어

을 것이 분명한 학교. 당신은 노트북이 들어 있는 가방을 당겨 가슴에 꼭 끌어안아. 당신의 세찬 심장 박동과 격한 감정이 나에게 그대로 전해져. 당신, 잘 해내길 바라. 지금 당신이 하려고 하는 일이 삼 년 전 그날에 멈춰 선 당신의 삶을 앞으로 흘러가게 할 수 있길 바라. 그래서 당신이 지금보다 더 당신다워지기를, 허망함의 그물에서 벗어나 삶 속에서 의미를 만들어가길 진심으로 바라.

당신은 이제 한쪽 어깨에 에코백을 메고 교문 앞에 서 있어. 찬바람 때문에 얼굴이 발갛게 변해가는데도 당신은 발 한 번 구르지 않고 그 자리에 못 박힌 듯 서 있어. 지금은 정오가 조금 안 된 시간, 오늘이 겨울방학이 시작되는 날이기 때문에 잠시 후에는 아이들이 교문으로 쏟아져 나오리라는 걸 알아. 당신은 굳은 표정으로 승훈이를 기다려. 그 아이를 놓치지 않고 꼭 만나야 한다는 생각만으로도 당신은 온몸의 피가 얼어붙는 것만 같아. 막상 승훈이를 만나서 무슨 말을 어떻게 해야 할지 생각해보지 않았지만, 미안해하거나 당황하는 기색이라고는 조금도 없이 반들반들 눈을 빛내며 철벽처럼 방어막을 치던 그날의 그 표정만 다시 보지 않으면 좋겠다고 생각해. 그 표정만 아니라면 승훈이가 고의로 벌인 일이 아니라는 걸 알면서도 증오로 치달아 오르는 당신의 통제되지 않는 감정을 추스를 수 있겠다고 생각해.

아이의 부서진 몸을 서둘러 화장하고 며칠 후, 당신은 경찰한테 전화를 받았어. 가해자인 버스 운전자와 합의를 하기 전에 경찰서에 와서 사고 경위서를 확인하라는 전화였어. 매가리 없는 몸을 가까스로 일으켜 담당 경찰 앞에 앉은 당신은 서류에서 인석이의 학교 친구인 승훈과 세연의 이름을 보게 돼. 자전거를 타고 학원으로 가던 인석이는 역시 자전거를 타고 같은 학원으로 가고 있던 승훈이와 세연이를 만났어. 세연이는 인석이처럼 조심성 있고 얌전한 아이였지만 승훈이는 그렇지 않았어. 좋게 말하면 리더십 있고 활동적인 성격이었지만 남 앞에 나서기 좋아하고 경쟁을 좋아해서 친구들 사이에 시비를 붙이기도 하는 그런 아이였지. 그런 승훈이가 두 아이에게 누가 더 빨리 학원에 도착하는지 내기를 하자고 했어. 꼴찌한 사람이 학원 끝나고 오뎅을 사는 걸로 하자고. 승훈이는 말을 뱉자마자 세차게 페달을 밟으며 앞으로 달려 나갔고, 인석이와 세연이가 뒤를 좇아갔어. 건널목에 먼저 도착한 승훈이는 주황색으로 바뀐 신호를 빠르게 통과했고, 뒤늦게 도착한 두 아이 가운데 인석이만 건널목 앞에서 잠시 주춤거리다가 페달을 밟았지. 세연은 건널목에 멈춰선 채, 때마침 초록불로 바뀐 신호에 속도를 늦추지 않고 빠르게 달려오던 시외버스가 인석이가 탄 자전거를 받아 멀리 날려버리는 걸 고스란히 목격했어.

경찰서에서 나온 당신이 어떻게 승훈이의 집까지 갔는지 당신은 기억하지 못해. 어느 순간 정신을 차리고 보니 당신은 승훈이의 집 현관문 앞에 서서 쉬지 않고 벨을 누르고 있었어. 놀란 얼굴로 현관문을 연 승훈 엄마에게 다짜고짜 승훈이가 어디 있느냐고 물었어. 쭈뼛거리면서 나타난 승훈이의 어깨를 잡아챈 당신은 충혈된 눈을 사납게 부릅떴어. 도대체 왜 그랬니? 왜 그런 내기를 한 거니? 왜 너 혼자 앞질러 달려간 거니? 내 아들 없이 앞으로 나는 어떻게 살아야 하니? 마음속의 절규는 한마디도 말이 되어 나오지 않았어. 승훈이 또한 아무 말도 하지 않았지만, 얼굴에는 내가 뭘 잘못했다고 나한테 이러느냐는 반항의 기색이 역력했어. 열한 살짜리 아이가 입술을 앙다문 채 반들거리는 눈빛으로 당신을 노려봤어. 옆에서 보고 있던 승훈이의 엄마가 아들처럼 사나운 표정이 되어 당신을 떠밀었어. 당신의 손아귀에서 벗어난 승훈에게, 넌 들어가 있어, 소리치고는 아이가 안으로 들어가자 당신의 코앞에서 현관문을 닫아버렸어.

정오가 되자 벨이 울리고 아이들의 목소리가 닫힌 창문을 통해서 왁자하게 들려와. 잠시 후 교복을 입은 아이들이 하나둘 현관에 나타나 신발을 갈아신어. 당신은 걷잡을 수 없이 두근거리는 심장 박동을 느끼며 교문을 통과하는 아이들의 얼굴을 일일이 확인해. 아이들의 숫자가 점점 많아지고 급기야 한꺼번에 아이들이 쏟아져 나오기 시작하자, 당신은 아이들의 얼굴을 한 명도 빼놓지 않고 확인하는 게 불가능하다는 사실을 깨달아. 교복을 입은 아이들의 모습을 보면서 당신은 날카로운 칼날이 심장을 긋고 지나가는 아픔을 느껴. 승훈이를 만난다고 무엇이 달라질까, 수많은 우연이 겹쳐서 일어난 사고일 뿐 어차피 승훈이한테 잘못이 있는 게 아니었는데, 라는 생각들이 당신 머릿속을 스쳐 지나가. 교문 앞에 서 있는 당신을 아이들이 밀려나오면서 툭툭 치고 지나가. 당신은 차가운 담벼락으로 걸음을 옮겨 힘없이 기대 서. 눈을 감고 아이들이 내는 소음을 듣고 있을 때, 당신이 기다리던 바로 그 아이가 당신 앞을 지나쳐. 승훈이의 옆모습을 보는 순간 내 심장은 미친 듯이 뛰기 시작해. 조마조마한 심정으로 당신이 눈을 뜨고 승훈이를 멈춰 세우기를, 당신이 눈을 감고 있는 동안 어서 승훈이가 지나가주기를 동시에 바라. 그런데 말로는 설명할 수 없는 이상한 자력이 그 아이의 고개를 옆으로 돌려서 당신을 보게 만들어. 눈을 감고 차가운 담장에 기대 서 있는 당신을 승훈이는 단번에 알아봐. 방학을 맞아 즐겁기만 하던 아이의 표정이 순식간에 굳어버려. 승훈이는 몹시 당황하고 놀란 얼굴로 발걸음을 멈추고 당신 쪽으로 몸을 돌려. 승훈이는 당신이 눈을 뜨고 자신을 바라볼 때까지 당황스럽고 착잡한 얼굴로 쭈뼛거리며 그 자리에 서 있어. 슬며시 떠졌던 당신의 눈이 승훈이를 보고 휘둥그레 커져. 당신도 승훈이만큼이나 놀라고 당황해.

"승훈아!"

당신은 입술을 달싹여 거의 들리지도 않을 만큼 작은 목소리로 아이의 이름을 불러. 아이는 어색하고 뻣뻣한 자세로 고개를 숙여 당신에게 인사를 해. 당신은 네 걸음을 걸어 승훈에게 다가가.

"그냥 지나다가 우연히……"

사춘기를 맞은 승훈이가 당신보다 키가 커져 있다는 사실을 깨달은 당신의 목이 왈칵 메어져.

"많이 컸구나……"

당신의 얼굴에서 깊은 슬픔과 인석에 대한 그리움을 엿본 승훈은

공원으로 산책을 나갔어

울컥 치밀어 오르는 감정에 그만 목이 메고 말아. 얼굴이 빨갛게 달아오른 승훈은 쥐어짜는 목소리로 대답을 해.

"네……."

더 이상 할 말이 없어진 당신은 만감이 교차하는 시선으로 승훈이의 얼굴을 쳐다보고 승훈은 머쓱해하며 고개를 숙여.

"건강하게…… 잘 지내라."

당신은 겨우 이 말만을 건넨 후 몸을 돌려 갓길에 세워둔 차를 향해 걸어가. 학교 앞을 벗어나 한적한 이면도로에 차를 세운 당신은 운전대에 얼굴을 얹고 한참을 울다가 집으로 돌아와.

당신은 작은 방 책상 위에 노트북을 펼치고 한참 동안이나 가만히 내 앞에 앉아 있어. 키보드 위에 놓인 당신의 손가락이 드디어 천천히 움직이기 시작해.

나는 충격에 빠진 상태로 마트 한복판에 서 있다가 겨우 집으로 돌아와. 일이 손에 잡히지 않아 거실을 서성이던 나는 밖에 나가 바람이라도 쐬는 게 낫겠다 싶어 운동화를 신고 공원으로 나가. 산책로 끝에 있는 벤치에 주저앉아 차가운 겨울바람을 맞다가, 갑자기 얼마 전 그곳에서 만났던 중년 부부와 걸음마 연습을 하던 아기의 얼굴을 기억해내. 온몸에 전류가 흐르는 듯 충격이 몰려와. 짙은 눈썹에 하얀 피부를 지녔던 아기의 얼굴이 누굴 닮았는지 이제야 확실하게 알게 돼. 그 아기는 사고로 세상을 떠난 건주 이모의 아들 성욱이를 그대로 빼

닮았던 거야. 그냥 닮은 정도가 아니라 세상을 떠난 아이가 다시 태어났다고밖에 할 수 없을 정도로 완전히 똑같은 얼굴이었던 거야. 죽은 성욱이가 환생을 하다니! 내가 이 신비한 사건의 유일한 목격자라니! 성욱이의 엄마가 죽은 아들이 다른 사람의 집에 다시 태어나 많은 사랑을 받으며 살아가고 있다는 사실을 알았더라면 어떻게 됐을까. 두 달 전 여기에서 내가 아니라 바로 성욱의 엄마가 그 아이를 만났더라면 얼마나 좋았을까. 나는 아쉬움과 슬픔에 빠져 추위조차 느끼지 못해. 그리고 앞으로 나의 삶이 몹시 고독할지도 모르겠다고 생각해. 내가 보고 느끼고 알게 된 이 사건을 누구에게도 얘기하지 못하고 혼자 간직해야 할 테니까, 누구에게 이야기한들 아무도 내 말을 믿어주지 않을 테니까. 당신, 바로 당신만 제외하고.

당신은 키보드에서 두 손을 내리고 내가 들어 있는 화면을 조용히 쳐다보고 있어. 당신이 쓰려고 했던 짧은 이야기는 이제 끝이 났어. 나 말고는 아무도 당신이 이야기를 만들어낸 사실을 모르겠지만, 이 이야기는 인석에 대한 당신의 사랑을 허망한 현실 속에서 끊임 없이 되살리게 될 거야.

당신, 이제 좀 쉬었으면 좋겠어. 당신이 마음에 품고 있는 환생에 대한 염원은 영원히 내가 간직할 테니, 당신은 공원으로 산책이라도 나가길 바라.

공원으로 산책을 나갔어

검선 劍仙

내 이름은 여암(呂巖), 자는 동빈(洞賓), 사람들은 나를 검선(劍仙)이라 부른다.

　분에 넘쳐 웃음조차 나는 이 말을 오늘 저잣거리에 있는 약항(藥行, 약방)에 들러 듣게 되었다. 나이 오십을 넘어 이순(耳順)을 바라보는 내 육신은 여전히 먹을 것이 필요했다. 도가(道家)의 가르침을 받들어 벽곡(辟穀)*을 행한 지 이미 오래여서 곡항(穀行, 쌀가게)에 발길을 돌릴 일은 없었으나, 곡식 대신 먹을 환(丸)을 짓는 데는 산에서 구할 수 없는 몇 가지 약재(藥材)가 필요했다. 날은 봄날이었고, 바람이 장터 바닥에 먼지를 자욱하게 일으키며 지나갔다. 황사(黃砂)였다.

---

* 　오곡을 먹지 않는 도교 양생술 가운데 하나.

약항의 주인은 머리가 희고 등이 굽은 노인이었다. 그는 봉황 무늬가 도드라진 삼채(三彩) 약 항아리 속에서 붉은 단사(丹砂) 가루를 숟가락으로 떠서 약 종이에 담고 있었다. 노인의 앞에는 머리가 덥수룩하고 풍채 요란한 젊은이가 서서 시끄럽게 말을 쏟아내고 있었다. 젊은이의 등에는 옻칠을 한 검은 바탕에 금색으로 용문(龍紋)을 새겨 넣은 장검(長劍) 한 자루가 매달려 있었다. 노인은 조심스러운 손길로 약 종이를 접어 젊은이에게 건넨 다음, 항아리의 뚜껑을 닫아 비슷한 항아리들이 들어차 있는 등 뒤의 장 안에 들여놓았다. 노인은 자그마한 자물쇠로 장문을 잠갔다. 장 안의 약 항아리들 안에는 비소나 연홍(鉛汞, 납과 수은)처럼 성분 강한 약들이 들어 있을 것이었다.

"우리 스승께서는 지금 재계(齋戒) 중이시지요. 며칠만 지나면 백일을 채우게 됩니다. 지난번 우리 스승께서 만드신 단약(丹藥)으로 병을 고친 자가 스무 명이나 됩니다. 하지만 한갓 병이나 고치는 단약이 무슨 소용이겠습니까? 이번엔 기필코 금단(金丹)을 만드셔서 신선(神仙)이 되셔야 할 텐데 말입니다."

노인은 젊은이의 말에 조용히 고개를 끄덕였다.

"지난번 가져갔던 연홍은 아직 남았겠지? 그건 많은 양을 써서는 안 되는 약일세."

노인이 물었다.

"잘 모릅니다. 스승님께서 약을 만드시는 건 한 번도 보지 못했으니까요. 인적이 없는 산속에 혼자 초당(草堂)을 지어놓고 거기서 약을 지

으십니다. 저희들도 초당엔 가보지 못했습니다. 초당이 어디 있는지
도 모릅니다. 산에 들어가신 지 대략 백이십 일쯤 지나면 단약을 가지
고 오십니다. 지난번엔 저에게도 몇 알을 주셨습니다. 그걸 먹고 나니
팔다리에서 기운이 뻗쳐 나오는 것 같았습니다. 참, 주인장은 여동빈
이 신선이 되었다는 소문을 들으셨습니까?"

노인이 물었다.

"그런 소문이 있나?"

"전에 그분께서 사시던 영락현(永樂縣) 집에서 조상께 재(齋)를 지내
는 날이었다고 합니다. 별안간 허공에 흰 도포를 입고 수염을 길게 기
른 여동빈이 장검을 들고 학과 함께 나타나 지붕 위를 한 바퀴 돌고는
어디론가 사라졌다고 합니다. 드디어 뜻을 이루어 검선(劍仙)이 됐음
을 알려주기 위해 나타난 것 아니겠습니까? 그 광경을 직접 보지 못
한 게 한입니다."

젊은이는 무엇이 좋은지 너털웃음을 웃으며 거대한 몸을 앞뒤로 흔
들어댔다. 나는 먼지로 누런빛을 띤 문 밖 허공에서 시선을 거두어 찬
찬히 젊은이를 살펴보았다. 왼쪽 뺨과 목덜미에 붉은 종기가 크게 솟
아 있었다. 스승에게서 받아먹었다는 단약(丹藥) 때문에 생긴 것이 분
명했다. 저자는 죽으리라. 나는 생각했다. 온몸에 창(瘡)이 번지고 사
지가 마비되다가 결국엔 피를 토하며 죽으리라. 눈에 보이는 것, 육신
의 것만을 좇다가 결국 자신의 육신을 그릇된 선망(羨望)의 제물로 바
치게 될 것이다. 서진(西晉) 말, 갈홍(葛洪)이 『포박자(抱朴子)』를 써서

그동안 전해져오던 신선과 방술, 양생술을 집대성한 이후로 금단(金丹)의 도(道)는 이 땅에서 맥이 끊어진 적이 없었으니, 값진 것을 눈앞에서 실현시키려 하는 인간의 어리석음은 스스로를 미망(迷妄)의 길로 들어서게 할 뿐이었다.

젊은이는 약값을 치르고 밖으로 나갔다. 등 뒤에 매달린 장검이 절그럭거리며 요란한 소리를 냈다. 자신의 앞날을 알지 못하는 젊은이의 넓은 등은 어리석어 보였다. 노인이 나에게 물었다.

"늘 가지고 가시는 걸로 드릴까요?"

나는 고개를 끄덕였다. 문 밖에는 여전히 먼지바람이 불고 있었다. 잠시의 망설임 후에 노인에게 물었다.

"여동빈이란 자에 대해 다른 얘기들도 전해집니까?"

"여럿 있지요."

"한 가지만 들려주시지요."

노인은 약 상자에서 말린 영지와 청목향, 운모 따위를 꺼내 종이에 나누어 담으며 잠시 생각에 잠겼다.

"혹시 종리권(鍾離權)이 도를 전수하기에 적합한지 알기 위하여 여동빈을 여러 가지로 시험해본 이야기를 알고 계십니까?"

종리권. 내 하나뿐인 스승. 오래전 내 손에 피를 묻혀가며 깊은 산속, 아무도 모를 곳에 장사지낸 분. 그분의 이름을 들으니 가슴속에서 뜨거운 것이 솟아올랐다. 나는 노인에게 그런 이야기를 알지 못한다고 말했다.

"어느 날인가 여동빈이 여러 날 외출했다가 집으로 돌아와보니, 그의 부모와 처자가 모두 죽어 방 한가운데에 나란히 누워 있었다고 합니다. 물론 종리권이 여동빈의 됨됨이를 알아보기 위해 한 일이었습니다. 이에 여동빈은 조금도 슬퍼하지 않고 태연히 가족들을 장사지냈다고 합니다. 종리권은 크게 흡족해했지요."

나는 그런가 하고 고개를 끄덕이며 약이 든 종이 세 개를 소맷부리 안에 집어넣었다. 노인의 흐릿한 눈에 눈인사를 던지고 문 밖으로 나왔다. 먼지바람에 옷자락이 펄럭였다.

집으로 돌아가기 위해 나룻배에 올라앉아 하늘을 보니 지나온 세월이 만 가지 생각이 되어 구름처럼 모였다 흩어졌다. 복잡한 내 심경은 아랑곳없이 서쪽 하늘에는 노을이 붉었다. 강은 길고 뱃전에 부딪치는 물소리는 고요했다. 사공이 노를 저을 때마다 수면이 부서져 물이 튀었고 배는 좌우로 천천히 흔들리며 앞으로 나갔다.

"날 두고 가는 사람, 어제의 해도 머물게 못하고, 내 마음 어지럽히는 이, 오늘의 해도 시름겨워라. 장풍 만 리에 가을 기러기 보내고*……."

쉰 목소리로 배 안의 누군가가 노래를 불렀다. 노랫소리는 바람에 실려 허공으로 흩어졌다. 안녹산(安祿山)의 난으로 가족을 잃은 사람일까. 환관과 관리들의 다툼에 휘말려 권력을 잃은 사람일까. 장안(長

---

* 이백(李白)의 「선주의 사조루에서 교서 숙운을 전별하며(宣州謝脁樓餞別校書叔雲)」에서 인용.

安)은 겉으로는 부화(富華)하고 번성해서 세상은 태평성대(太平聖代)를 누리는 듯 보였지만, 황실 안의 권력 투쟁은 이전투구(泥田鬪狗)와 다름없었다. 군졸이 되어 관군(官軍)이 되거나 반군(反軍)이 되었던 백성들은 난리의 틈바구니에서 추구(芻狗)처럼 목숨을 잃었고, 환관의 부추김으로 성행하던 금단도의 약물에 희생이 되기도 했다. 죽지 않고 살아남은 자들은 이처럼 쉰 목소리로 노래나 부르고 있을 따름이었다. 아니면 신선이 되어 현세의 고통에서 벗어나고자 헛된 노력을 일삼았다.

"사는 일은 언제나 고통스러워 사람들은 늘 헛된 꿈만 꾸나니."

눈곱 낀 눈을 껌벅거리며 늙은이가 노래를 마치자 뱃전은 다시 고요히 물살 가르는 소리를 냈다.

내 집은 산중턱 물이 좋은 계곡 옆에 있었다. 집에 돌아왔을 때 날은 이미 어두워져 있었다. 구름이 달을 가려 어둠이 깊었다. 단칸방에 모로 누워 눈을 감았다. 눈을 감자 내 가족들이 보였다. 오랜 세월이 흘렀으나 피 흘리며 죽어 있는 모습은 여전히 또렷했다. 세간(世間)에 전해지듯 그것은 종리권의 시험은 아니었다.

나면서부터 성정(性情)이 괴팍했던 나는 젊어서는 파락호(擺落豪)에 불과한 한심한 사내였다. 비슷한 무리들과 어울려 다니며 술과 계집질과 치기 어린 협기(俠氣)를 내세워 싸움을 일삼았다. 세상은 한심했다. 인간들은 더욱 한심했다. 내가 속할 곳을 어디서도 찾을 수 없어 방탕으로 세월을 잊으려 했다. 정작 한심한 것이 나라는 사실을 그때는 알지 못했다. 아버지는 나와는 전연 딴판인 분이었다. 온유한 성품으로 서책을 가까이했다. 현에서 말을 관리하는 직책 낮은 일을 했지만 비굴하지도 탐욕스럽지도 않았다. 집에 돌아오면 쓰지 않는 헛간에 홀로 들어가 시간을 보냈다. 헛간 안에는 불을 때는 화로와 세 발 달린 솥과 도자기와 유리로 만든 온갖 병들이 있었다. 아버지가 그곳에서 무엇을 하는지 나는 알지 못했고, 관심도 없었다. 세간에는 금단의 도에 몰두하는 사람이 부지기수였고, 부첩(簿牒)이나 방술은 백성모두가 믿는 바였다. 아버지가 때때로 사람들과 어울려 연구하는 서책들도 그런 종류여서, 아버지가 헛간에서 비밀스럽게 행하는 것들이 그리 궁금하지 않았다. 그가 몇 날 며칠씩 헛간에서 불을 때며 연기를 피운 다음 가족들에게 보여주던 그릇 안에는 누렇거나 갈빛을 띤 구슬이 들어 있었다. 그것들은 마치 환약처럼 보였으나 아버지는 아무에게도 복용을 권하지 않았으며, 어디에 쓰는 물건인지도 말하지 않았다.

그날도 나는 술에 취해 돌아왔다. 동틀 시간이 얼마 남지 않은 때였다. 대문을 두드렸는데 아무도 나오지 않았다. 이상한 예감 같은 것이 한기처럼 온몸을 훑어 내렸다. 술에 취해 몽롱했던 정신이 얼음물을 끼얹은 듯 맑아졌다. 집 안에 들어찬 정적 한가운데는 섬뜩한 기운이 서려 있었다. 늘어졌던 팔다리에 빳빳하게 힘이 들어가고 온몸의 신경이 팽팽하게 당겨졌다. 나는 기민한 몸짓으로 담을 넘었다. 몸을 낮추고 가만가만 걸음을 옮겼다. 내 방의 문은 열려 있었다. 안에서 피비린내가 풍겨 나왔다. 방에서는 꽃 같은 젊은 아내와 돌이 안 된 아들놈이 잠을 자고 있을 터였다. 그들의 다디단 몸에서 피 냄새가 풍겨 나오고 있었다.

떨리는 손으로 탁자를 더듬어 등잔에 불을 붙였다. 불빛이 일렁이며 침대에 늘어진 휘장을 비추었다. 휘장 위에는 핏물이 방울져 튀어 있었고 침대 위에는 목을 베인 아내와 배를 깊게 찔린 아들이 널브러져 있었다. 소리를 지르며 놀랄 사이도 없이, 등 뒤에서 차가운 바람 같은 인기척이 느껴졌다. 본능적으로 몸을 낮추며 뒤돌아보았다. 장검의 칼날이 불빛에 번쩍이며 허공을 가르는 것이 보였다. 사나운 기세였다. 한 치의 틈을 주지 않는 가차 없는 칼날이었다.

나는 검은 옷을 입은 자객을 향해 등잔을 던졌다. 몸을 옆으로 피하며 칼등으로 등잔을 내려치는 놈의 모습은 날렵하고 굳셌다. 불이 꺼졌고 놈은 곧 어둠 속에 묻혀 들었다. 캄캄한 어둠 속에서 무슨 일이 벌어졌는지 나는 알지 못한다. 나는 기고 구르고 펄쩍 뛰며, 온몸의 감각을 활짝 열어 칼과 맞섰다. 손에 잡히는 물건을 있는 대로 휘둘렀다. 늘 허리춤에 꽂고 다니던 단검은 어느 틈엔가 바닥에 떨어져 놓인 곳을 알 수 없었다. 칼날이 내가 휘두르는 기물(器物)과 맞부딪치며 챙강챙강 소리를 냈다. 때론 어깨와 얼굴과 등과 허리를 스치고 베며 지나갔다. 이놈이 누구인지, 왜 이런 짓을 하는지 생각할 겨를이 없었다. 아내와 아들이 저 지경이 되었어도 나는 그 순간 살아야 한다는 생각만을 했다.

탁자며 의자, 기물이란 기물은 다 부서져 내 몸을 가려줄 것이 아무 것도 남지 않았을 때, 나는 이제 죽는구나 낙담하지 않을 수 없었다. 벽에 등을 기대고 있어 더 물러날 곳이 없었다. 날이 밝아오는지 어둠과 하나이던 놈의 몸이 어둑신해진 허공 안에서 검은 윤곽을 드러냈다. 칼끝이 내 목을 겨누고 있었다. 칼을 잡은 놈의 두 팔이 마지막 일격을 위해 공기를 가르며 허공으로 솟아올랐다. 내겐 단 한 번의 숨결만이 남아 있었다. 이유도 알지 못한 채 자객의 칼에 맞아 죽는 모욕(侮辱), 그 견딜 수 없는 모욕에 육신이 화산처럼 불타올랐다. 나는 마지막 숨결로 가래침을 돋우어 놈의 얼굴을 향해 힘껏 뱉었다. 칼을 내리긋기 위해 숨을 멈추고 있던 놈이 흠칫 몸을 떨었다. 놈은 움직이지 않았다. 치켜 올라간 칼날 아래서 영겁(永劫)의 시간이 흐르는 것 같았다. 혹은 시간이 멈춘 것 같았다. 놈이 서서히 칼을 내려 칼집에 꽂았다. 믿어지지 않았다.

　"아니, 왜……."

　죽이지 않고 그냥 가느냐고 방문을 나서는 놈에게 묻지 않을 수 없었다. 놈이 발걸음을 멈추고 고개를 돌려 나를 보았다. 놈의 눈에서는 마치지 못한 일에 대한 회한(悔恨) 같은 것이 뻗쳐 나오고 있었다.

　"내가 너희 식솔들을 해친 것은 내 주군(主君)의 뜻을 받들어서였다. 그러니 살생(殺生)을 한 것은 칼이지, 내가 아니다. 그런데 마지막 순간 네놈은 내 얼굴에 침을 뱉어 심기(心氣)를 어지럽혔다. 사적인 노여움으로 내가 너를 해친다면 살생을 하는 것은 칼이 아니라 내가 된다. 나는 살생을 기휘(忌諱)하니 이것이 내가 칼을 쓰는 도(道)다."

"네 주군이 누구냐?!"

짙푸른 새벽 공기 속으로 놈이 사라지기 전에 남아 있는 힘을 그러모아 힘겹게 물었다. 복면에 가려져 있는데도 놈이 비웃고 있다는 것을 알 수 있었다. 놈은 대답은 하지 않은 채 날랜 몸짓으로 담을 넘어 사라졌다.

놈의 입에서 나온 '도(道)'라는 한 글자가 송곳 끝처럼 뇌수를 파고들었다. 놈은 자객이 저지른 무자비한 살육에 도가 있다고 말했다. 가족이 몰살당한 후 가눌 수 없는 고통 속에서 분을 삭일 수 없어 술만 들이켜던 세월 속에서도 놈이 입에 올렸던 도(道)라는 한 글자는 내 머리 속을 떠나지 않았다. 주군을 위해서라면 돌쟁이까지 난도질을 해도 아무렇지 않은 것이 검(劍)의 도(道)라면, 칼을 잡은 자에게는 자신의 마음은 없고 오직 주군의 입술만 있단 말인가. 주군의 입술은 무엇을 따라 움직이는가. 주군의 탐욕과 어리석음을 따르지 않는가. 주군의 입술을 따라 더러운 칼을 휘둘러 죄 없는 목숨을 해치며 감히 도라는 말을 입술에 올린단 말인가. 원통함과 살기가 번갈아 솟아올랐다. 번민이 들끓어 잠 한 숨 자지 못했다. 나는 내가 아니었다. 내가 아니라면 다른 누구인지 그 또한 알 수 없었다. 술은 아무것도 해결해 주지 않았기에 술병을 버렸다. 대신 병기창(兵器廠)에서 거액을 주고 공들여 만든 장검을 손에 들었다. 그리고 칼의 길을 내 길로 삼았다. 그 길은 피가 강이 되어 흐르는 길이었다.

십여 년 전 나는 그 검을 강물에 버렸다. 아비와 형의 복수를 위해 평생을 살았던 오자서(伍子胥)의 원래 이름 오원(吳員)이 내가 그 칼을 부른 이름이었다. 산 그림자가 드리워 강물은 짙푸른빛이었다. 어깨에서 가죽 끈을 풀고 이십여 년 생사를 함께 했던 내 칼을, 나의 오원을 고요한 강물 속에 미끄러뜨렸다. 내 몸이 반으로 쪼개지며 그중 절반이 원(員)을 따라 물속으로 미끄러져드는 듯했다. 칼이 물속에서 징징징 원망 섞인 울음을 울었다. 내 칼에 목숨을 잃은 사람들은 허공에서 무서운 소리를 내며 울었다. 나는 우는 것들을 어찌해야 할지 알지 못했다. 내 가족을 몰살한 주군이라는 자, 대환관 왕수징의 목을 내 손으로 베어 죽였기에 이제 더 이상 피의 길을 가지 않겠노라 그들에게 고(告)했다. 그러나 그들은 울음을 그치지 않았다.

배를 돌려 뭍으로 돌아오니 눈앞에 길이 보이지 않았다. 황량한 가을 들판을 방향 없이 걸었다. 왕수징의 피 흘리는 머리가 내 뒤를 따랐다.

'이제는 흡족한가?'

그자가 물었다.

'모든 게 끝이라 여기는가?'

그자가 또 물었다. 나는 피살자의 혼백에게 아무 대답도 하지 못했다. 흡족하지 않았으며, 새로운 슬픔이 시작되고 있었다. 덧없이 흘러간 이십여 년 세월이 모래처럼 부서져 내렸다. 하얗게 세어버린 머리칼이 소슬바람에 함부로 흩날렸다. 가족을 장사지내면서도 흐

검선(劍仙)

르지 않던 눈물, 숱한 싸움에서 칼날에 난자당하고도 흐르지 않던 눈물이 한 줄기 볼을 타고 흘렀다. 내가 목숨을 걸고 이룩한 것이 실은 아무것도 아니었음을, 또 다른 원망과 더 많은 복수의 염(念)을 불러일으키는 헛짓이었다는 것을 비로소 알게 된 까닭이었다. 자신의 사사로운 감정에 의해서가 아니라 주군의 뜻에 따라서만 살상을 한다던 자객의 도가 나보다 높았던 것이다. 그런데 사람들은 검을 버린 지 오래인 나를 왜 검선(劍仙)이라 부르는 것일까. 참으로 알 수 없는 일이다.

희뿌윰하게 날이 밝아 올 때 잠에서 깨어났다. 계곡 물에 얼굴을 씻기 위해 밖으로 나서니 선선한 산속 공기가 폐부를 적셨다. 사립도 없고 굴뚝도 없는 내 집은 흙을 개어 지은 것인데, 신을 신고 문을 나설 때 문득 금기(金氣, 쇠의 기운)가 느껴졌다. 토벽(土壁)을 살펴보았다. 고우(故友), 두 글자가 새겨져 있었다. 글자는 장검을 휘둘러 새긴 것이었다. 마치 붓으로 글씨를 쓴 것처럼 자획의 모양새가 어우러지고 필체가 활달했다. 그가 다녀간 모양이었다. 얼굴을 본 적은 없으나 검을 들고 나를 쫓는 사람. 호방(豪放)하면서도 흐트러짐이 없는 품성이 그가 남겨놓은 글씨 위에 드러났다.

"옛 친구라……."

나는 혼잣말을 중얼거리며 글자의 획을 어루만졌다. 그는 지난가을에도 내가 거처하던 옛집에 나타나 누옥(陋屋)의 기둥에 시 한 수를 새겨놓고 고우라는 글자를 덧붙였었다. 시는 승려(僧侶) 무본(無本)의

「방도자불우(訪道者不遇)」*였다. 글자의 모든 획이 가운데는 깊게 파이고 양쪽 가는 얕아서 칼로 단번에 나무를 쳐낸 것임을 알 수 있었다. 칼로서 내 목숨을 노리는 자였다. 친구의 집에 흠집을 남겨서 다녀간 흔적을 남기는 자는 없는 법이다. 옛 친구라고 자신을 칭하는 그자는 내 몸에 칼집을 내는 대신 누옥의 기둥을 여러 번 베었던 것이다. 지난 세월 내가 해친 수많은 사람을 생각하면 하등 이상할 것도 없는 일이었다. 나는 집을 버리고 길을 떠났다. 한갓 육신이 아까워서는 아니었다. 칼을 들고 쫓는 자가 있다면 칼이 없는 자는 도망을 가야 하는 것이 살아 있는 자가 지켜야 할 도리이기 때문이었다. 길에서 그자에 대해 생각했다. 그자는 어둠을 도모하지 않았다. 내가 잠든 틈을 노리지도 않았다. 나를 해하는 것만이 목적이었다면 아무 흔적 없이 집 근처 어딘가에 매복해 있었으면 그만이었을 것이다. 내 집 기둥에 남긴 시도 자객이 남긴 시 치고는 뜻이 깊어서 단지 원한을 품은 자의 소행일 거라고는 생각하기 어려웠다. 이렇게 다시 나를 찾고도 해하지 않은 연유는 무엇일까. 주군의 명을 받아 나를 뒤쫓기는 하나 보고도 해

---

* 松下問童子　　소나무 아래에서 동자에게 물으니,
　 言師採藥去　　스승은 약초 캐러 가
　 只在此山中　　분명 이 산 속에 있을 터인데
　 雲深不知處　　구름이 하도 깊어 있는 곳을 모르겠다 하네.

이 시에서 객은 도(道)를 찾는 사람이고, 객이 만나지 못한 스승은 도(道)가 형상화된 인물이다.

하지 않는 걸로 도를 얻고자 함일까. 오래 칼을 들고 설치는 동안 저절로 뜻이 깊어져 이리 행동하는가. 참으로 모를 일이었다.

나는 다시 길을 떠나기로 마음먹고 행장을 꾸리기 위해 집으로 들어갔다. 방에 들어가 이미 지어놓았던 환과 갈아입을 옷 한 벌을 바랑에 넣었다. 어제 사들인 약 봉지를 챙기는 것도 잊지 않았다. 백지를 묶은 책 한 권과 벼루와 먹도 집어넣었다. 어디로 가야 할지 모르는 채 문을 닫고 집을 나섰다. 집 앞에 서서 방향을 정했다. 골을 타고 산을 내려가지 않고 등성이를 따라 오르기로 했다. 오랜만에 일출이 보고 싶었다. 산세는 험하지 않아서 아녀자라도 조금만 힘을 내면 능히 오를 수 있는 산이었다. 산을 넘어가면 그 다음 산 중턱에는 조그마한 굴도 하나 있었다. 마음이 내킨다면 그곳에서 몇 날 며칠 지내며 지치도록 일출을 볼 수도 있었다.

굴에 도착해 그곳에서 밤을 지냈다. 새벽녘엔 추위 때문에 잠에서 깨어났다. 도인(導引, 요가와 비슷한 도교의 양생술)으로 몸을 풀고, 조식(調息)으로 숨을 다스렸다. 단전(丹田)에 모인 기를 임맥과 독맥을 따라 주천(周天, 두루 돌림)케 하니 한기가 물러가고 몸이 더워졌다. 굴 밖으로 나와 동이 트는 것을 보았다. 동녘 하늘에서 양기가 밀고 올라오자 좌우로 어둠이 터져나갔다. 새들이 잠에서 깨어났다. 산골짜기마다에서 운무(雲霧)가 피어올라 산허리를 감싸 안으며 발밑을 적셨다. 동이 트고 달이 뜨고 안개가 골짜기를 적시는 일은 무궁무진 계속되겠지만, 내 몸은 얼마 후면 검불처럼 스러져 없어질 것이다. 허망한 일이다. 육신의 일이란 원래가 허망한 것이다. 스승 종리권은 목숨이 끊어지던 순간 내 손을 꽉 잡고 이렇게 말씀하셨다.

"아직도 네 마음속에 떠오르는 상념과 감정들을 너 자신이라고 믿고 있는 게냐? 버려라. 네가 찾아야 할 것은 원수의 목이 아니라 네 안에 피어 있는 황금 꽃 한 송이뿐이다."

그러나 나는 스승의 유언을 귀 기울여 듣지 않았다. 내 품에는 아버지의 헛간에서 찾아낸 종잇조각 한 장이 소중하게 간직되어 있었다. 이름도 낯선 약재들, 복잡한 약물 제조 과정이 암호처럼 적혀 있던 종이였다.

자객이 떠난 다음 한참이 지나 정신을 차린 나는 부모님과 처자식의 시신을 수습하고 자객이 찾아온 이유를 알기 위해서 온 집안을 세밀히 살펴보았다. 값이 나갈 만한 물건들은 모두 그대로였다. 다만 아버지가 시간을 보내던 헛간만이 크게 어질러져 있었다. 청동으로 만든 화로와 솥은 엎어져서 재가 사방에 날렸다. 유리병과 도자기들도 뒤집어져서 안에 들어 있던 가루와 물로 된 약들이 뒤섞여 있었다. 아버지와 가족들이 참변을 당한 것은 분명 금단을 만드는 일과 관련되어 있었다. 나는 아버지가 자주 만나던 금단도 사람들을 찾아갔다. 내가 누구인지를 숨기고 금단도에 입문하고 싶다고 말하자 그들은 나를 기꺼이 받아주었다.

금단도에 입문한 후 나는 그 조직이 수양에 관심을 가진 자들이 자발적으로 만든 사사로운 종교 모임이 아님을 알게 되었다. 당시 황실을 중심으로 세를 장악하고 있던 도교 모산파(茅山派) 가운데 은밀한 세력이 금단도 조직의 핵심이었고, 모산파의 이 은밀한 세력은 황실에서 권력을 장악하고 있던 환관의 무리와 연결되어 있었다.

황실에는 환관의 수가 무려 삼천이 넘었다. 어떤 환관들은 장군이나 재상의 직책을 겸하고 있어서, 그 막강한 권력 앞에서 왕손과 공주들조차 두려워 떨 정도였다. 대환관이었던 왕수징은 황제에게 모산파 도사들을 가까이하게 했다. 도사들은 실권을 잃고 판단력을 상실한 채 심신이 나약해진 황제들에게 태상노군(太上老君)의 가르침을 전했다.

"금단을 만들어 장수하고 싶다면 우선 몸과 마음을 바르게 가져 범죄나 잘못을 저지르지 않도록 조심해야 합니다. 불로장생 따위는 거짓말이라고 생각하는 것만으로도 금단은 만들 수 없습니다. 믿음이 없는 자에게는 가르침을 전하지 않는 것이 금단도의 계율입니다."

황제들은 신선이 되고자 했다. 신선이 되어 고통이 없는 피안의 세상을 얻기 바랐다. 도사들이 요구하는 수많은 금기와 계율 속에서 스스로의 생명력을 소진시켜가면서도 자신이 무슨 일을 하고 있는지 제대로 깨닫지 못했다. 도사들은 금단을 제조했다. 그들의 처방은 은밀하여야 했으나 명색이 황제가 복용하는 약이었으므로 성분 강한 약의 반입은 엄격히 통제되었다. 그래서 비밀리에 이용되었던 것이 금단도의 조직이었다. 약을 만드는 자도 자신이 무엇을 만드는지 알지 못해야 했다. 복잡한 훈증과 가열, 정련의 과정을 거치는 처방은 비밀리에 선을 따라 하부로 내려왔다. 만들어진 약은 그대로 거두어져갔으며 처방전은 불태워졌고, 약은 비밀리에 황궁 안의 도관(道觀, 도교의 사찰)에 반입되어 도사의 손을 통해 황제에게 전해졌다. 내 아버지는 자신이 만드는 약이 무엇인지 몰랐다. 조직의 사람 가운데 하나가 새로운 비방을 알게 되었다며 이대로 만들어보라고 권유했고, 그에 따라 재료를 태우고 끓이고 볶았을 뿐이었다. 그래서 약이 만들어진 날, 약은 조직의 사람이 가져갔고, 아버지와 내 가족들은 자객의 손에 목숨을 잃었다.

이 사실을 알게 된 나는 금단도 안에서 높은 지위를 차지하기 위해 애쓰며, 한편으로는 검법을 연마하는 데 심혈을 기울였다. 그러던 시기에 만난 분이 나의 스승 종리권이었다. 검서(劍書)를 보며 서투른 검법을 연마하다 내가 휘두른 칼에 내 몸이 깊게 찔리던 날, 허벅지에서 샘물이 솟아오르듯 피가 흘러 나왔다. 피는 좀처럼 그치지 않았다. 속수무책으로 산속에 누워 허공을 쳐다보고 있을 때, 어디선가 산새 우는 소리가 길게 이어지더니 나의 스승이 내게로 오셨다.

"이놈아, 여기서 이러고 누워 호랑이 밥이 되고 싶은 게냐. 어리석기가 참으로 백락(伯樂)의 아들*과 견줄 만하구나."

---

* 춘추시대 진(秦)나라 사람 백락(伯樂)은 천리마를 알아보는 안목이 높았던 사람이다. 그에게는 어리석은 아들이 있었는데, 어느 날 그 아들이 두꺼비를 보고는 백락에게 와서 말하기를, "좋은 말을 찾았습니다. 불쑥한 이마와 툭 튀어나온 눈이 아버지가 쓰신 책에 있는 그대로이고, 단지 발굽만 조금 다르게 생

추레한 몰골로 산을 뒤지며 약초나 캐는 노인처럼 보이던 스승은 등에 짊어진 보따리에서 침통(鍼筒)을 꺼내 혈 자리를 짚어가며 내 몸에 침 대여섯 개를 꽂으셨다. 그 즉시 피가 멈추고 통증이 가라앉았다. 안색을 살피는 노인과 눈이 마주쳤다. 형형(炯炯)하고 예리한 가운데 자애로움이 넘치고 있었다. 발밑에 엎드려 감복(感服)하고 싶은 염(念)이 가슴 밑바닥에서 용솟음치듯 올라왔다. 스승은 나의 무엇을 자애하셨던 것일까. 스쳐 지나가도 그만이었을 무뢰한을 가까이 두고 애써 가르치려 하셨으니 말이다. 내 안에 있던 증오의 불길을 그분은 한눈에 알아보셨다. 스승께서는 그 불길을 바로잡아주기 위해 무단히도 애쓰셨다. 스승께서는 검법을 가르치실 때도 마음이 우선이라는 말씀을 빼놓은 적이 없으셨다. 마음 한가운데서 태초의 빛을 찾으라고, 형상이 없으므로 그것을 그저 '황금 꽃'이라고 부른다고 말씀하셨다. 헛것을 좇지 말라고도, 참된 이치를 깨우치라고도 하셨지만 어리석었던 나는 그 말씀들을 조금도 알아듣지 못했다. 내가 그에게서 원했던 건 원수를 없애는 데 장애가 될 무수한 칼날들을 깨뜨려버릴 비전(秘傳)의 검법(劍法)뿐이었다. 나는 그에게서 도망쳤다. 그를 해하였으니 도망쳤다는 말이 맞는 말인지는 모르겠다.

내 가족을 죽게 한 자가 대환관 왕수징이라는 사실을 알아내는 데

겠습니다."라고 한 데서 백락자(伯樂子)는 어리석은 사람을 일컫는 말이 되었다.

십 년의 세월이 걸렸다. 황궁에 드나들며 그자에게로 가까이 가는 데 또다시 십 년이 걸렸다. 당시 문종 황제는 선대의 심약한 황제들과는 달리 신선이나 금단을 믿지 않았다. 문종은 눈앞에 보이는 현실 안으로 진리가 현현하고 태평천국(太平天國)이 도래한다는 믿음을 갖지 않았다. 고종이나 목종처럼 금단을 입에 물고 도사의 도경(道經) 소리를 들으며 죽을 생각이 없었다. 어리석은 황제들이 종창과 사지마비와 푸른 낯빛을 하고 죽으면 도사들은 황제의 시신을 높이 받들며, 황제가 시해선(尸解仙, 마치 죽은 사람처럼 보이는 신선. 天仙과 地仙의 다음 단계)이 되셨다고 선전하곤 했는데, 그들은 문종 또한 그렇게 죽어가길 원했다. 그러나 문종은 환관의 세력을 뒤엎고 자신의 세력을 키워 기울어가는 황실을 바로잡길 원했다. 그는 정주나 이훈 같은 신진 관리들을 자신의 편으로 만들어 환관들을 제거코자 하였다. 나는 정주에게 다가가 검술을 내보이고는 언젠가 나를 중히 써준다면 일신(一身)의 영광으로 삼고 목숨을 바치겠노라 은밀히 아뢰었다. 그는 날아다니는 파리를 반으로 가르는 내 솜씨를 보고는 놀란 입을 다물지 못했다.

어느 날, 문종 황제께서 침소(寢所)로 나를 부르셨다. 나는 환관들의 눈을 속이기 위해 침수 수발드는 궁녀(宮女)의 옷을 입고 하얗게 분단장을 한 볼썽사나운 꼴로 황제를 알현했다. 폐하의 존귀함에 얼굴을 들지 못하고 바닥에 엎디어 있는데 황제께서 친히 다가오셨다.

"고개를 들어 나를 보라."

문 밖으로 목소리가 새어나갈까 저어하여 나지막한 옥성(玉聲)으로 속삭이셨다. 명을 거역치 못해 얼굴을 드니 바로 코앞에 황제의 옥안(玉顏)이 있었다. 희디흰 피부에 가느다란 콧날, 어딘가 슬퍼 보이는 눈빛이었다.

"너에 대한 이야기를 진즉부터 전해 들었노라. 충성을 무엇으로 맹세하겠느냐."

나는 오른손 검지를 이로 물어뜯어 뚝뚝 떨어지는 핏방울로 속치맛자락에 '예양*지충(豫讓之忠)' 네 글자를 적었다. 글자를 바라보던 황제께서 미소를 지으시더니 아까보다 더 낮은 목소리로 속삭이셨다.

"예양처럼 실패해서는 안 되느니라. 그랬다가는 너와 내가 한 가지로 목숨을 잃게 될 것이다."

폐하께서는 글씨를 쓰기 위해 내가 조금 전 걷어 올렸던 겉치마자락을 손수 들어 속치마에 쓰인 피 글씨를 덮으셨다. 그러고는 밖에서 들도록 큰 목소리로 이렇게 명을 내리셨다.

"그만 물러가거라. 내 오늘은 몸이 곤하여 혼자 침수에 들겠노라. 게 아무도 없느냐? 이 궁인을 어서 데리고 나가거라."

---

* 전국시대 진(晉)나라 지백(智伯)의 신하였던 예양은 지백이 조양자(趙襄子)에게 잔인하게 죽임을 당하자 원수를 갚기 위해, 변소 치는 사람, 나환자, 벙어리, 거지 등으로 변장하고 복수의 기회를 엿보았다. 조양자는 번번이 이를 알아차렸으나 예양을 의인으로 대접하여 놓아주다가, 마지막에는 더는 보아줄 수 없어 죽이기로 결정했다. 예양은 조양자에게 허락을 구해 그의 겉옷을 얻어 칼질을 세 번 해 죽이는 시늉을 한 다음 자신의 칼로 자결했다.

복수의 날은 좀처럼 오지 않았다. 겹겹이 둘러싼 호위의 벽을 뚫고 왕수징에게 다가가는 것은 불가능한 일이었다. 나는 왕수징의 휘하에 들어가 암살을 자행하는 자객이 되었다. 무고한 아비와 어미, 죄 없는 여자와 아이들이 내 손에 목숨을 잃었다. 이렇게까지 복수를 해야 하는가. 한바탕 미친 듯 칼춤을 추고 돌아오는 길, 길가에 난 들풀 위에 먹은 것도 없이 위액을 게워내며 나 스스로에게 묻고 또 물었다. 하지만 내 몸은 이미 들어가는 것은 가능해도 되돌아 나오는 것은 불가능한 미궁 한가운데 빠져 있었다. 나는 왕수징의 호위무사 가운데 직책은 있으나 머리가 우둔한 자를 골라 사귀었다. 나는 그자로부터 황궁 옆에 있는 화려한 저택 어디쯤에서 왕수징이 잠을 자는지, 언제 밥을 먹고, 언제 술자리를 갖는지 세세한 것을 물었다. 때때로 왕수징이 자신의 저택으로 회회족(回回族) 무희들과 휘하 환관들을 불러 억눌리고 비뚤어진 욕정을 풀며 질펀하게 연회를 벌인다는 이야기를 전해 들었을 때, 나는 그때가 거사를 치를 수 있는 기회임을 직감으로 알아챘다. 그리고 곧 그날이 도래했다. 연회가 벌어지던 밤, 나는 황제의 자객들을 이끌고 왕수징의 저택에 잠입했다. 친하게 지내던 머리 우둔한 호위무사가 그날 마침 번(番)이었는지 연회장 입구를 지키고 있었다. 칼로 허리를 찌르고 목을 베는 동안에도 그는 복면을 한 내 얼굴을 알아보지 못했다.

　술에 취해 붉어진 얼굴로 알몸이나 다름없는 이국의 무희들과 뒹굴고 있던 환관들은 들이닥친 자객의 칼에 차례로 목숨을 잃었다. 나는

검선(劍仙)

복면을 내리고 왕수징에게 내 얼굴을 보여주었다. 탐욕이 들어차 추하게 늙은 얼굴이 공포로 부들부들 떨리고 있었다. 그자는 내가 누구인지 어째서 칼을 들고 자기 앞에 섰는지 짐작조차 하지 못하는 듯했다. 마지막 칼질에 감동은 없었다. 여느 때의 살육처럼 칼날에 산 것이 베어져 나가는 느낌, 묵지근하고 질긴 것이 끊어지는 느낌, 몸 안에 고여 있던 뜨끈한 기운이 밖으로 터져 나오는 느낌뿐이었다. 부릅뜬 눈을 감지 못한 그자의 목이 바닥을 굴렀다. 잘린 목에서 피가 분수처럼 솟구쳤다. 나는 왕수징의 집을 나와 새벽녘 장안(長安) 거리를 미친 사람처럼 걸었다.

황제의 개혁은 실패로 돌아갔다. 왕수징이 죽어 나간 자리는 새로운 대환관이 채웠고, 정주와 이훈은 어이없게도 자기네들끼리 공을 다투며 싸우다 죽었다. 젊은 문종 황제를 새로운 환관 무리들이 이전보다 두텁게 둘러쌌다. 폐하의 눈빛은 그들이 권하는 금단을 삼키며 더욱 슬퍼졌다. 세상 이치의 허망함은 깊고도 넓어서 나는 차라리 잘생긴 나무에 목을 매달고 싶었다. 황궁을 떠났다. 발길이 이끄는 대로 장안 성문을 빠져나와 끝도 없이 이어진 길을 걷고 또 걸었다. 스승 종리권의 음성이 바람결에 실려온 듯 귓전을 울렸다. 그 목소리는 가슴속에 피어 있는 황금 꽃 한 송이를 찾으라 이르고 있었다. 나는 세상을 등지고 산으로 올라갔다.

스승 종리권에게서 빼앗은 『천둔검법(天遁劍法)』이라는 책을 보며 수련을 해나갔으나, 수련은 뜻대로 진전되지 않았다. 『천둔검법』은 제목만 병서일 뿐, 검법에 관한 내용은 쓰여 있지 않았다. 의미를 알수 없는 아름다운 시 구절로 가득한 책이 내단 수련에 관한 것이라는 사실도 산속에 은둔한 다음에서야 깨닫게 되었다. 수련을 해나감에 가장 큰 장애가 되는 것은 내 안에 쌓인 더러운 업보였다. 시 구절에 거듭 나오는 선천(先天, 태어나기 이전)의 진신(眞身, 참된 몸)을 보기까지 참으로 오랜 세월이 필요했다. 그날, 산꼭대기 높은 곳에 앉아 지는 해를 보는 일상관(日想觀)을 행할 때도 내 눈에는 해가 보이지 않았고, 내 안의 업보들만 보였다. 망념의 고뇌 한가운데서 장탄식을 내뱉던 순간, 노을이 번져 진홍으로 변한 하늘에 검은 새 한 마리가 고요히 날아가는 모습이 보였다. 날갯짓도 거의 하지 않은 채 검은 새는 길도 없는 허공에서 자신이 갈 곳을 찾아 날고 있었다. 순간 바람과 산새 소리가 멈추었고 사방에 정적이 찾아왔다. 시간마저 멈춘 듯한 고요함이었다. 분노와 증오, 죄책감과 절망이 부글거리던 가슴속에서 오욕칠정의 환(幻)이 일시에 걷혀나갔다. 그 안에 꽃이 피어 있었다. 환하고 밝은 형상. 무엇이라고도 부를 수 없어 황금 꽃이라는 말로 대신 이름할 수밖에 없는 형상. 내 육신이 태어나기 이전부터 내 안에 있었으되 어리석은 내가 알아보지 못했던 그것. 정수리에서 온몸으로 법열(法悅)의 쾌락이 쏟아져 내렸으며, 밤과 낮이 일곱 번 지나도록 그 상태가 지속되었다. 산꼭대기에서 칠 일을 지내고 움막에 돌아와 눕던 날 밤, 내 칼 오원을 꿈에 보았다. 내 장검은 징징징 우는 소리 없이 약초 캐는 추레한 노인의 등에 편안히 매여 있었다. 산길을 걷던

검선(劍仙)

노인이 발걸음을 멈추고 잠시 뒤를 돌아보았는데, 그 노인은 바로 내 스승 종리권이었다. 스승의 얼굴 또한 편안해 보였다.

잠에서 깨어 이제는 나를 용서해주시겠느냐고, 마음으로 스승에게 여쭈었다. 『천둔검법』이라는 천하무적의 병서(兵書)를 지니고 있으나, 때가 되지 않아 전해줄 수 없다던 스승이셨다. 스승은 나를 그 책 근처에 얼씬도 못 하게 하셨다. 낮에는 항시 몸에 지니셨고 밤에는 자리 밑에 깔고 잠을 주무셨다. 그 책을 빼앗기 위해 그의 가슴에 칼을 꽂은 일은 지금도 뼈가 아플 만큼 후회스럽기만 하다. 내가 그때 지킨 도라고는 스승에게서 배운 검법으로 스승을 해칠 수 없어 장검은 방에 두고 단검을 집어 든 일 오직 한 가지뿐이었다. 사람들은 이 사실을 알고도 나를 신선이라 부를까. 악한(惡漢)이자 패륜아(悖倫兒), 천하에 둘도 없는 무뢰한(無賴漢)이라 부르는 것이 합당한 일일 것이다.

나는 이제 이 산속 동굴 안에서 내가 깨달은 바를 기록으로 남기려 한다. 그것을 다 옮겨 적고 나면 그 다음엔 종이 위에 기름을 먹일 것이다. 검을 들고 나를 쫓는 자가 혹시라도 마음이 바뀌어 잠든 내 뱃가죽에 칼날을 밀어 넣다가, 서책이 피에 젖어 내 뜻이 다 전해지지 않을까 저어되기 때문이다.

이것은 소설이 아니다

김사강이 한동안 중단했던 소설 연재를 다시 시작했다는 사실을 알려준 사람은 그의 연인이자 한때 나의 연인이기도 했던 주랑이었다.

그녀는 핸드폰으로 짧은 메시지를 보내왔다. 햇살 좋은 맑은 가을날 오후였고, 나는 내 주치의 K 박사의 처방을 따라서 불안을 극복해보겠다는 한 가지 목적 이외에 다른 목적은 없이 발길 닿는 대로 여행을 하던 중이었다. 원래가 예민했던 내 성격이 극도의 불안 속으로 빠져든 건, 내 곁에서 주랑이 갑자기 사라져버린 것이 가장 큰 원인이었다. 나는 불안에서 벗어나고 싶었다. 지난번 진료에서 K 박사는 불안을 극복하기 위해서는 불안 속으로 뛰어들 줄도 알아야 한다고 말했고, 나는 낯선 곳을 헤매고 다니는 여행 같은 것도 포함되느냐고 물었다. 그녀는 물론 포함된다고 대답했다.

집으로 돌아온 나는 일정 기간 동안 KTX를 무제한으로 승차할 수 있는 탑승권을 끊었다. 기차를 타고 낯선 장소에서 또 다른 낯선 장소를 향해 끝없이 이동하는 일은 장소와 이동에 대한 감각 자체를 무디게 만들어서, 처음 기차를 탔을 때 느꼈던 극심한 불안감이 며칠 지나지 않아 사라지고 말았다. 나는 흔들리는 기차 안에서 피로를 느꼈다. 졸음이 혼곤히 덮쳐왔고, 졸음에서 깨어나는 순간에는, 의자 배열이 이상하고 테이블은 없는 괴상한 카페 안에서 주문한 커피가 나오기를 기다리고 있는 중이라고 착각했다. 졸음에서 반쯤 깨어났을 때도, 내가 탄 기차가 군산을 향해 가고 있는지, 포항을 향해 가고 있는지 분간이 되지 않았고, 다만 졸기 전보다 승객이 조금 더 많아지거나 적어졌다는 사실만을 알 수 있을 뿐이었다. 낯선 기차역에서 내려 근처 모텔에서 하룻밤을 묵고 또다시 기차를 타고 어딘가로 향할 때, 내가 있는 곳은 낯선 장소가 아닌 낯익은 기차칸일 뿐이었고, 나를 둘러싸고 있는 시간과 공간은 나에게서 의미를 잃고 떨어져 나가, 나는 다만 꿈속을 헤매고 있는 것 같았다. 익숙한 장소에서 일정한 패턴으로 생활하는 것이 사람들에게 현실감을 부여하는 것과 달리, 익숙한 공간이 나에겐 늘 꿈처럼 느껴졌다. 현실로부터의 분리랄까, 현실에 대한 무감각이랄까, 이런 몽롱한 느낌으로 하루하루를 살다가, 내가 속해 있는 현실에서 미세한 균열을 감지하고, 느닷없이 불안 속으로 빠져드는 것이 내가 가진 증상들 가운데 하나였다.

가을날 늦은 오후의 햇살을 받으며 졸고 있을 때, 주랑에게서 온 메시지는 무한히 계속될 것만 같은 기차 여행을 반수면 상태로 경험하고 있던 나를 단숨에 현실 속으로 끌어들였다.

　─오랜만이에요. 잘 지냈나요? 그가 그 소설을 다시 쓰기 시작했어요. 다음달부터『Y문학』에 연재를 재개한다 하더군요. 알고 계셔야 할 거 같아서 연락했어요. 그리고 꼭 한 번 만났으면 해요. 할 얘기가 있어요. 연락 주세요.

　그녀의 연락을 받고 그녀의 존재를 확인하는 것이야말로 그녀가 사라진 이후 가장 바라왔던 것이지만, 막상 그녀가 다시 나타나자 나는 몹시 걱정스러운 기분에 휩싸이고 말았다. 그동안 그녀를 만나려고 했던 게 정말 나의 바람이었을까? 나는 어쩌면 누군가가 쳐놓은 그물에 또다시 걸려들고 있는 건 아닐까?

　─김사강이 우리 관계를 눈치챈 거 아닐까요? '이것은 소설이다', 제목 자체가 반어적인 표현 같아요.

　도시의 끝자락, 이웃 도시와의 경계에 위치한 낡은 호텔방은 북쪽을 향하고 있어 낮에도 해가 들어오지 않았다. 걷잡을 수 없는 욕망에 사로잡혀 마치 폭력을 휘두르듯 격렬하게 사랑을 나누고 난 다음 나른한 허탈감 속으로 빠져들면서, 나는 속삭이듯 그녀의 귓가에 대고 중얼거렸다. 엊그저께 읽은 김사강의 소설, 「이것은 소설이다」의 세 번째 연재에서는 소설가인 주인공의 연인이 주인공의 동료 소설가─바로 나─와 단둘이 카페에 마주 앉아 서로에게 매혹당하는 내용이 전개되고 있었다. 내 입김이 간지러운지 목을 움츠리며 주랑이 나지

막하게 웃었다. 그녀의 낮은 웃음소리는 지금 이 시각 도시를 뒤덮고 있을 초여름의 오후 햇살처럼 누렇게 찌든 빛을 띠고 있었다.

─'이것은 소설'이라잖아요. 그렇다면 그건 그냥 소설인 거죠. 어떤 사람의 연인이 바로 그 사람의 친구와 사랑에 빠지는 건 현실에서나 소설에서나 흔한 일이에요. 그리고 김사강의 소설 제목은 우리가 만나기 이전에 만들어진 거구요.

하지만 그녀의 말처럼 그냥 흔하게 일어나는 에피소드라고 치부해버리기엔 소설에 나오는 장면은 실제 우리의 모습과 너무나 흡사했다. 아니, 거의 똑같다고 말할 수 있었다. 그런데 그녀는 어떻게 아무렇지 않을 수 있는 걸까. 그 대목을 읽을 때 나는 너무나 놀라 진정제를 한꺼번에 두 알이나 삼켜야 했다. 하지만 나는 그녀에게 어떻게 아무렇지 않을 수 있는지 이유를 묻지 않았다. 문제를 파헤치기보다는 덮어버리는 것은 나의 타고난 천성이었다. 나는 그저 이렇게 말했다.

─김사강과 나는 친구가 아니에요. 그냥 우리는 같은 일을 하는 사람들일 뿐이죠.

누가 읽어도 이건 작가 자신의 이야기라는 것을 단번에 알 수 있을 정도로 「이것은 소설이다」의 주인공은 김사강을 그대로 옮겨놓은 것이었다. 주변 인물도 마찬가지였다. 그의 연인인 주랑도 외모나 성격에 대한 묘사가 실제 인물과 똑같았다. 게다가 통탄스럽게도 그의 작품 안에는 나까지 등장했다. 김사강은 있을 법한 현실을 사실적으로 재현하는 것이 아니라 현실 자체를 소설로 재현해내려는 욕망을 품고 있고, 그것을 작품을 통해 실현하는 중이라는 것을, 그의 소설을 읽으며 막연하게 느낄 수 있었다. 막연하게 느낄 수밖에 없었던 이유는 그의 소설을 명확하게 이해하기가 불가능했기 때문이다. 문장은 모호했고 시간과 공간은 구체적이지 않았다. 구성은 어지러웠고, 대사는 반복되거나 상호 모순되었다. 그를 자신의 작업실 노트북 앞에서 그가 추구하는 알 수 없는 세계 안에서 헤매고 다니도록 놔두는 것 말고는 내가 할 수 있는 일은 없었다. 나는 열망 혹은 사랑이라는 질병을 앓는 일에 내가 가진 모든 에너지를 소모하고 있었다. 내 안의 가장 깊은 곳에 이르고자 하는 결코 성취될 수 없는 열망을 주랑이라는 이성을 향해 쏟아붓는 게 아닐까 하는 성찰적인 사고를 하는 때도 간혹 있었으나, 대부분은 제어되지 않는 감정과 육체적인 욕망 때문에 매우 고통스러운 시간을 보내고 있었다.

김사강의 작업실을 방문했다가 만나지 못하고 건물을 빠져나와 거리로 나섰을 때, 그녀가 우뚝 그곳에 서 있었다. 초봄의 쌀쌀한 바람이 도시의 먼지와 마른 잎사귀들을 휩쓸고 다니던 날이었다. 정면으로 마주친 우리는 다소 놀라고 말았다. 그녀 또한 나처럼 며칠째 연락이 되지 않는 김사강을 만나기 위해 온 것이었다. 우리는 자연스레 건널목을 건너 사거리의 모퉁이를 돌아갔다. 그리고 '길모퉁이 카페'라는 작은 카페 문을 열고 들어가 약속이나 한 듯이 다락방을 연상케 하는 이층으로 올라갔다. 사강을 알게 된 이후 몇 번 이 길을 지나간 적이 있었지만 그동안은 있는 줄도 몰랐던 카페였다. 그런데 일주일 전에 읽은 「이것은 소설이다」의 첫 회분에 이 카페가, 주인공 소설가가 글이 풀리지 않을 때 찾아가 머리를 식히는 장소로 나와 있었다. 주랑은 이곳을 예전부터 알고 있었을 거라는 생각이 들었다. 사강과 연인 사이가 된 지 꽤 오래되었다는 이야길 들었으니까.

다락방처럼 생긴 어두컴컴한 이층에는 단 두 개의 테이블만이 놓여 있었다. 노트 크기의 작은 창문 앞에 놓인 테이블이 바로 김사강이 즐겨 앉는 자리였다. 머그잔보다 작은 다육식물 화분이 소설에 묘사되었던 것처럼 테이블 위에 놓여 있었다. 테이블에 마주 앉자마자 그녀가 화분 쪽으로 손을 뻗었다.

─이 화분이 '루티아선셋'인가 보네요. 소설에 묘사된 것처럼 불안 증상에 시달리는 것 같아 보이지는 않네요.

그녀가 미소를 지으며 화분을 내려놓았다. 루티아선셋의 줄기 끝에는 새끼 손톱 절반 크기의 빨간 꽃들이 달려 있었다. 나는 나도 모르게 손을 뻗어 꽃 한 송이를 떼어 손바닥 위에 놓고 들여다보았다. 나 또한 화분에 대한 묘사가 지나치게 장황하다고 생각했던 터라 함께 미소를 지을 수 있었다. 그녀와 공모자가 된 기분이었다.

─사물에 대한 인식은 인식하는 사람의 감정과 사고에 달려 있을 뿐이죠. 사강 씨야말로 심리적으로 매우 불안정하고 예민한 사람이에요. 본인은 애써 내색하지 않으려고 하지만요.

그녀의 말에 뭐라고 응대를 할 수가 없어서 나는 조그만 창문을 통해 거리를 내다보았다. 그녀가 말을 이었다.

　─그런데 참 이상하죠? 몇 년이나 이 거리를 오갔는데 이런 카페가 있는 걸 전혀 몰랐어요. 사강 씨도 한 번도 저한테 이 카페에 대해서 말하지 않았고요. 제가 원래 걸을 때 옆을 잘 안 살피는 성격이긴 하지만, 그래도 그렇지, 이렇게 둔감한 줄은 몰랐네요.

　─저도 그래요. 이 길을 몇 번 오고갔지만 전에는 있는 줄도 몰랐어요. 카페가 작고 간판도 작아서 눈에 전혀 띄질 않았나 봐요. 하지만 작아서 그런지 아늑하고 편안하네요.

　그녀와 나는 처음 와보는 낯선 공간이 이토록 익숙하고 편안하게 느껴지는 이유에 대해 이야기를 나누었다. 김사강이 아니었다면 알지 못했을 곳이니 결국 김사강이 이 공간으로 우리 두 사람을 초대한 거나 마찬가지라는 생각이 들었다. 그녀와 내가 단 둘이 마주 앉는 이런 상황이 그가 갑자기 지인들과 연락을 끊어버린 데서 비롯됐으니 말이다.

　그런데 어째서 지금 이 순간이 오래전부터 여러 번 반복되었던 일처럼 익숙하게 느껴지는 걸까. 나는 내 느낌과 생각이 그녀에게 어떻게 전달될까를 신경 쓰며 조심스럽게 말을 이어나갔다. 그녀가 미소 띤 얼굴로 크게 고개를 끄덕였다.

　─무슨 말씀을 하고 싶으신 건지 잘 알겠어요. 저도 지금 비슷한 생각을 했거든요.

　나는 그녀에게 느끼는 친밀감이 기이하기만 했다. 잘 알지 못하는 타인이 마치 나의 분신처럼 혹은 나의 일부처럼 느껴지는 이런 감각. 그녀와 단 둘이 마주 앉은 건 이번이 처음인데도 마치 오래전부터 예견되거나 혹은 여러 번 반복해서 경험했던 일이 지금 일어나는 듯한 익숙한 느낌 말이다. 심지어 그녀가 무슨 생각을 하고 있고 무슨 말을 하고 싶은지 입을 열기 전에 미리 알고 있는 것 같은 느낌마저 들었다. 나는 지금의 느낌들을 전달하기 위해 또다시 입을 열었다. 그러자 그녀는 내가 지금 이 말을 하기 위해 입을 열기 직전부터, 내가 이런 내용으로 말을 하지 않을까, 생각했다고 말했다. 우리의 눈이 마주쳤다. 나는 그녀가 마음속의 놀람과 흥분을 들키지 않으려 애쓰고 있다는 사실을 알았다. 그리고 그녀 또한 내가 내 마음속의 놀람과 흥분을 들키지 않으려 애쓰고 있다는 사실을 아는 것 같았다.

복도에 깔린 붉은색 카펫은 군데군데 거무스름하게 얼룩이 져 있었고 무척이나 낡아 있었다. 비 때문에 습기가 가득 찬 공기 안에는 퀴퀴한 곰팡내와 싸구려 방향제 냄새가 뒤섞여 있었다. 프런트에는 지저분한 유니폼을 입은 중년 남자가 하품을 하며 앉아 있었고, 주랑은 남자에게 다가가 '북쪽으로 창이 난 방'을 달라고 또박또박 힘주어 말했다. 남자는 무심한 표정으로 열쇠를 건네주었다.

어두컴컴한 실내에 들어선 우리는 전등도 켜지 않은 채 침대에 나란히 앉아, 북쪽으로 난 창문을 바라보았다. 우리가 처음으로 사랑을 나누는 장소가 왜 하필 이 호텔이고 이 방이어야 하는 걸까. 주랑은 나를 만나자마자, 오늘은 아무것도 묻지 말고 자신을 따라오라고 했다. 그래서 택시를 잡아타고 도착한 곳이 여기, 도시 외곽에 위치한 낡고 퇴락한 호텔이었다. 주랑은 이곳이 익숙해 보였다. 주위를 두리번거리지 않고 방을 찾았으며, 열쇠구멍에 열쇠를 집어넣고 단숨에 문을 열었다. 그리고 아주 차분하고 편안한 몸놀림으로 침대에 걸터앉았다. 나는 쭈뼛거리는 몸짓으로 그녀의 옆에 앉아 방 안 여기저기로 시선을 던지며 어색한 기분을 무마시키려 애썼다. 창문에 드리워진 하늘거리는 흰색 커튼과 검붉은색 암막 커튼을 물끄러미 쳐다보고 있던 주랑이 시선을 여전히 커튼에 둔 채로 입을 열었다.

─왜 이곳으로 휘찬 씨를 데리고 왔는지 궁금할 거예요. 이 장소는 사강 씨는 와본 적이 없어요. 하지만 휘찬 씨를 이곳에 데리고 온 데에는 사강 씨한테 원인이 있어요.

─……무슨 말인지 이해하기 어렵네요. 설명을 좀 해주세요.

잠시의 침묵 끝에 내뱉은 내 말에 주랑은 피식 웃으며 나를 돌아보았다. 그 눈빛과 표정이 낯설었다. 그녀를 몇 번인가 만나는 동안 줄곧 느꼈던 친밀감, 그녀에 대해 모르는 것이 없는 것 같은, 그녀가 마치 나의 일부처럼 느껴졌던 익숙함이 꿈이거나 나 혼자만의 상상처럼 생각될 정도였다. 나는 두 손으로 마른세수를 한 다음, 침대에 드러누워 천장을 바라보았다. 그러다 눈을 감자 이 세상이 사라지고 내 심장 박동과 호흡과 이해할 수 없는 상황에 처해 과부하가 걸린 뇌만 남은 것 같았다. 바스락거리며 옷이 스치는 소리와 침대의 흔들림이 동시에 느껴지더니 입술에 차가운 감촉이 와 닿았다.

　나는 그녀가 설명해주지 않는 부분에 대해서 상상을 하기 시작했다. 우리의 사랑이 왜 늘 그 호텔 그 방에서 거행되어야 하는지에 대해서 여러 가지로 이유를 생각해봤다. 규칙을 깨뜨리기 위해 그녀를 다른 호텔로 이끌어보기도 하고, 그녀에게 여행을 제안하기도 해봤으나 내 제의는 번번이 거절당했다. 그럴 때마다 그녀의 얼굴은 차갑고 하얗게 굳어버려 그리스 로마의 조각상이나 밀랍 인형 박물관에 세워져 있는 모형처럼 느껴졌다. 다가갈 수 없는 거리감을 메꾸고 이해할 수 없는 것을 이해하기 위해서는 어쩔 수 없이 이야기를 만들어내야 했다.

　그녀에게는 김사강을 만나기 전에 다른 연인이 있었다. 그 연인을 A라고 하자. 주랑과 A는 매우 사랑하는 사이였고, 두 사람이 만나서 사랑을 나누던 장소가 바로 낡고 퇴락한 P호텔의 북쪽으로 창이 난 방이었다. 그 장소를 선택한 이유는 그녀와 그녀의 연인이 거주하는 장소의 중간에 위치해 있기 때문이기도 했고, 두 사람 모두 사람이 붐비는 호화로운 장소보다는 사람들이 찾지 않는 외진 곳을 좋아하는 성향을 지녔기 때문이었다. 북쪽으로 창문이 나 있다는 사실은 두 사람이 방에 투숙을 한 다음 우연히 발견해냈다. 어두컴컴한 그 방을 두 사람 모두 재미있어해서 호텔에 올 때마다 그 방에 들었다. 그런데 두 사람 사이에 김사강이 끼어든다. 김사강은 A의 친구였거나 그저 알고 지내는 사이였을 수도 있다. 김사강은 주랑을 유혹한다. 주랑이 그랬을 수도 있다. 아니다. 두 사람이 동시에 서로에게 끌렸을 것이다. 주랑은 A와의 관계를 정리하기도 전에 거침없이 사강에게 빠져든다. 그러면서도 한편으로는 김사강에게 혐오의 감정을 느낀다. 양가감정을 느낀 건 김사강도 마찬가지였을 것이다. 주랑의 원래 연인 A는 김사강과 주랑의 관계를 알게 된다. 두 사람의 관계는 끝이 나고, 주랑과 사강은 연인 사이가 된다. 하지만 주랑은 김사강과의 관계가 만족스럽지 않다. 김사강은 연인 역할과는 어울리지 않는 성격의 소유자였다. 주랑은 A가 그리워진다. 하지만 그에게 다시 연락을 하지는 못한다. 그러던 중 주랑과 김사강 사이에 내가 등장한다. 주랑은 A와 투숙했던 그 방으로 나를 안내한다. 그녀가 나와 사랑을 나누면서도 사강과의 관계를 정리하지 않는 이유는 전에 했던 것과 똑같은 후회를 하게 될까 봐 두렵기 때문이다.

내용은 저급 로맨스물이지만 이런 이야기라도 만들어 주랑의 행동에 대해 추측해보지 않고서는 지금 상황을 견디기가 힘들었다. 나는 이 내용을 바탕으로 소설을 써보면 어떨까 생각했다. 제목은 「이것은 소설이 아니다」로 하고. 결말을 어떻게 만들어야 할지는 일단 보류하기로 했다. 이야기가 진행되다 보면 결말은 저절로 만들어지기도 하거니와 아직은 좀 더 많은 생각이 필요했다.

「이것은 소설이다」의 네 번째 연재의 첫 문장은, '복도에 깔린 붉은

색 카펫은 군데군데 거무스름하게 얼룩이 져 있었고 무척이나 낡아 있었다'였다. 순간 불안이 엄습했다. 첫 문장에 뒤를 이은 몇 개의 문장들은 주랑과 내가 찾아 들었던 호텔 내부에 대한 묘사였다. 나는 더 이상 읽어나갈 수가 없었다. 극심한 불안 때문에 시야가 뿌옇게 흐려졌기 때문이었다. 눈을 감았고 시간이 흘러갔다. 일 초, 이 초, 마음속으로 천까지 헤아린 다음 눈을 뜨고 주랑에게 전화를 걸었다. 주랑은 아직 네 번째 연재를 읽지 않은 상태였다. 내 목소리는 긴장 때문에 갈라지고 단어 선택이 순조롭게 되질 않는데, 내 이야기를 들은 주랑은 매우 심상한 목소리로 반문했다.

─도대체 뭐가 놀랍다는 거죠? 스토리 전개상 사랑에 빠진 남녀가 호텔을 찾는 건 당연한 거 아닌가요? 도시 외곽에 위치한 호텔이 한두 군데도 아닐 테고요. 방에 대한 묘사도 똑같던가요? 우리가 사랑을 나누는 장면도요?

나는 아직 거기까지는 읽어보지 못했다고 말했다. 주랑은 낮은 소리로 웃었다.

─휘찬 씨는 너무 두려움이 많은 거 같아요. 설령 우리의 일이 똑같이 소설 안에 묘사되고 있고, 사강 씨가 우리 관계를 알게 된다고 하더라도, 그게 뭐 어떻다는 건가요? 사강 씨와 나는 부부도 아니고, 결혼을 약속하지도 않았어요. 그저 연인일 뿐이에요.

─그동안 김사강과는 만나보았나요?

─아니요. 사강 씨는 집필 중엔 연락이 잘 안 돼요. 전에는 그래도

간혹 연락이 오곤 했는데, 이번엔 전혀 없네요. 물론 나는 사강 씨 연락을 기다리고 있진 않아요. 나한테는 내 일이 더 중요하거든요.

전화를 끊고 생각을 해보니 주랑의 말이 모두 맞았다. 미안함이라면 모를까, 크게 불안해하거나 걱정할 일이 아니었다. 주랑이 나와 있었던 일을 사강에게 빠뜨리지 않고 이야기를 해주는 건 아닐까 하는 의혹이 잠시 고개를 들었으나, 그 생각은 접기로 했다. 그럴 리가 없는 일이기도 하고, 그렇다고 하더라도 어차피 확인이 불가능한 일이니까. 그런데도 기분이 이상했다. 주랑의 말처럼 김사강이 주변 사람들과 연락을 끊고 있다면, 어떻게 주랑과 나 사이에 일어난 일을 알 수 있는 걸까. 그리고 이런 의혹과 불안을 왜 주랑은 느끼지 못하는 걸까. 나는 주랑이 너무 낯설기만 했다. 그 낯선 타인과 사랑이라니. 나는 멀찍이 던져버린 문학잡지를 주워 들고 아까 읽다 만 곳을 찾아 다시 읽기 시작했다.

─이건 너무 놀라운 일이네요. 사강 씨가 어떻게 우리 일을 이렇게 자세하게 알 수 있는 거죠? 나, 난 지금 너무 놀라서, 손이 덜덜 떨릴 지경이에요.

어차피 잠을 이루는 게 불가능한 밤이어서 소파에 기대앉아 진저에일을 마시던 중이었다. 나는 술기운에 기대어 P호텔을 배경으로 하고 주랑과 나를 주인공으로 하는 소설을 구상했다. 김사강과 주랑과 나 이외에 네 번째 인물─내 나이 또래의 남자─이 희뿌연 안개 속에서 스윽 모습을 드러냈다. 무에서 유가 만들어지는 순간에 대한 묘사는, 스윽, 이 단어 하나로 충분할 것이다. 그 이야기 안에 당연히 있어야 할 인물이라는 듯이 그 네 번째 인물은 아주 당당한 모습이었다. 누구세요? 처음 보는, 별로 호감이 가지 않는 그 남자에게 물었다. 남자가 대답했다. 나요? 나야 당연히 주랑의 새로운 연인이죠. 여기까지 생각이 이어지고 있을 때 주랑으로부터 전화가 걸려온 것이다. 김사강의 네 번째 연재를 읽고 너무 놀란 나머지 주랑은 말을 더듬었다.

　─휘찬 씨, 지금 잠깐 만날 수 있을까요? 지금 나에게 와줄 수 있나요? 늦은 시간에 미안해요. 혼자서는 마음이 진정되지 않을 거 같아 그래요.

　나는 곧 가겠노라 대답하고 옷을 갈아입었다. 소지품을 챙기며 외출 준비를 하는 동안, 이미 주랑은 '길모퉁이 카페'에서의 그 주랑으로 돌아와 있었다. 거리감이 느껴지지 않는, 나의 일부이거나 혹은 전부인 그 주랑으로. 신발을 신는데 뜨거운 열기가 가슴속 깊은 곳에서 뿜어져 나와 온몸을 휘감았다. 어지러웠다. 그녀를 향해 달려가고 싶은 욕망이 두 다리의 근육을 부풀어 오르게 했다.

　나는 활짝 문을 열었다. 낯익은 골목에 어둠이 내려와 있고 드문드문 가로등이 어둠을 밝히고 있을 거라 생각했는데, 아니, 생각은 하지 않았고, 문 밖에 당연히 그런 풍경이 펼쳐져 있어야 했는데, 내 눈에 보인 건 짙은 안개 같은, 그러나 안개가 아닌, 도무지 말로는 설명할 수 없는, 그 무엇뿐이었다. 내 몸에 의식이 깃들기 시작한 이후 처음

접하는 풍경에 망연자실해진 채로, 나는 무엇을, 무슨 말을, 무슨 생각을 해야 할지 전혀 알 수가 없었다. 문 밖은 어둠도 안개도 아닌, 그저 '없음'이라는 말로밖에는 표현할 수 없는 묘한 것으로 가득 차 있었다. '없음'이 가득 찬 곳에서 내 차가 사라졌고, 길이 사라졌고, 세상이 사라졌다. 주랑에게 갈 수 있는 '길'이 한 번도 존재한 적이 없었던 것처럼 이미 사라져버리고 없었다. 그렇다면 주랑은? 주랑조차 사라진 걸까? 두려움 때문에 온몸이 떨리기 시작했다. 몸을 돌려 문 안으로 들어온 나는 문에 등을 기댄 채 주르르 미끄러져 주저앉고 말았다. 주랑에게 전화를 걸기 위해 핸드폰의 통화목록을 열었다. 주랑의 전화번호를 찾을 수 없었다.

K 박사는 심각한 표정으로 내 이야기를 들었다. 그녀가 내 문제에 대해 해결책을 가지고 있을 거라고는 기대하지 않았다. 내가 스스로 길을 찾을 수 있도록 옆에서 도움을 줄 수는 있을 것이다. K 박사가 내게 물었다.

─김사강이라는 작가의 전화번호는 핸드폰에 있던가요? 작품이 실렸던 잡지는요?

나는 고개를 저었고, K 박사는 앞에 놓인 차트에 무엇인가를 적었다. 늦여름의 뜨거운 햇살을 가리기 위해 창문에는 블라인드가 드리워져 있었다. 나는 햇빛 속으로 뛰어나가고 싶었다. 길 한복판에 서서 두 눈으로 태양을 똑바로 쳐다보고 싶었다. 당연히 눈을 제대로 뜰 수 없겠지만, 어쨌든 환하고 뜨거운 빛 가운데 오래오래 서 있다 보면, 어두컴컴한 호텔방이나 갑자기 사라져버린 길에 대한 기억 따위를 모두 잊을 수 있을 것 같았다.

—요즘도 특별히 힘든 증상이 있나요?

나는 고개를 저었다. 증상이라니.

—선생님, 주랑과 김사강과 관련된 일련의 일들을 증상이라고 말할 수 있는 건가요? 전 분명히 그들과 얽혀 몇 달의 시간을 보냈는데, 그들은 흔적도 없이 제 주위에서 사라져버렸습니다. 제가 정신분열에라도 걸린 겁니까?

K 박사의 얼굴에 엷은 미소가 떠올랐다.

—병명을 확정하는 일은 신중하게 이뤄져야 하지만, 사실 그게 그렇게 중요한 일은 아닙니다. 가장 중요한 건 환자가 심신의 안정을 되찾는 일이지요.

—지금 이런 상황에서 어떻게 해야 그걸 되찾을 수 있나요? 심신의 안정 말입니다.

—일단은 내면에서 끓어오르는 의문에 매달리지 마시기 바랍니다. 왜 그들이 사라졌나, 어떻게 이런 일이 벌어질 수 있나, 내가 만난 건 도대체 누구란 말인가, 이런 의문들 말입니다.

—그게…… 불가능해서 여길 찾아온 겁니다.

—인지행동 치료사가 도움을 드릴 겁니다. 그런 의문들이 찾아올 때, 어떻게 대응을 하면 좋은지 구체적인 방법들을 우리가 함께 찾아

가게 될 거예요.

　내가 찾고 싶은 건 주랑의 행방이었고, 알고 싶은 건 어떻게 이런 일이 벌어질 수 있느냐는 것이었다. 내가 사랑하는 사람이 흔적도 없이 사라져버리고, 지난 몇 달간의 시간이 송두리째 날아가버리는 일이. K 박사와 치료사는 그 문제에 매달리는 것은 병적인 충동일 뿐이라며, 그 충동에서 벗어나는 길을 찾아야 한다고 말했다. 다시 말해 미쳤다는 소리를 듣고 싶지 않다면 나에게 일어난 일에 대해 아예 생각을 하지 말라는 얘기였다. 처음부터 그런 일이 없었던 것처럼 말이다. 나는 그들의 의견에 동의하기 어려웠다. 난 현실 속에서 분명하고도 생생하게 주랑을 만났고 P호텔의 북쪽 방을 찾아들곤 했으니까.

　치료가 진행되면서 약물 때문인지 정신이 매우 몽롱해졌다. 나는 많은 잠을 잤고, 행동은 나무늘보처럼 느릿해졌으며, 말할 때 발음이 정확하게 되질 않았다. 몽롱한 정신 때문에 기억력도 많이 나빠졌다. K 박사는 항불안제 때문이라며 약의 양을 조절해주었다. 몸 상태가 조금 나아졌다.

　어느 날 책상을 정리하다가 메모를 발견했는데, 메모에는 「이것은 소설이 아니다」라는 제목과 함께 대략의 줄거리와 등장인물과 각 인물들의 성격이 적혀 있었다. 분명히 내 글씨가 맞는데, 무척이나 생소하게 느껴졌다. 약 때문인지, 아니면 시간이 흐른 탓인지, P호텔에서만 사랑을 나누고자 했던 주랑의 이해할 수 없었던 행동과 거기에 의혹을 품었던 나 자신이 아스라이 먼 과거나 꿈에서 있었던 일처럼 여겨졌다. 내가 사실은 꿈을 꿨던 것은 아닐까? 너무나 생생해서 현실처럼 느껴지는 그런 꿈을 꿨던 것은 아닐까, 이런 생각이 들기 시작했다. 꿈이면 어떻고 현실이면 어떤가. 어차피 나는 지금도 이렇게 살아 있다. 해는 여전히 시간이 되면 떠오르고, 어둠 또한 시간이 되면 찾아오지 않는가. 아무려나 상관없다는 생각이 들면서 불안이 사라지고 마음이 편안해지기 시작했다. 과연 약물 치료의 효과는 대단했다.

낮잠과 밤잠 사이, 정신이 깨어 있는 시간에 나는 써두었던 메모를 바탕으로 소설을 쓰기로 했다. 인물의 이름도 바꾸지 않고 김사강과 주랑이라는 이름을 그대로 사용했다. 그렇게 해도 어차피 현실 속에 그들은 존재하지 않으니 문제 될 일은 아무것도 없었다. 전체적인 줄거리는 거듭해서 삼각관계에 빠지는 주랑의 운명으로 하고, 첫 장면은 주랑과 내가 김사강의 집 앞에서 우연히 마주쳐 함께 '길모퉁이 카페'로 가서 이야기를 나누는 것으로 정했다.

노트북을 켜고 앞에 앉았다. 어두컴컴한 다락방 같았던 카페의 이층, 작은 테이블에 주랑과 마주 앉아 차를 마시며 이야기를 나누던 기억을 더듬으며 하나둘 문장을 적어나갔다. 그러다 문득 이상한 생각이 들었다. 내가 몇 번 지나쳤어도 길모퉁이 카페를 한번도 본 적이 없다고 했을 때, 주랑 또한 자신도 한번도 본적이 없다고 말했던 기억이 났던 것이다. 나는 썼던 문장을 모두 지우고 집을 나섰다.

김사강이 살던 오피스텔에 도착한 나는 김사강이 살던 집을 찾아가 벨을 눌렀다. 현관문 안에서 처음 듣는 낯선 목소리의 남자가 누구냐고 물었다. 도어뷰를 통해 나를 훔쳐보는 시선이 느껴졌다. 그는 김사강을 알지 못했다. 나는 관리인을 찾아 최근 거주했거나 거주하는 사람 중에 김사강이라는 사람이 있는지를 물었다. 관리인은 입주민에 대한 정보를 아무에게나 알려줄 수 없다고 했다. 나는 관리인의 눈을 피해 우편함이 비치되어 있는 곳을 찾아가 모든 우편함을 조사했다. 서너 곳 텅 빈 우편함도 있었지만, 어떤 우편함에서도 김사강의 이름은 찾을 수가 없었다. 실망스럽지는 않았다. 김사강은 존재하는 인물이 아니니까. 나는 길을 건너 사거리의 모퉁이를 돌아 카페를 찾아갔다. 내 기억이 정확하다면 길모퉁이 카페가 있어야 할 그곳엔 핸드폰 매장이 있었다.

　나는 내 방으로 돌아와 또다시 노트북 앞에 앉았다. 텅 빈 화면에 커서만이 껌뻑거리고 있었다. 주랑 또한 내가 만들어낸 망상이라면 길모퉁이 카페 또한 이 세상에 존재하지 않는 것은 너무나 당연한 일이었다. 그런데도 뭔가가 계속 마음에 걸렸다. K 박사는 이것을 해결하려 들지 말아야 한다고 말했지만, 내 몸은 이미 옷장 문을 열고 주랑을 만나던 날 입었던 재킷을 찾고 있었다. 그날 테이블 위에 놓여 있던 루티아선셋의 줄기 끝에서 꽃을 떼어 들여다보다가 주머니에 넣었던 기억이 떠올랐기 때문이었다. 왼쪽 주머니 한쪽 구석에서 먼지와 휴지 부스러기와 함께 수분이 빠져나가 바싹 말라버린 검붉은 색 꽃송이가 나왔다. 내 가슴은 몹시 뛰기 시작했다. 나는 이 일에 대해서는 K 박사에게 아무 말도 하지 않기로 결심했다.

늘어난 항불안제 덕분에 나는 다시 잠의 홍수에 빠져들었다. 잠을 자는 동안에도 불안은 나를 떠나지 않았고 거듭해서 악몽을 꾸었다. 주랑과 김사강이 나에게 다가와 내 이름을 부르고, 내가 돌아보면 그들은 형체도 없이 사라지는 꿈이었다. K 박사는 항불안제의 양을 더 이상은 늘릴 수 없다며, 내게 혹시 무슨 일이 있는 건 아니냐고 물었다. 나는 애써 미소를 지으며 애매하게 대답했다.

─글쎄요, 특별한 일이 있는 건 아닙니다. 박사님은 혹시 박사님이 생각하는 게 맞을까 봐 겁이 나신 적은 없나요? 너무 겁이 나서 그 상황을 점검조차 하기 어려운 그런 경험 말입니다. 차라리 아무것도 알고 싶지 않아서 모르는 척하고 싶은데, 이미 알아버린 걸 모르게 되지 않는 경우요. 이건 그냥 갑자기 생각나서 해보는 말입니다. 신경 쓰지 마세요.

K 박사는 나를 따라 상냥하게 미소를 지었지만 그 눈초리는 날카롭게 내 얼굴을 살피고 있었다. 나는 문득 K 박사가 무섭다는 생각이 들었다.

그날 이후 나는 약을 먹지 않았다. 그러자 낮이고 밤이고 잠을 잘 수 없는 불면이 찾아왔다. 나는 노트북 앞에 앉아 잠을 자지 못해 몽롱한 머리를 애써 굴리며 내 소설의 첫 장면을 써나가기 시작했다. 길모퉁이 카페에 주랑과 마주앉아 이야기를 나누는 장면. 서로가 서로에게 매혹당하고 사랑에 빠질 거 같은 예감을 느끼는 장면을 되도록 간결한 문장으로 써내려갔다.

첫 장면을 완성한 나는 극심한 불안에 시달리며 방 안을 맴돌았다. 며칠 동안이나 그런 시간이 이어졌다. 이젠 확인을 하기 위해 거리로 나서야 했지만 결심을 하는 게 쉽지 않았다. 설핏 든 잠 속에서 주랑이 등장하는 꿈을 꾸었다. 주랑과 내가 나란히 손을 잡고 그 카페를 향해 거리를 걸어가는 꿈이었다. 꿈에서 깨어난 나는 옷을 갈아입고 밖으로 나와 택시를 탔다. 김사강이 살던 동네 이름을 대고 사거리 모퉁이에서 택시를 내렸다. 모퉁이를 돌아서자 길모퉁이 카페가 조그맣게 불을 밝히고 있었다. 나는 문을 열고 들어가 이층으로 올라갔다. 약간의 기대감을 가지고 있었지만 주랑과 내가 앉아 있던 테이블에는 루티아선셋만 놓여 있을 뿐 주랑은 앉아 있지 않았다.

집으로 돌아온 나는 깊은 생각에 잠겼다. 정상적으로 사고를 하고 싶어 밤마다 수면제를 복용했다. 낮 시간 동안 맑은 정신 상태를 유지하며 책상 앞에 앉아 바싹 말라버린 루티아선셋의 꽃송이를 바라보았다. 혼란은 쉽게 극복되지 않았다. 나는 내가 누구인지 알 수 없었고, 내가 속한 세상의 진위 여부를 가릴 수가 없었다.

나는 P호텔로 주랑이 나를 이끌었던 기억을 더듬으며 북쪽으로 창이 난 방에서 주랑과 사랑을 나누던 장면을 소설로 쓰기 시작했다. 그 부분이 완성되고 나니 또 한 가지 의혹이 떠올랐다. 주랑과 나에게 있었던 일을 김사강이 눈으로 본 것처럼 자신의 소설 안에 담아낸 것이, 단지 그가 우리 뒤를 쫓다가 알게 되었기 때문에 쓸 수 있었던 걸까, 하는 의문.

카페 대신 핸드폰 매장을 보았던 것, 핸드폰 매장에 다시 카페가 생겨난 것, 이 사실들이 단지 나의 기억의 혼란이나 망상으로 일어난 현상일까? 이 일이 주랑과 내가 만나고 그 장면들이 김사강의 소설에 그대로 표현되고, 느닷없이 주랑과 김사강이 내가 속한 세상에서 사라져버린 일과 어떤 연관성이 있는 것은 아닐까, 그런 생각이 들었다. 내가 미친 것이 아니라면 분명 여기엔 어떤 논리적 일치점이 있을 것만 같았다. 며칠을 두고 생각에 생각을 거듭했다. 생각의 실마리는 좀처럼 풀리진 않았다. 루티아선셋의 바싹 마른 꽃송이를 노려보면서 하루 대부분의 시간을 보냈다. 그러던 어느 날 식료품을 사서 집으로 돌아오는 길에 버스 한 대가 눈앞을 지나가는 것을 보았다. 버스 옆면에 '상상하는 것은 존재하는 것이다!'라는 카피와 함께 애니메이션 학원의 광고가 붙어 있었다. 나는 식료품이 든 비닐 봉투를 그 자리에 떨어뜨리고 말았다.

허둥거리며 집으로 돌아오는 동안, 내 머릿속에는 논리적이면서도 기이하기 짝이 없는 생각이 자리를 잡았다. 내가 만약 김사강의 상상 속에 존재하는 인물이고, 주랑과 나의 만남이 김사강의 머릿속에서 이루어진 소설을 위한 구상이었다고 가정한다면, 김사강의 소설은 그녀와 나 사이에 있었던 일을 고스란히 재현할 수밖에 없지 않겠는가, 하는. 이 논리에 의한다면 그녀에게 가는 길이 사라지고 주랑의 존재가 완벽하게 사라진 것도 어느 정도는 설명이 됐다. 김사강은 나와 주랑이 등장하는 소설을 더 이상 쓰고 싶지 않게 된 것이다. 나는 나의 생각들을 K 박사에게는 한마디도 꺼내지 않고 소설, 「이것은 소설이 아니다」를 새롭게 다시 쓰기로 작정했다. 소설을 씀으로써 내 앞에서 사라져간 것들이 되돌아오는지를 두 눈으로 확인하고 싶었다. 나는 노트북을 켜고 책상 앞에 앉았다. 그리고 하나둘 문장을 써 내려갔다.

김사강이 한동안 중단했던 소설 연재를 다시 시작했다는 사실을 알려준 사람은 그의 연인이자 한때 나의 연인이기도 했던 주랑이었다.

그녀는 핸드폰으로 짧은 메시지를 보내왔다. 햇살 좋은 맑은 가을날 오후였고, 나는 내 주치의 K 박사의 처방을 따라서 불안을 극복해보겠다는 한 가지 목적 이외에 다른 목적은 없이 발길 닿는 대로 여행을 하던 중이었다.

야뇨

"에이, 씨발."

그는 잠에서 깨어나며 낮은 목소리로 중얼거렸다. 허벅지와 엉덩이로 번져가는 뜨끈한 기운과 성기 끝에 남아 있는 배뇨의 쾌감이 납덩이처럼 가슴을 짓눌렀다. 잠에서 덜 깬 혼곤한 머리로 그는 얼마만의 야뇨(夜尿)인가를 헤아렸다. 근 두 달만의 일이었다.

그는 천천히 몸을 일으켰다. 실내는 덥고 어두웠다. 넓적다리에 휘감겨 있는 질척한 홑이불을 옆으로 젖히고 침대 아래로 다리를 내려놓았다. 머리에 묵지근한 통증이 느껴졌다. 배뇨의 뒤처리를 해야 한다고 생각하자 귀찮다는 생각과 함께 짜증이 솟구쳤다. 어이 없이 또 실수를 해버린 자신에 대한 짜증이었다. 반바지의 주름과 피부의 틈새 어딘가에 고여 있던 오줌물이 방바닥으로 투둑, 떨어지는 소리가 났다. 그는 바지와 팬티를 어둠 속에서 느릿느릿 벗어 내렸다.

벽을 더듬어 스위치를 누르자 껌벅거리며 형광등이 켜졌다. 그는 부신 듯 눈살을 찌푸리며 벽시계를 쳐다보았다. 시계는 7시 15분을 가리키고 있었다. 움직이지 않는 초침에 그의 시선이 멎었다. 며칠 전부터 시계는 계속 7시 15분만을 가리키고 있었다는 사실이 그제야 기억났다. 다시 한번 울컥 짜증이 솟구친 그는 벽시계를 떼어 벽에 집어던지는 자신의 모습을 머릿속으로 그려보며 한숨을 내쉬었다. 무심결에 고개를 돌린 그의 눈에 베란다 유리문에 되비치는 자신의 모습이 보였다. 하반신을 벗은 왜소한 남자의 등 뒤로 짙은 어둠이 내려앉아 있었다. 쏴아악- 촤아악- 자동차가 광목 찢어지는 소리를 내며 빗물이 고인 도로를 질주하는 소리가 이따금 들려왔다. 비는 여전히 내리고 있었다.

배설의 뒤처리를 하고 알몸으로 목욕탕에 들어선 그는 칫솔로 이를 문지르며 거울에 비친 자신의 얼굴을 바라보았다. 광대뼈가 불거져 나온 마른 얼굴과 움푹 들어간 눈자위에 눈두덩만 수북하게 부어 있었다. 너무 오래 잔 탓이었다. 그는 거울 속 자신의 몸을 바라보았다. 작은 키, 왜소한 어깨, 갈비뼈가 드러나는 앙상한 가슴과 양쪽에 장식처럼 붙어 있는 유두가 혐오감을 불러일으켰다. 집 앞마당에서 바벨을 들어 올리던 형의 건장한 어깨와 근육, 얼굴 가득 피어오른 자신만만한 표정이 거울 속 자신의 모습 위에 얼비쳤다. 그는 입에 하나 가득 물고 있던 치약 거품을 신경질적으로 뱉어냈다.

그는 쏟아지는 수돗물을 받아 얼굴을 문지르며 자신이 얼마나 오래

잤는지를 생각했다. 지금이 한밤중이라는 것만 분명할 뿐, 오늘이 며칠인지 무슨 요일인지 가늠할 수가 없었다. 아까 벽시계가 멈춘 것을 안 후에 즉시 핸드폰으로 시간을 확인하지 않은 자신이 몹시 한심하게 여겨졌다.

쉰내가 묻어나는 수건으로 물기를 닦으며 욕실에서 나온 그는 침실 바닥 어딘가에 놓여 있을 핸드폰을 찾았다. 여기저기 쌓여 있는 비디오테이프와 DVD 케이스들, 영화 잡지와 만화책 사이를 헤집어보았지만 핸드폰은 보이지 않았다. 바닥에 누워 있는 맥주 캔과 과자 봉지들 사이에도 없었다. 옆으로 옮기려던 쓰레기통이 바닥에 쓰러지면서 안에 들어 있던 휴지와 담배꽁초가 쏟아져 나왔다. 쓰레기들을 주워 담을 생각을 하니 가라앉았던 짜증이 한여름 매미의 극성스런 울음처럼 다시 끓어올랐다. 그는 거칠게 쓰레기통을 일으켜 세우고 쓰레기들을 마구 집어넣었다. 마지막으로 바닥에 흩어져 있는 담배 가루를 찌푸린 얼굴로 내려다보던 그는 쓰레기통에 뚜껑을 씌우고는 담배 가루가 흩어져 있는 방바닥 위에 쓰레기통을 올려놓았다.

핸드폰은 작은 방의 책상 위, 컴퓨터 모니터와 자판 사이에 담뱃갑과 함께 놓여 있었다. 그는 서둘러 폴더를 열었다. 귀여운 남자 이형찬 02시 55분. 허공에서 날갯짓을 하는 독수리를 배경화면으로 검정색 글자들이 박혀 있었다. '귀여운'이라는 단어가 날카로운 칼날이 가볍게 스치고 지나간 것처럼 아릿한 여운을 가슴에 남겼다. 내가 널 좋아한다고 생각했니? 난 네가 귀여웠던 것뿐이야. 영화 동아리 선배였던 연희의 목소리가 생생하게 들려오는 듯 했다. 좋아한다는 말을 더듬거리며 어렵게 꺼냈을 때 그녀의 얼굴에 떠올랐던 모멸 어린 웃음도 함께 떠올랐다. 그는 그 기억을 지우려 애쓰며 몇 시간 동안 잠을 잤는지에 생각을 집중했다. 잠들기 전 마지막으로 한 일을 생각해보았다. 침대에 누워 TV를 보는 자신의 모습이 여러 개가 겹쳐 떠올랐다. 어느 것이 가장 최근의 것인지 쉽게 구별이 되지 않았다. TV를 보기 전에 DVD로 영화를 보면서 맥주를 마시던 일이 안개 속에서 사람이 걸어 나오듯 흐릿하게 떠올랐다. 맥주를 사 온 건 목요일 오전이었다. 그때부터 계속 영화를 보다가 오후 서너 시쯤 TV를 틀었던 기억이 났다. TV를 보다가 잠이 들었다면 대략 열 시간 정도 잔 셈이었다.

뻐근한 허리와 묵지근한 머리가 주는 불쾌감을 느끼며 그는 두 번째 책상 서랍을 열었다. 서랍 안에는 양말 서너 켤레와 구겨지고 누렇게 변색된 러닝셔츠 두 장뿐, 그가 찾고 있는 팬티는 없었다. 그는 가볍게 한숨을 내쉬며 거칠게 서랍을 닫았다. 의자 등받이에 걸려 있는 티셔츠를 걷어 입고 침실로 갔다. 걸음을 옮길 때마다 사타구니에 매달려 있는 성기가 흔들거렸다. 그는 아래를 내려다보며 자신의 성기가 유난히 작다고 생각했다. 주간지 상담 코너에 실리는 판에 박힌 상담 문구가 떠올랐다. 여성의 질은 둔감해서 남성 성기의 크기를 구별할 수 없습니다. 성행위는 성기의 길이가 5센티미터만 넘으면 가능하며, 여성들은 성기의 크기에 만족을 느끼는 것이 아니라 자신이 남성에게 사랑받고 있다는 느낌에 만족을 느낍니다. 그는 여성의 성기에 자신의 성기가 삽입되어 있는 모습을 상상했다. 허리께가 뜨끈해졌으나, 곧이어 어떤 여자가 자신을 기꺼이 받아줄까에 생각이 미쳤다. 커다란 벽이 앞을 막아서는 기분이었다.

그는 침실에서 베란다로 통하는 유리문을 열었다. 갑자기 빗소리가 커졌다. 시멘트가 비에 젖으면서 나는 비릿한 냄새가 코를 찔렀다. 열린 베란다 창문에서 비가 들이쳐 건조대에 널려 있는 옷가지를 적시고 있었다. 팬티에 손바닥을 갖다 대보니 축축했다. 그는 건조대의 받침대를 세게 걷어찼다. 요란한 쇳소리와 함께 건조대의 한쪽 팔이 접히면서 옷가지들이 타일 바닥으로 떨어져 내렸다.

그는 작은 방 옷걸이에 아무렇게나 걸려 있던 반바지를 걷으며, 요 몇 년 동안 집안에서 팬티와 러닝셔츠만 입고 지내는 아버지를 생각했다. 폐암으로 한쪽 폐를 잃은 아버지는 산소마스크를 쓴 채 거실에 자리를 깔고 누워 있거나 앉아 있었다. 아버지는 항상 멸시 어린 눈으로 그를 노려보았다. 이 쓸모없는 자식, 밤낮 오줌이나 싸는 지지리도 못난 놈! 어린 시절, 오줌을 쌀 때마다 아버지에게서 들었던 말들이 귓가에 울려왔다. 당장 이 집에서 나가! 일 년 전, 아버지가 자신을 향해 목침을 내던지며 질렀던 고함 소리가 고막을 때렸다. 분노와 절망감 때문에 가슴이 뜨거워졌다. 그는 거칠게 숨을 내쉬며 바지를 발에 꿰었다. 헛발질을 두어 번 한 후에야 바지를 제대로 입을 수 있었다. 호크를 채우고 지퍼를 올리는 두 손이 조금 떨렸다. 손을 놓자 바지가 허리에서 스르륵 미끄러지며 엉치에 걸쳐졌다. 맨살에 닿는 겉옷의 느낌이 생경했다. 그는 떨리는 손으로 담배에 불을 붙였다. 연기를 한 모금 깊게 빨아들이자 가슴 속의 울분이 조금 가라앉았다. 후욱— 연기를 내뿜는 순간 마른 구역질이 함께 올라왔다. 욕지기를 참으며 담배를 손가락 사이에 끼운 채 주방으로 나왔다.

개수대 안에 쌓여 있는 컵라면 용기 속에는 기름이 엉긴 벌건 라면 국물이 그대로 들어 있었다. 시큼한 악취가 풍겼다. 그는 담배를 개수대 안에 던져 넣으며 다시 한번 심하게 욕지기를 했다. 두 눈에 눈물이 고였다. 컵라면 용기들을 뒤집어 국물을 쏟아내자 쉰내가 진동했다. 수돗물을 틀어 라면 용기들을 씻어내고, 나무젓가락들을 주워 모아 쓰레기봉투 속에 쑤셔 넣었다. 라면 국물을 버리지 않고 그대로 둔 자신은 정말로 쓸모없는 인간인지도 모른다는 생각이 들어 미간이 찌푸려졌다.

그는 주전자에 수돗물을 받아 가스레인지 위에 올려놓고 불을 켰다. 싱크대 안에서 컵라면을 하나 꺼냈다. 가스레인지에서 물이 끓기를 기다리며 그는 싱크대에 기대어 멍하니 서 있었다. 열두 시간 이상 아무것도 먹지 않아 몹시 배가 고팠다. 좁은 주방에 열기가 퍼져나가는가 싶자 곧 물 끓는 소리가 들려 왔다. 그는 컵라면의 비닐 포장을 뜯고 뚜껑을 반쯤 열었다. 가스레인지의 불을 끄고 주전자를 기울여 컵라면 안에 물을 쏟아부었다. 라면 스프의 냄새가 식욕을 자극했다.

그는 라면과 나무젓가락을 들고 침실로 갔다. 바닥에 흩어져 있는 비디오와 DVD 가운데에서 아직 보지 않은 비디오테이프 하나를 골라 플레이어 기기 안에 밀어 넣었다. 가벼운 기계음과 함께 기기가 작동하는 것을 알려주는 노란 불빛이 깜박이기 시작했다. 그는 침대에 기대 앉아 리모컨으로 TV를 켰다. 영화가 시작되자 그는 라면 용기를 끌어당겨 나무젓가락으로 면발을 휘저었다. 라면은 알맞게 불어 있었다. 뜨거운 라면을 먹으면서 눈을 치뜬 채 TV 화면에 시선을 고정시켰다. 나오미 왓츠가 클럽의 댄서가 되어 무대 위에서 공연을 하고 있었다. 그녀는 세 개의 공을 가지고 저글링을 했다. 뜨거운 라면 국물을 들이켜는 그의 이마에 땀이 흘렀다. 작은 방에 있는 선풍기를 가져다 틀까 하다가 곧 그 생각을 접었다. 비닐 포장을 벗기고 전기 코드를 꽂기가 귀찮게 생각되었다. 선풍기는 겨울 내내 먼지를 뒤집어 쓴 채 침실 바닥 여기저기로 밀려다녔다. 그러던 것을 지난봄 밑반찬을 가지고 오신 엄마가 혀를 차며 먼지를 닦고 비닐을 씌워 작은 방으로 옮겨놓으셨다. 그날 엄마는 침대 매트리스를 벽에 기대 세워 놓고 비닐 랩으로 빈틈없이 감으셨다. 작년 여름 그 일이 있고 난 후부터 다시 시작된 야뇨로 이미 서너 번 오줌에 젖었던 매트리스였다. 그는 쓸데없는 짓 그만두라고 엄마에게 화를 냈지만 일주일도 안 돼서 또 오줌을 쌌었다. 하복부와 엉덩이에 뜨끈하게 번지는 오줌처럼 수치심이 가슴에 번져나갔다. 뜨겁고 끈적한 그 감정을 털어버리기라도 하듯 그는 자리에서 벌떡 일어났다. 베란다의 유리문을 열자 물기를 머금은 공기가 제법 선선하게 방 안으로 밀려들었다. 빗줄기가 조금 가늘어진 것 같았다. 그는 침대 위로 올라가 옆으로 누워 TV 화면을 쳐다보았다. 매트리스에 씌워진 비닐 랩이 팔뚝과 다리의 맨살에 끈끈하게 들러붙었다.

거대한 고릴라가 등장하는 영화는 길고 지루했다. 고릴라가 죽고 영화가 끝났을 때는 아침 일곱 시가 되어 있었다. 창밖은 낮게 깔린 구름 때문에 어두컴컴한 저녁 같았다. 그는 길게 하품을 하며 침대에 똑바로 누운 채 리모컨으로 TV를 틀었다. 젊은 여자의 새된 목소리가 쏟아져 나왔다.

"네, 저는 서울에서 개최되는 국제 피겨 스케이팅 대회에 참석하기 위해 맹연습 중인 은반 위의 요정 김연아 선수를 만나봤는데요, 새벽부터 밤까지 동행하며 훈련과 그 밖의 스케줄들을 어떻게 소화해내는지……."

찌뿌둥한 날씨 따위는 상관없다는 듯 젊은 여자의 목소리는 밝고 경쾌했다. 그는 눈을 감은 채 오늘 하루 무슨 일을 해야 할지를 생각했다. 어제 오전에 빌려 온 네 편의 영화 가운데 못 본 것은 이제 하나뿐이었다. 그걸 보고 대여점에 가야겠다고 그는 생각했다.

"여기는 김연아 선수가 훈련을 하고 있는 서울의 한 아이스 링크입니다. 지금은 새벽 다섯 신데요……."

그는 소음을 견딜 수 없어 TV를 껐다. 정적이 급작스럽게 밀려들었다. 서울이 소울(soul)과 영어 발음이 같다는 사실, 알고 있었어? 시끄러운 TV 소리가 물러간 머릿속 빈 공간에 대화창에 글자가 찍히듯

타다닥, 문장이 떠올랐다. '소울 메이트(soul mate)'라는 인터넷 채팅방에서 만난 '미나'라는 여자가 했던 말이었다. 여자는 자기가 동시통역사라고 했다. 물론, 알고말고. 그는 서울과 소울의 발음이 같을 수도 있겠다고 생각하면서 얼른 대답을 했었다. 그는 영화 공부를 위해 유학 준비 중이라는 자신의 말을 미나가 정말로 믿었을지 궁금했다. 자신이 2학년 1학기를 겨우 마친 삼류 대학교의 휴학생이라는 사실을 알았다면 어떤 태도로 자신을 대했을까. 미나의 이미지 사진은 포토샵으로 윤곽이 희미하게 처리되어 있었다. 각도를 잡기 위해 살짝 옆으로 튼 그녀의 화사한 얼굴은 실제 모습과 엄청난 차이가 있을 거란 생각을 했었다. 그녀는 한때 동시통역사가 꿈이었겠지만 지금은 자신처럼 채팅이나 하며 시간을 죽이는 별 볼일 없는 인간일 거라고 생각하며 피식, 코웃음을 웃었다.

그는 자리에서 일어나 세탁기가 있는 욕실로 향했다. 세탁기에서 꺼낸 이불을 베란다 건조대에 널고 타일 바닥에 떨어진 옷가지들을 주울 때는 빗줄기가 다시 굵어져 있었다. 그는 비가 들이치는 창문을 닫고 먼지 낀 유리창을 통해 밖을 내다보았다. 하늘에서 땅으로 내리꽂히는 빗줄기가 쇠창살처럼 보였다. 자신이 그 안에 갇혀 있는 기분이었다. 허공을 가득 메운 빗줄기는 아래로 쏟아지며 아파트 단지 안에 서 있는 나뭇가지들을 때리고 있었다. 그는 빗줄기가 끝이 뾰족한 쇠창살이라면 비를 몇 줄기만 맞아도 몸에 구멍이 뚫려 죽게 될 거라고 생각했다. 비를 맞아 흔들리는 나뭇잎들을 내려다보다가, 땅을 내리누를 듯이 낮게 깔려 있는 잿빛 하늘을 올려다보았다. 가슴이 답답해졌다. 그는 장마가 빨리 끝났으면 좋겠다고 생각했다.

빗물에 젖은 옷가지를 세탁기 안에 던져 넣은 그는 허기를 채우기 위해 주방으로 갔다. 라면을 넣어두는 싱크대 수납장은 텅 비어 있었고, 냉장고 안엔 시어빠진 김치 약간과 생수 반 병, 그리고 먹다 남은 1리터들이 우유 한 팩이 들어 있었다. 냉장고 문을 닫으려다 다시 연 그는 음료수 칸에서 우유를 꺼내 입에 대고 한 모금을 마셨다. 뭉클한 느낌과 함께 시큼한 맛이 입안에 확 퍼졌다. 그는 개수대로 가서 우유를 뱉어내고 수돗물을 틀어 여러 번 입안을 헹구었다. 불쾌한 뒷맛을 느끼며 우유팩을 살펴보니 유통기한이 일주일이나 지나 있었다.

인상을 찌푸린 채 침실로 온 그는 어제 빌려온 영화 가운데 보지 않은 마지막 DVD를 플레이어 안에 밀어 넣었다. 위이잉, 기계가 작동되기 시작했다. 그는 TV 화면 위에 재생되는 영상에 시선을 고정시켰다. 영화는 한 도시 안의 사람들이 모두 눈이 멀게 된다는 가상적인 이야기를 담고 있었다.

─이거 대단한데, 정말 운이 좋아. 이제까지 이런 암말이 나타난 적은 없었어.

눈먼 자들이 모인 수용소 안. 깡패 두목이 일렬로 늘어선 여자들의 몸을 만지며 흥분하여 소리쳤다.

─이건 잘 익은 쪽인데, 대단한 여자가 될 가능성이 있어.

두목은 두 여자를 자기 쪽으로 끌어당겼다.

―이 둘은 내 거야. 끝나고 나서 너희들한테 넘겨줄게.

　두목은 두 여자를 끌고 병실 끝으로 갔다. 한 여자의 치마를 잡아당겨 찢고, 자기 바지를 내리고, 손으로 방향을 확인한 다음, 힘으로 밀어붙이기 시작했다. 두목의 몸에 깔린 여자는 입을 벌린 채 토하기 시작했다. 병실 안에서 깡패들이 여자들을 강간하는 장면이 화면 가득 펼쳐졌다.

　그는 여자의 몸속에 성기를 삽입하고 싶은 충동을 강하게 느꼈다. 뜨거운 열기가 하반신으로 몰려들었다. 헐렁한 반바지 속으로 손을 집어넣었다. 단단하게 부풀어 오르는 성기를 주무르자 짜릿한 쾌감이 신경을 타고 전신으로 퍼져나갔다. 퀼트 가게 여자와 연희 선배의 얼굴이 거의 동시에 떠올랐다. 그는 마음에 드는 TV 채널을 선택하듯 머릿속으로 연희를 선택했다. 연희를 끌어안고 키스하는 상상을 하자 흥분이 고조되기 시작했다. 상상 속의 연희는 자신을 거부하는 몸짓을 했다. 연희의 두 손이 자신의 가슴을 밀어낸다고 상상하자 정복하고 싶은 욕망이 일어나며 흥분이 한층 고조되었다. 그는 연희의 두 다리를 억지로 벌리고 자신의 성기를 밀어 넣는 상상을 했다. 그의 머릿속에서 연희의 비명이 신음으로 바뀌면서 그녀의 두 손이 그의 몸을 끌어안았다. 연희도 그도 절정을 향해 치닫는 순간 핸드폰의 벨이 울렸다. 전신에 맥이 풀리며 짜증이 치솟았다. 벨 소리를 무시하고 행위에 집중하고 싶었지만 흥분은 이미 가라앉고 있었다. 그는 끈끈한 체액이 묻은 손가락을 티셔츠에 문질러 닦고 방바닥에 놓여 있던 핸드폰을 집어 들었다. 이형섭. 액정 화면에 전화번호와 형의 이름이 떠올라 있었다. 잘못을 저지르다 들킨 사람처럼 그의 얼굴이 화끈 달아올랐다. 여보세요. 전화를 받으며 다른 손으로는 리모컨을 찾아 TV의 볼륨을 낮췄다.

"여태 잤냐?"

말꼬리가 치켜 올라가는 형의 목소리는 언제나처럼 그를 비웃는 듯했다. 불쾌감이 치밀어 올랐지만 목소리에 감정이 묻어나지 않도록 애쓰며 그는 아니라고 대답했다.

"아버지 내일 퇴원하시는데, 안 와볼 거냐?"

힐난조의 물음이었다. 그는 아버지가 병원에서 퇴원하는 게 나랑 무슨 상관이냐, 아버지가 내 얼굴을 보면 퇴원을 못 하고 다시 중환자실로 가게 될지도 모른다고 쏘아붙이고 싶었지만 아무 말도 하지 못했다.

"옆에 붙어 앉아 병간호는 못할망정, 얼굴이라도 디밀어야 되는 거아니냐?"

병간호는 아버지의 사랑을 독차지한 형의 몫이라는 생각에 화가 치밀었지만 그는 무기력하게, 글쎄, 라는 말만 했다. 감정 때문에 거칠어진 숨을 형이 눈치채지 못하도록 조심스럽게 내쉬었다. 형은 말을 이어나갔다. 아버지에게 잘 보일 수 있는 기회인데 왜 어리석게 행동을 하느냐, 그런 닭장 같은 집에서 그만 나와 2학기에는 복학을 해야하지 않겠느냐, 작년에 네가 저지른 일은 나나 아버지나 같은 남자로서 충분히 이해한다, 아버지가 널 집에서 내보낸 것은 잠깐 반성의 시간을 가지라고 그런 거지 네가 미워서 내쫓은 게 아니다, 너무 꽁하게만 생각하지 마라. 작년에 자신이 연희 선배에게 저지른 일로 인해 다시는 복학을 할 수 없을 거라고 생각해오던 그는 가슴이 몹시 무겁고 답답해졌다. 핸드폰의 폴더를 닫고 형의 목소리에서 벗어나고 싶었지만, 그러는 대신 한숨을 가만히 내쉬며 형의 말이 끝나기만을 기다렸다.

"참, 좀 전에 통장으로 용돈 넣었으니까 찾아 써라."

그는 자신이 비굴한 인간이라는 생각을 하며 알겠다고 대답했다. 형은 시간이 많을 때 영어 공부라도 열심히 하라는 말을 끝으로 전화를 끊었다. 그는 폴더를 닫으며 마음속에서 맴돌던 욕설을 내뱉었다. 개새끼, 좆 까고 있네. 아버지의 기대대로 행정고시에 합격하여 연수를 받고 있는 형에 대해 미움과 시기심이 치밀어 올랐다.

그는 비닐 랩이 씌워져 있는 침대에 털썩 드러누워 폭발 직전의 울분과 비참한 기분을 삭이려고 주먹으로 벽을 쳤다. 주먹에 통증이 느껴지자 가슴속의 분노가 증폭되기 시작했다. 벽을 치는 주먹의 강도가 세어질수록 분노의 감정이 정점을 향해 치달았다. 그는 자리에서 벌떡 일어나 자기 파괴적 감정으로 변한 분노를 벽을 향해 폭발시켰다. 에이이이익, 힘껏 내지른 주먹이 벽과 부딪친 순간, 뼈가 부서지는 듯한 통증이 주먹에서 팔로 전해졌다. 눈에서 눈물이 솟구쳤다. 그는 얼얼한 주먹을 다른 손으로 감싸 쥐고 고개를 두 무릎 사이에 묻었다. 그는 자신이 이렇게 기생충처럼 살아가는 것은 아버지가 자신을 쓸모없는 인간으로 여겨왔기 때문이라고 생각했다.

TV 화면에서는 도시에서 유일하게 눈이 멀지 않은 여자가 비닐 봉투에 받아 온 물로, 강간당한 후 죽은 한 여자의 몸을 닦아내고 있었다.

그는 무거운 몸을 힘겹게 일으켜 세웠다. 플레이어에서 거칠게 DVD를 끄집어내고, 바닥에 떨어져 있던 테이프들을 주워 모아 검정색 비닐 봉투에 담았다. 밖에 나가 비라도 흠뻑 맞고 싶었다.

회색 야구 모자를 찾아 쓰고 신발장에서 살이 하나 부러진 우산을 집어 들고 현관문을 나섰다. 문이 열려 있는 옆집을 지나며 흘끗 안을 들여다보니, 아랫도리를 내놓은 사내아이가 좁은 거실에서 손가락을 빨며 우두커니 서 있었다. 컴컴한 안방에서 아이의 엄마가 걸어 나오는 것을 보고 그는 얼른 고개를 돌렸다. 13평 임대 아파트의 복도에는 미처 집 안으로 들이지 못한 유모차, 장독, 자전거 같은 살림들이 늘어서 있었다. 그는 좁고 기다란 복도를 지나 엘리베이터를 향해 걸었다.

엘리베이터는 9층에 멈춰 있었다. 그는 비닐 봉투를 앞뒤로 흔들며 엘리베이터가 올라오기를 기다렸다. 복도의 열린 현관에서 누군가가 밖으로 나오거나 엘리베이터 안에 누가 타고 있을까 봐 걱정스러웠다. 엘리베이터가 18층에 가까워지자 그는 야구 모자를 눈이 가려질 정도로 깊숙이 눌러썼다. 엘리베이터가 멈춰 선 후 문이 열렸고 다행히 안에는 아무도 없었다. 그는 마음을 놓으며 엘리베이터에 올라탔다.

컴컴한 하늘에서는 굵은 빗발이 쏟아지고 있었다. 경비실을 외면한 채 계단을 내려선 그는 우산을 펴고 대여섯 걸음을 빠르게 걸었다. 두두두두, 빗줄기가 북소리를 내며 우산을 두드렸다.

쏟아지는 비 때문에 거리에는 인적이 드물었다. 아파트 단지 입구를 지나 십여 미터쯤 길을 걸어 건널목에 이르렀다. 앞에 서 있던 젊은 여자가 인기척에 뒤를 돌아보았다. 그는 여자와 눈이 마주칠까 봐 얼른 고개를 숙이고 바닥을 보는 척했다. 여자의 가슴에 안겨 있던 요크셔테리어 한 마리가 바들바들 떨며 코를 킁킁거렸다. 여자는 이내 고개를 돌려 정면을 바라보았다. 그는 여자가 자신에게서 지린내를 맡았을 것 같은 생각이 들어 불안해졌다. 신호등이 초록불로 바뀌자 여자는 건널목을 건너기 시작했다. 그는 여자를 앞서지 않기 위해 되도록 천천히 걸음을 옮겼다. 건널목을 다 건너서 여자가 인도로 올라섰을 때 여자의 팔꿈치 밖으로 강아지의 갈색 꼬리가 튀어나와 흔들거렸다. 중학교에 입학한 형이 시험에서 일등을 하고 아버지에게서 선물로 받았던 잡종견도 갈색 털을 지니고 있었다. 그는 형이 무척이나 좋아하던 그 개를 집안 식구들 모르게 뒷산으로 끌고 갔었다. 시험을 못 봤다고 아버지에게 종아리를 맞은 날 오줌을 싸고, 다음 날은 오줌을 쌌다는 이유로 팬티 바람으로 쫓겨난 그는 아버지가 대문을 닫으며 내뱉은 개만도 못한 놈, 이라는 말을 잊을 수가 없었다. 등산

로에서 멀리 떨어진 숲속의 나무에 개 줄을 비끄러맬 때도 개는 자신
이 굶어 죽게 되리라는 사실을 모른 채 그의 손등을 연신 핥아댔었다.
그는 아파트 단지 안으로 들어가는 여자의 뒷모습을 눈으로 좇았다.
여자가 걸음을 옮길 때마다 개의 갈색 꼬리가 위아래로 흔들거렸다.
형은 개가 없어진 후 며칠 동안 밥을 먹지 못했다. 아버지는 그런 형
을 보며 몹시 마음 아파했다. 두 사람의 그런 모습을 보며 느꼈던 쾌
감은 개를 죽게 했다는 죄책감을 덮고도 남았다. 산을 내려오는 등 뒤
로 울려 퍼지던 개 짖는 소리, 이명처럼 귓가를 맴돌던 그 소리와 함
께 야뇨증이 사라졌다. 참 신기한 일이었다.

　그는 빗줄기에 갇혀 있는 거리를 천천히 걸으며 상점에 내걸린 간
판들을 차례로 읽어나갔다. 샤론 헤어데코, 동진 철물점, 크린토피아,
훼미리마트, 가락 청과, 동키 양념치킨, 영 문구점, 김밥나라, 꼬치나
라. 그는 앞치마를 입은 중년 여자가 불에 달구어진 석쇠 앞에 서서
닭 꼬치를 이리저리 뒤집는 모습을 쳐다보았다. 남학생 두 명이 이야
기를 나누며 꼬치가 구워지길 기다리고 있었다. 퀼트 퀼트. 흰 바탕에
파란 글씨의 아크릴 간판이 눈에 들어오자 그는 긴장으로 몸이 굳어
오는 걸 느꼈다. 그는 아주 천천히 걸음을 옮겼다. 개인 단체 지도합
니다. 하늘색 색상지에 분홍색 글씨로 쓴 안내문이 유리문 윗부분에
붙어 있었다. 그는 쇼윈도 안에 진열되어 있는 쿠션, 열쇠고리, 인형
등의 소품을 보는 척하며 가게 안을 슬쩍 곁눈질했다. 이십 대 중반의
젊은 여자가 혼자 앉아 바느질을 하고 있었다. 그녀는 하얀 천 위에

알록달록한 색깔 천을 덧대고 있는 중이었다. 바늘을 집은 길고 가느다란 손가락이 움직일 때 마다 테이블 위에 드리워진 하얀 천이 미세하게 진동했다. 그는 그녀의 뒤통수에 하나로 묶여 있는 머리채와 앞으로 숙여진 긴 목을 훔쳐보며 가게 앞을 지나갔다. 여자의 옆모습은 자신에게 화사하게 웃어주던 연희와 닮아 있었다.

연희의 옆얼굴과 여자의 옆얼굴을 번갈아 떠올리며 길을 걷던 그의 눈에 인도에 나와 비를 흠뻑 맞고 있는 비디오 가게의 입간판이 들어왔다. 비디오 DVD 대여점 씨네큐브. 그는 가게 문을 밀고 안으로 들어갔다. 냉방기가 가동되는 실내는 서늘했다. 빗물이 떨어지는 우산을 우산 꽂이에 꽂아놓고, 남자 아르바이트생이 지키고 있는 계산대로 가 물이 묻어 있는 검정색 비닐 봉투를 내려놓았다. 아르바이트생은 무표정한 얼굴로 비닐 봉투에서 테이프들을 꺼냈다. 그는 '신프로'라는 푯말이 붙은 진열대로 다가가 건성으로 제목들을 훑었다. 대부분 본 것들이었다. 진열대의 끝에 도착한 그는 몸을 돌려 벽을 향해 걸어갔다. 나온 지 오래되어 글씨와 표지 사진이 누렇게 변색된 비디오테이프 케이스들이 벽면에 빽빽하게 꽂혀 있었다. 제목들을 빠르게 훑어보던 그의 눈이 '남자가 여자를 사랑할 때'라는 글자에 가 멈췄다. 그는 테이프를 뽑아 들고 케이스 겉면의 사진을 들여다보다가 비디오를 빌리기로 마음먹었다.

대여비로 천오백 원을 지불하고 우산을 집어 들고 가게 문을 나섰다. 냉방 때문에 차갑게 식은 몸에 바깥 공기가 따뜻하게 느껴졌다.

우산을 펼쳐 든 그는 왔던 길을 되짚어 걸어갔다. 저만치 앞에 있는 퀼트 가게를 보면서 그는 상상을 하기 시작했다. 상상 속에서 퀼트 가게 여자와 그는 연인 사이였다. 가게 문을 열고 들어서는 그를 여자는 의자에서 일어서며 반가이 맞았다. 그는 키가 커서 여자를 내려다보았다. 여자가 마른 수건으로 비에 젖은 그의 머리와 얼굴을 닦아주었다. 그가 그녀의 입술에 가볍게 키스를 하자 그녀가 환하게 웃었다. 상상을 하다 보니 어느덧 퀼트 가게가 코앞에 있었다. 그는 한 발 한 발 천천히 걸음을 옮기며, 그녀의 얼굴 중 어느 부분이 연희와 닮았는지 자세히 살펴야겠다고 생각했다. 쇼윈도 안에 진열되어 있는 소품들을 보는 척하다가 고개를 들었을 때, 그는 깜짝 놀라 하마터면 우산을 떨어뜨릴 뻔 했다. 테이블 앞에 앉아 바느질을 하고 있을 거라고 생각했던 여자가 쇼윈도에 붙어 서서 밖을 내다보고 있었다. 여자와 눈이 마주친 그는 얼른 고개를 돌리고 뛰다시피 길을 걸었다. 빗물이 튀어 올라 종아리를 적셨다. 숨이 조금씩 가빠왔지만 당황한 마음은 쉽게 진정되지 않았다. 눈이 마주치자 흠칫 놀라 도망치는 키 작은 사내 녀석을 여자가 얼마나 우습게 여겼을까를 생각하니 절로 얼굴이 붉어졌다. 건널목에 도착해 신호등의 붉은빛을 보고 걸음을 멈춘 다음에도 여자와 정면으로 눈이 마주친 것에 대한 당황스러움이 가시지 않았다. 고작 그런 일에 당황해하는 자신에 대한 모멸감이 더해져 마음이 몹시 산란했다.

신호등에 초록불이 켜졌다. 그는 건널목을 건너며 자신의 발걸음이 허방을 딛는 것 같다고 생각했다. 퀼트 가게 여자의 비웃음이 계속 뒤를 따라오는 것 같았다. 걸음을 옮길 때마다 성기에 닿았다 떨어졌다 하는 반바지의 느낌이 몹시 신경에 거슬렸다. 길을 거의 다 건넜을 때 집에 먹을 것이 없다는 사실이 떠올랐다. 몸을 돌려 왔던 길을 되돌아가며 똑같은 길을 반복해서 오고 가는 자신이 바보 같다고 생각했다.

편의점 진열대에서 플라스틱 용기에 들어 있는 즉석 밥 세 팩과 즉석 된장국, 즉석 카레, 컵라면 네 개를 집어 들었다. 반대편 진열대에서 일회용 면도기와 하늘색 바탕에 분홍색 물방울무늬가 있는 팬티를 두 장 집어 든 후 계산대로 갔다. 주머니에서 구겨진 지폐와 동전을 꺼내 계산을 마친 그는 편의점 로고가 찍힌 흰색 비닐 봉투와 비디오테이프가 들어 있는 검정색 비닐 봉투를 한 손에 들고 가게를 나왔다.

문 앞에 서서 우산의 자동 버튼을 누를 때 바지 주머니에 들어 있던 핸드폰에서 벨소리가 울렸다. 왼손에 들고 있던 비닐 봉투를 우산을 든 오른손으로 옮기고 바지 주머니에 손을 집어넣는 순간, 비닐 봉투와 활짝 펼쳐진 우산이 손에서 미끄러지며 인도와 출입문을 연결하는 계단 위에 떨어졌다. 비닐 봉투는 계단의 턱을 한 번 치고 인도에 고여 있던 빗물 웅덩이 속으로 처박혔다. 우산은 활짝 펴진 채 두세 바퀴 몸을 뒤채며 저만치 굴러가 가로수에 걸렸다. 씨발. 그는 욕을 하며 핸드폰의 액정 화면을 확인했다. 엄마였다.

"나다."

그는 계단 아래로 내려가 비닐 봉투를 물웅덩이에서 건지며 네, 라고 건성으로 대답했다. 비디오테이프는 비닐 봉투 안에 그대로 들어 있었으나, 즉석밥 한 팩과 팬티 두 장은 편의점 봉투에서 빠져나와 그대로 빗물에 젖고 말았다. 에이, 씨발. 엄마에게 들리지 않도록 입술만 움직여 욕을 하며, 그는 편의점에 되돌아가 팬티를 다시 사야 할지를 생각했다. 빗줄기가 그의 등을 적셨다.

"밖이냐?"

그는 다시 네, 라고 대답하며 흙이 묻은 팬티와 밥을 봉투에 집어넣었다.

"아버지 내일 퇴원하신다."

그는 두어 걸음 걸어가 가로수 밑동에 걸려 있는 우산을 집어 들며 형에게 들어서 이미 알고 있다고 대답했다. 나뭇잎에 고여 굵어진 빗방울들이 후두둑, 모자와 어깨 위로 쏟아졌다.

"한번 다녀가야지. 아버지가 너 기다리고 계시는데……."

피곤한 듯 엄마의 목소리 끝이 갈라졌다. 병간호에 지쳐 있을 엄마의 기미 낀 얼굴이 떠올랐다. 그는 엄마의 말이 사실이 아닐 것이라고 짐작했으나 자신을 아버지와 조금이라도 가깝게 하려는 마음이 느껴져 가슴 한켠이 아려왔다. 그는 편의점을 돌아보며 팬티는 다음에 사야겠다고 생각했다.

"아버지도 이젠 예전 같지 않으시다. 앞으로 얼마나 사실지도 모르고……. 다 너 잘 되라고 그런 건데, 네가 아버지 좀 이해해드리면 안 되겠니?"

그는 잠시 망설이다 생각은 해보겠으나 기대는 하지 마시라고 대답했다.

　　"그래, 생각해봐라. 올 거면 열두 시 전에 오고……. 1209호실이다."

　　그는 알았다고 대답하고 전화를 끊은 다음 핸드폰을 바지 주머니에 집어넣었다. 비에 젖은 티셔츠가 어깨에 척척하게 들러붙었다. 비를 맞아 낮게 드리워진 나뭇가지가 우산에 부딪치며 빗방울들이 얼굴에 튀었다. 그는 얼굴에 묻은 빗물을 신경질적으로 닦아내며 초록불이 깜빡거리는 건널목을 향해 뛰었다.

　　현관문을 열고 컴컴한 집 안으로 들어서자 지린내와 쉰내가 확 풍겨왔다. 그는 욕지기가 올라오는 것을 느끼며 빗물이 떨어지는 우산을 현관 구석에 아무렇게나 던져두고 슬리퍼를 벗었다. 물이 묻은 종아리가 근질거렸다. 그는 비닐 봉투와 모자를 침대 위에 던지고 축축하게 젖어버린 티셔츠를 벗었다. 그것을 두 손으로 뚤뚤 말아 어깨와 종아리에 묻은 물기를 대충 닦아내고 침실 밖 화장실 앞으로 던졌다. 그는 비닐 봉투에서 비디오를 꺼내 플레이어 안에 밀어 넣었다. 기계가 작동되기 시작했다. 바닥에 털썩 주저앉은 그는 천천히 등을 구부리며 다리를 오므렸다. 양 팔로 두 무릎을 세워 껴안은 채 TV 화면을 주시했다. 리모컨으로 영화의 시작 장면을 찾으며 머릿속으로는 아버지에게 가야 할지 말아야 할지를 생각했다. 가야 한다는 압박감과 회피하고 싶은 욕구 사이에서 생각이 맴돌기만 할 뿐 쉽게 결정을 내릴 수가 없었다. 영화가 시작되었지만 좀처럼 내용이 눈에 들어오지 않았다. 그는 얼굴을 무릎 사이에 파묻었다. 한동안 가만히 앉아 있던 그는 크게 한숨을 내쉬며 천천히 고개를 들었다. 화면 위에서는 갈색 머리를 한 여자 주인공이 하얀 원피스를 입은 채 분수대의 물줄기를 맞으며 춤을 추고 있었다. 냉혹한 얼굴을 한 금발머리의 남자가 홀린 듯한 표정으로 멀리서 그 모습을 지켜보고 있었다. 남자의 표정에 마음이 끌린 그는 벗은 상체에 비닐 랩이 들러붙는 것을 느끼며 침대에 올라가 누웠다. 외과의사인 남자 주인공의 완벽한 수술 솜씨, 무대에서 현란한 춤을 추며 뭇 남자의 시선을 끄는 여자 주인공, 어린 시절 아버지에게서 학대를 받아 이상 성격이 된 남자, 댄서인 여자에게 접근하는 남자와 남자에게 친절하게 웃어주긴 하지만 남자의 사랑을 거절하는 여자의 모습이 화면 위를 흘러갔다.

넌 친절과 사랑이 구별이 안 되니? 어디선가 연희 선배의 조롱 섞인 목소리와 비웃음이 들려오는 것 같았다. 그의 가슴이, 더듬거리며 사랑한다는 말을 연희에게 건넸을 때처럼 세차게 뛰고 있었다. 그는 벌떡 일어나 앉아 뚫어지게 화면을 쳐다보았다. 화면에서는 질투와 사랑에 눈이 먼 남자가 여자를 마취제로 마취시킨 다음 집으로 납치한다. 남자의 집 방 한가운데 의자가 놓여 있고, 여자가 의자에 묶인 채 잠들어 있다. 여자는 여신처럼 아름답게 꾸며져 있다. 마취에서 깨어난 여자가 풀어달라고 소리친다. 그런 여자를 남자는 조용한 말로 설득하려 한다. 남자는 여자를 사랑한다고 말하고, 여자는 남자를 사랑하지 않는다고 소리친다. 내가 널 좋아한다고 생각했니? 난 네가 귀여웠던 것뿐이야. 좋아하지도 않으면서 왜 나에게 그토록 다정하게 굴었느냐고 떨리는 목소리로 그가 묻자, 연희는 어이없다는 듯 웃으며 그렇게 말했었다. 귀여웠던 것뿐이라는 그 말이 뜨겁게 달군 쇠꼬챙이로 머릿속을 휘젓는 것처럼 느껴졌다.

화면에서는 남자가 마취제로 여자를 잠재우고 있다. 정신을 잃은 여자의 고개가 앞으로 푹 꺾인다. 클로즈업된 여자의 얼굴에서 카메라가 조금씩 뒤로 물러난다. 여자는 화관을 쓴 채 잠들어 있다. 얼굴은 전보다 더 아름답게 꾸며져 있다. 여자가 잠에서 깨어나 눈을 뜬다. 여자의 어깨가 보이고 상반신이 보인다. 여자의 오른팔이 없다. 여자는 여전히 의자에 묶인 채다. 오른팔이 없어졌다는 사실을 알게 된 여자가 비명을 지르며 미친 듯 절규한다. 남자가 여자의 옆에서 부드러운 목소리로 여자를 달래며 난 여전히 당신을 사랑한다고 말한다. 여자는 몸부림을 치며 소리 지른다. 연희 선배도 저 여자처럼 몸부림을 치고 소리를 질렀다. 그가 동아리방 바닥에 그녀를 쓰러뜨리고 강제로 남방의 단추를 뜯었을 때, 영화 속의 여자처럼 공포에 질린 눈으로 자신을 쳐다봤었다. 그는 자신을 귀엽다고 말한 연희에게 심한 모욕감과 분노를 느꼈다. 그는 연희를 강간할 생각은 아니었다. 다만 자신이 사랑을 고백하고 모욕이나 당할 만큼 우스운 사람이 아니라는 사실을 연희에게 알려주고 싶었다. 심장이 두근거리고 숨이 차 왔다. 얼굴이 붉게 달아올랐다. 영화 속의 남자는 다시 여자를 마취제로 잠재운다. 그는 더 이상 영화를 볼 수가 없어 리모컨으로

TV를 껐다.

울컥 솟아나는 눈물을 삼키며 그는 침대에 납작 엎드려 얼굴을 묻었다. 옆구리에 붙어 있던 비닐이 배와 가슴과 이마와 콧잔등에 들러붙었다. 당장 이 집에서 나가! 아버지의 고함 소리가 귓가에 울렸다. 성폭력 혐의로 경찰서에서 조사를 받고 풀려난 그에게 아버지는 목침과 약병을 던지고 골프채를 휘둘렀다. 야뇨가 다시 시작된 그날 밤, 오줌을 싸고 잠에서 깨어난 그는 차라리 죽고 싶다고 생각했었다. 수치심과 절망감이 가슴에 무겁게 밀려들었다. 매트리스에 눌려 납작해진 콧구멍을 비집고 새어나오는 숨소리가 커다랗게 들려왔다. 그는 깊게 숨을 들이마셨다. 비닐에서 지린내가 나는 듯했다. 한 번 더 깊게 숨을 들이마시자 지린내와 걸레 쉰내가 분명하게 맡아졌다. 씨발, 욕을 하며 침대에 일어나 앉은 그는 비닐 랩에 손가락을 밀착시켜 움켜잡고 양 손에 힘을 주었다. 손가락이 박혀 있는 부분의 비닐이 조금 늘어났다. 얼굴을 찌푸리며 팔이 부들부들 떨릴 정도로 힘을 주었으나, 여러 겹으로 겹쳐져 있는 비닐 랩은 좀처럼 찢어지지 않았다.

탈근대의 리얼리스트

김 주 선

1

　전근대 시기의 삶은 안정적이었다. 삶의 형식과 규범이 정확해서 개인과 사회가 크게 불화하지 않았다. 각자의 삶에 대한 이해와 사회의 요구가 일치했으므로 동일한 이상이 자연스러웠다. 서사의 주인공은 미리 주어진 본질적 가치의 실현을 위해 길을 나섰다. 이야기는 한 사회의 가치를 전파해야 했기에 언제나 성공으로 끝났고 또 그래야만 했다. 근대 이후 세계가 급격히 넓어지고 세밀해지자 상황은 급변했다. 사회의 분화 정도와 전문화가 개인의 상상을 뛰어넘자 삶은 극도로 혼란스러워졌다. 왜 사는가, 어떻게 살아야 하는가, 무엇을 추구해야 하는가와 같은 본질적 질문에 대한 정신문화의 답도 빈궁했다. 이제 괴테식의 교양소설은 철 지난 것이 되었다. 한 사람이 세상의 진실을 안다는 것은 불가능해 보였다. 근대인은 삶을 개척할 수밖에 없었다. 널리 알려진 문제적 개인은 이렇게 탄생했다. 하지만 모든 이가 넋 놓고 있지는 않았다. 총체성이라는 이름이 부여된 18, 19세기 프랑스 장편소설은 분열된 삶을 전체적으로 조망해야 하며 또 그럴 수 있다고 생각했던 시기의 산물이었다. 근대문학의 태두인 발자크와 스탕달은 창공의 별을 노래했던 사상가 루카치에게 찬미받았다. 한데 비근한 시기에 발표된 『트리스트럼 섄디』는 이야기가 어떻게 흘러가는지 알 수 없는 모호한 형식을 취했다. 이 소설은 독자에게 완전한 중심점을 제공하지 않음으로써 제 의미를 무한히 유예했다. 그러니까 한편에서는 세상의 이치를 파악하려 했고 다른 한편에서는 파악되지 않음 그 자체를 소설의 형식으로 삼았다. 흔히 말하는 탈근대적 문학은 이미 근대문학이 탄생했을 때부터 존재했던 셈이다. 한국문학의 탈근대성은 2000년대를 기점으로 나타났다. 이 시기에 들어 '내면성의 문학'이 사라지고 탈경계적 상상력으로 무장한 작품들이 튀어나왔다. 세계가 의문투성이였으므로 사람이 모자로 변하고, 외계인이 등장하고, 유령이 말을 해도 전혀 이상하지 않았다. 소설이란 무엇인지를 묻는 소설이 쏟아지기 시작한 것도 이즈음의 경향이었고 언어가 갖는 기능 자체에 회의를 품었던 소설이 대거 등장했던 것도 이 시기였다. 여전히 탈근대적 상상력이 우리를 지배하는 지금, 권보경의 인물들 역시 헤아릴 수 없는 세계 속에 던져진 탈근대적 존재다.

2

권보경 소설의 특징 중 하나는 미스터리다. 소설 속에 등장하는 수많은 사건은 신비하거나 기이하다. 사건에 휩쓸린 작중 인물은 마치 포의 그것처럼 비밀을 풀기 위해 최대한의 추리를 발휘한다. 하지만 이성은 무력하다. 이성의 역능인 분석, 추론, 종합은 19세기 추리소설에서 활약했던 탐정과는 달리 별다른 힘을 발휘하지 못한다. 세상의 미스터리는 그만큼 더 혼잡하다. 덕분에 독자의 곤경은 인물의 곤경에 비례한다. 서술자와 초점화자가 같은 시선을 공유한다는 점은 이와 같은 곤혹스러움을 배가한다. 소설에서 할당해준 독자의 자리는 어디에서도 정답을 찾지 못해 방황해야만 하는 링반데룽의 자리다.

3.

이해할 수 없고 감당할 수 없는 것이 신비의 차원과 관계하는 건 클래식이다. 생존을 위협하는 불가사의한 현상은 수천 년 전의 인간에게도 마술적 힘을 보여줬다. 권보경 소설에 나타난 기묘한 현상도 대개 주인공의 위기와 함께 등장한다. 작품을 살피기 전에 먼저 위기의 위상학적 차원이 정리되어야 한다. 흔히 알고 있는 것과 달리 위기는 누구나 공감할 수 있는 영역에서 발생하지 않는다. 같은 사건을 겪어도 저마다의 충격은 다르다. 사건이 만들어내는 정동을 제압할 수 있는 정신적 능력이 다르기 때문이다. 따라서 위기는 언제나 어떤 사건에 대한 주관 정신의 무능이다. 예컨대 사채업자에게 추심을 당하고 있거나(「리만의 기하학」), 친구의 애인과의 내연 관계가 들통날 것 같거나(「이것은 소설이 아니다」), 직장에서 좌천되어 경제적으로 힘들거나(「승영」), 교통사고로 아이를 잃은(「공원으로 산책을 나갔어」) 상황이 작중 인물에게 고민이나 근심거리 정도를 넘어 위기로 경험되는 이유는 그들의 정신이 저 사건을 적합한 방법으로 처리할 수 없기 때문이다. 소설의 주요 인물들이 겪는 초자연적인 현상은 그들이 그만큼, 그러니까 신비의 영역을 빌려와야 할 만큼 무력하다는 것을 뜻한다.

4

「리만의 기하학」을 먼저 보자. 주인공은 사채업자에게 빚을 져서 목숨을 위협받는 중이다. 앞이 막막한 주인공에게 오래전 알고 지낸 후배가 나타난다. 세월의 흐름에서 완전히 비껴간 듯 보이는 후배는 책 하나를 건네며 자신을 도와달라고 한다. 그의 말에 따르면 책은 그곳에 쓰인 글을 그대로 실현하는 힘을 가지고 있는데 자신은 책을 노리는 사람에게 쫓기는 중이다. 의심 속에서 책을 읽은 주인공은 책의 신비한 능력이 진짜임을 알게 된다. 책의 문장들은 이미 그의 현실이었던 것이다. 후배에게 소유권을 넘겨받은 주인공은 책의 신비한 능력을 빌려 자신의 상황을 타개하고자 한다. 그러나 예정된 추심 시간은 책의 예언이 이루어질 시간보다 더 짧다. 그는 당장의 위기라도 벗어나기 위해 지금의 시간을 지속시키기로 한다. 여기서 소설 「리만의 기하학」 도입부가 다시 작성되고, 지금까지 독자가 읽은 그의 상황은 그가 쓴 소설임이 밝혀진다. 소설과 현실이 연결된 소설 속의 소설은 이렇게 탄생한다. 이와 유사한 도식이 「이것은 소설이 아니다」에서도 반복된다. '나'는 김사강의 연인인 주랑과 내연 관계다. 김사강에게 내연 관계를 들킬까 봐 항상 전전긍긍하는 '나'는 어느 날 김사강이 재시작한 연재소설을 본 이후 경악에 빠진다. 놀랍게도 김사강이 쓴 소설에 자신과 김사강과 주랑의 관계가 똑같이 반영되어 있었기 때문이다. '나'는 자신의 삶이 다른 누군가에 의해 조종되고 있는 것은 아닌지 의심하고 정신과 의사에게 상담을 받는다. K 박사와 주인공의 내담은 그를 편집중 환자로 보게 해준다. 한데 작가—서술자는 '나'의 생각이 상상인지 실재인지 명확히 알려주지 않는다. 다음과 같은 질문이 가능하다. '나'의 상황과 생각은 실재에 근거하는가 혹은 전부 가공된 것인가? 어떤 답을 내리는가에 따라 더 다양한 소설 읽기가 가능하겠지만 사실 그것은 크게 중요하지 않다. 핵심은 「리만의 기하학」의 주인공이 우연히 얻은 책에 글을 씀으로써 자신을 위기에서 구해내듯이, 「이것은 소설이 아니다」의 주인공도 저 기묘한 상황을 해결하는 기제로서 김사강의 소설을 활용한다는 점이다. '나'와 김사강, 주랑의 관계는 어떻게 김사강의 소설에 각인될 수 있었는가? '나'의 답은 이렇다. '나'는 김사강이 만들어낸 소설 속 캐릭터다. 김사강은 창조주고 '나'는 피조물이다. 그렇지 않다면 김사강의 소설에 자신의 상황이 고스란히 박힐 이유가 없지 않은가? 소설에 힘이 있다고 생각한 '나'는 「이것은 소설이 아니다」라는 소설을 씀으로써 자신의 생각을 확인하고자 한다. 「이것은 소설이 아니다」가 소설의 첫 장면으로 끝나는 이유다. 그러니 소설 속의 상황은 현실과 소설이 뒤섞인 세계에서만 가능하다. 이 둘은 무한루프처럼 돌고 돈다.

5

이야기의 힘이 실재에 영향을 미칠 수 있는지에 대해 회의적인 시대이므로, 권보경의 모티프는 시대착오적인지 모른다. 하지만 지금은 모든 경계가 재조정되는 시기이기도 하지 않은가. 가브리엘 마르쿠스는 '의미장'이라는 개념을 통해 환상적인 것이 우리의 정신에 어떤 특별한 영향을 미친다면 그 역시 우리에게 현실적이라는 주장을 편다. 유령은 실재하지 않지만 유령이 실재한다고 믿는 의미장 내의 사람들에게 유령은 실재한다. 이것이 유령을 쫓음으로써 병의 치료가 가능한 이유다. 우리는 삶을 둘러싼 모든 것에 나름의 의미를 부여하고 그 의미를 통해 우리 삶을 형성하는 것이다. 따라서 앞서 다룬 소설은 물론이거니와 소설의 주인공이 자신을 그려내는 내포작가에게 위로를 건네는 「공원으로 산책을 나갔어」 역시 현실적인 소설이다. 여기서도 소설의 현실과 소설 속의 소설은 뒤섞인다. 소설의 주인공은(그는 소설의 내포작가가 만들어낸 화자다) 아이를 잃은 내포작가에게 그 아이와 똑같이 생긴 아이를 발견하게 해줌으로써 내포작가의 마음을 돌봐준다. 내포작가의 층위를 고려하면 주체성의 전도를 통한 작가 자신의 자기 위로로 읽을 수 있고, 바로 그 지점이 작가의 기만을 보여준다고 지적할 수도 있다. 하지만 아이를 잃은 트라우마를 위로하는 마음은 진짜다. 유령을 쫓아 병을 치료하듯이 허구를 통해 삶을 구제하는 것도 핍진의 영역이다. 「초록 식탁과 빨간 의자와 고양이가 있는 정물화」역시 이와 같은 차원에서 해석이 가능하다. 사건의 전모는 다음과 같다. '나'의 친구인 주향이 자기 남편에게 살인 미수를 저지른다. 왜? 주향은 어린 시절 친부에게 당한 성폭력 때문에 트라우마를 갖고 있다. 불행히도 그녀는 딸에 대한 남편의 애정 표현에서 과거 자신이 겪은 트라우마적 사건을 본다. 극도의 트라우마는 그녀의 정신 붕괴를 막기 위해 남편을 살해하는 쪽으로 방향을 튼다. 그 과정에서 일종의 방아쇠 역할을 하는 것은 주향의 친구인 '나'의 소설이다. 주향은 '나'의 소설 내용처럼 자신의 남편을 살해함으로써 정신의 붕괴를 막는다. 권보경 세계에서 이야기는 힘이 세다. 그렇다면 이야기가 현실에 힘을 만들어낸다는 것은 무엇을 의미하는 걸까. 이것은 소설의 정치성을 말하고자 하는 것일까. 혹은 실제와 허구의 경계가 불투명함을 말하는 걸까. 어느 쪽이든 권보경 소설은 탈근대의 새로운 리얼리즘에 가까이 다가가고 있다.

6

권보경의 첫 소설집에 실린 「검선(劍仙)」과 「강산무진도」는 지금까지 보아온 소설과는 다른 서사 형식을 갖고 있다. 「검선」과 「강산무진도」에는 현실과 소설의 교차가 등장하지 않고 소설 속의 소설이라는 특유의 서사 기법도 등장하지 않는다. 여기서 그려지는 것은 일종의 불교적 깨달음이다. 「검선」의 주인공과 「강산무진도」의 주인공은 불교에서 말하는 헛것에 사로잡혀 있다. 「검선」의 주인공인 여암은 원한과 증오속에서 복수를 바란다. 스승은 주인공이 사로잡혀 있는 상념의 헛됨을 짚으며 마음속에 피어 있는 황금 꽃의 존재를 일러준다. 하지만 여암은 기어이 복수를 하고 만다. 그는 더 강한 힘을 얻기 위해 스승의 비급을 훔치지만 곧 당황한다. 비급에는 의미를 알 수 없는 시 구절만 잔뜩쓰여 있었기 때문이다. 한데 시 구절로 수련하던 그에게 불현듯 깨달음이 찾아온다. 그는 자신의 업보를 자각하고 오욕칠정을 걷어내며 지난 시기의 분노와 절망 등이 환(幻)에 불과함을 받아들인다. 「강산무진도」의 주인공도 마찬가지다. 주인공 상이는 그림에 들려 있다. 그는 그리지 않으면 살 수 없는 사람이다. 하지만 그림은 분란의 씨앗이다. 그림 그리는 삶이 온갖 사건을 만들어내자 큰스님은 그를 굴에 가둔다. 오랜 시간 굴에 갇혀 있던 주인공이 바깥으로 나오자 스님이 질문을 던진다. 그림이 무엇이냐는 스님의 질문에 그는 그림이란 저 자신이라고 통곡하며 답한다. 그런데 닷새 뒤 주인공은 자신이 그간 그려온 모든 그림을 불태우고 절을 떠난다. 상이 역시 여암처럼 자신의 염원이 미망에서 벗어난 것이다. 이 두 작품에서 다른 작품과의 이질성만 본다면 독해의 실패다. 권보경 특유의 서사 기법이 작동하는 소설의 주인공들은 모두 위기상황과 벗어남이라는 구조 속에 있었다. 여암과 상이도 마찬가지다. 다만 전자의 인물들이 소설이라는 허구의 장치를 빌려 자신의 위험을 극복할 때, 후자의 인물들은 자기 마음을 비워냄으로써 극복했다는 점이 다를 뿐이다.

7

　권보경의 소설은 독자를 혼란스럽게 한다. 그의 소설은 대개 미스터리 형식을 띠고 있어서 갈피를 잡기 어렵다. 게다가 소설 속의 소설이라는 장치는 상황을 더욱 복잡하게 만들어 소설의 내용과 의미를 끊임없이 유추하도록 만든다. 하지만 그것은 고스란히 권보경 소설의 장점이다. 우리가 왜 추리소설에 열광하는가. 일단 소설 내부로 진입하는 데 성공하면 말릴 수 없는 긴장과 흥분 속에서 독서를 이어가게 되기 때문이다. 즐거움이 고대 그리스 시절부터 찬미되어온 예술의 본질 중 하나라면 권보경의 소설은 이를 충분히 입증한다. 난해하면서도 재밌는 권보경의 소설이, 그의 새로운 리얼리즘이 어디까지 나아갈지 먼저 독자로서 그리고 평론가로서 궁금하다.

金周仙 | 문학평론가

푸른사상 소설선 **23**

리만의 기하학

초판 1쇄 발행 · 2019년 10월 1일
초판 2쇄 발행 · 2020년 3월 13일

지은이 · 권 보 경
펴낸이 · 한 봉 숙
펴낸곳 · 푸른사상사

주간 · 맹문재 | 편집 · 지순이 | 교정 · 김수란
등록 · 1999년 7월 8일 제2-2876호
주소 · 경기도 파주시 회동길 337-16 푸른사상사
대표전화 · 031) 955-9111(2) | 팩시밀리 · 031) 955-9114
이메일 · prun21c@hanmail.net
홈페이지 · http://www.prun21c.com

ⓒ 권보경, 2019

ISBN 979-11-308-1462-9 03810
값 14,900원